D0824124

MISE EN SCÈNE

ŒUVRES DE DANIELLE STEEL
AUX PRESSES DE LA CITÉ

(Suite en fin d'ouvrage)

Danielle Steel

MISE EN SCÈNE

Roman

Traduit de l'anglais (États-Unis)
par Alice Fombois

Titre original : *The Cast*
L'édition originale de cet ouvrage a paru en 2018 chez Delacorte
Press, Random House, Penguin Random House LLC, New
York.

Ce livre est une œuvre de fiction. Les noms, les personnages,
les lieux et les événements sont le fruit de l'imagination de
l'auteur ou sont utilisés fictivement. Toute ressemblance
avec des personnes réelles, vivantes ou mortes, serait pure
coïncidence.

© 2018 by Danielle Steel
© Presses de la Cité, 2019 pour la traduction française
ISBN 978-2-258-19167-9
Dépôt légal : septembre 2019

Presses
de   un département **place des éditeurs**
la Cité

place
des
éditeurs

À mes chers et merveilleux enfants
Beatie, Trevor, Todd, Nick, Samantha, Victoria,
Vanessa, Maxx, et Zara,

Que votre vie soit pleine de nouvelles aventures,
de nouveaux chapitres, de nouveaux départs,
Chaque chapitre surpassant le précédent.

Donnez-vous mutuellement de la force,
Souvenez-vous des bons moments
Et célébrez la vie !

Je vous aime de tout mon cœur
et de toute mon âme.

Maman/D.S.

1

Les échos de la fête de Noël parvenaient à Kait Whittier par la porte entrouverte de son bureau. Concentrée sur son ordinateur, elle n'y prêtait pas attention, tout à son souci de boucler avant la coupure de fin d'année. On était vendredi après-midi ; plus que trois jours avant Noël, et la rédaction de *Woman's Life Magazine* s'absenterait ensuite jusqu'au Nouvel An. Kait voulait finir sa rubrique avant de partir, car il lui restait beaucoup à faire jusqu'à l'arrivée dimanche matin de ses enfants, qui passeraient Noël avec elle.

Elle se focalisait pour l'instant sur l'article destiné au numéro de mars, mais qui aurait aussi bien pu sortir un autre mois, vu qu'elle choisissait généralement des sujets susceptibles d'intéresser toutes les femmes : les difficultés qu'elles pouvaient rencontrer à la maison, dans leur couple, avec leurs enfants ou au travail. Sa rubrique « Confiez-vous à Kait » existait depuis dix-neuf ans. Déjà ! Quand il s'agissait de questions intimes sensibles, elle répondait directement, sinon elle incluait les questions de portée plus générale dans sa chronique.

Souvent citée comme experte de la condition féminine, elle était régulièrement invitée à participer à des émissions télévisées sur toutes les grandes chaînes nationales. Titulaire d'un master de journalisme de Columbia, elle avait, au bout de quelques années, repris des études de psychologie à l'université de New York afin de gagner en crédibilité. Ce qui s'était révélé bien utile : désormais, « Confiez-vous à Kait » tenait une place de choix dans le magazine et il arrivait fréquemment que l'on achète *Woman's Life* avant tout pour la lire. Sa « rubrique des petites misères », comme on l'appelait dans un premier temps en conférence de rédaction, était devenue un énorme succès et faisait maintenant référence, tout comme son auteure. Cerise sur le gâteau, elle adorait son travail, qu'elle trouvait si gratifiant.

Ces dernières années, elle avait ajouté à son répertoire un blog sur lequel elle postait des extraits de sa rubrique. Avec des milliers de followers sur Twitter et Facebook, elle avait envisagé un temps d'écrire un ouvrage de développement personnel, mais il était resté à l'état de projet. Elle était bien consciente que les conseils qu'elle prodiguait, souvent sur des sujets délicats, auraient pu donner lieu à des poursuites judiciaires contre elle ou le journal pour pratique illégale de la médecine. C'est pourquoi elle veillait à apporter des réponses intelligentes, rédigées avec le plus grand soin, raisonnables, et sages, le genre de recommandations que l'on attendrait d'une mère attentive et sensée, rôle qu'elle jouait d'ailleurs auprès de ses trois enfants, aujourd'hui adultes. Ils étaient très jeunes quand elle avait commencé sa carrière chez *Woman's Life*.

À l'époque, son ambition la portait davantage vers *Harper's Bazaar* ou *Vogue* et elle avait accepté de s'occuper de la rubrique du courrier des lecteurs de *Woman's Life* dans l'espoir d'un poste plus glamour ailleurs. Cette rubrique lui offrait simplement le moyen de mettre un pied dans l'univers de la presse féminine. Cependant, contre toute attente, elle y avait découvert sa voie et ses points forts et, surtout, elle était tombée amoureuse de son travail. De plus, l'organisation du poste était idéale car elle pouvait en effectuer une bonne partie à la maison – aujourd'hui, presque tout se faisait par e-mail –, sa présence n'étant requise au journal que pour les conférences de rédaction et, au début, le bouclage des articles. Ce fonctionnement lui avait permis de passer beaucoup de temps avec ses enfants. Par ailleurs, elle avait elle-même affronté nombre de problèmes qui lui étaient confiés. Ses fans étaient légion et au magazine on n'avait pas tardé à se rendre compte qu'elle était pour eux une vraie mine d'or. Kait était libre de faire ce qu'elle voulait chez *Woman's Life*, ils se fiaient à son instinct, qui ne l'avait jamais trompée.

Kaitlin Whittier était issue d'une vieille famille aristocratique de New York, même si elle n'en faisait pas état et n'en avait jamais tiré parti. Son éducation avait été suffisamment originale pour lui donner une certaine ouverture d'esprit, et ce dès son plus jeune âge. Les problèmes familiaux tout comme les vicissitudes de la nature humaine, les déceptions et les dangers dont même le sang bleu ne protège pas, rien de cela ne lui était étranger. Elle portait très bien ses cinquante-quatre ans, avec ses cheveux roux et ses yeux verts ; son style vestimentaire était simple mais bien à elle. Elle était franche et ne craignait pas d'exprimer ses opinions, au risque de déplaire, et elle était toujours prête à se battre pour ses convictions. Elle alliait calme et courage, attentionnée envers son public et dévouée à ses enfants. Sa modestie cachait une grande force.

En dix-neuf ans, elle était passée au travers de plusieurs changements de direction, pour la simple raison qu'elle se concentrait sur sa rubrique et n'entrait jamais dans aucun jeu politique. Cette attitude lui avait gagné le respect de ses supérieurs. Elle était unique, tout comme sa chronique, que ses collègues adoraient lire, surpris d'y retrouver nombre de situations difficiles qu'ils connaissaient eux-mêmes. Elle avait une passion pour les gens, les rapports qu'ils entretenaient entre eux, les liens qui les unissaient, et elle en parlait avec une éloquence teintée ici et là d'une touche d'humour. Ses mots trouvaient un écho chez toutes ses lectrices.

— Toujours au travail ? lança Carmen Smith en passant la tête par la porte.

D'origine hispanique, elle était née à New York et avait connu la gloire comme top model pendant une dizaine d'années avant d'épouser un photographe britannique dont elle était tombée follement amoureuse lors d'un shooting. Leur mariage tenait toujours en dépit des turbulences et de plusieurs séparations. Carmen s'occupait aujourd'hui des articles « Beauté » du magazine. Elle avait quelques années de moins que Kait, et elles étaient bonnes amies au journal. Au-dehors cependant, elles menaient des vies très différentes. Carmen fréquentait des cercles pseudo-artistiques plutôt m'as-tu-vu.

» Pourquoi je ne suis pas surprise ? Comme je ne t'ai pas vue trinquer avec les autres, je me suis doutée que tu serais ici.

— Je ne peux pas me permettre de boire, dit Kait dans un grand sourire tout en vérifiant la ponctuation de son texte.

Elle répondait à une femme de l'Iowa victime de harcèlement moral de la part de son mari. Bien qu'elle eût inclus ses recommandations dans la rubrique, Kait avait pris le temps de répondre personnellement à cette lectrice, afin qu'elle n'ait pas à attendre trois mois ses conseils. Elle lui suggérait de consulter un avocat ainsi que son médecin et de confier à ses enfants adultes la vérité sur ce que son mari lui faisait subir. La maltraitance était un sujet délicat, que Kait abordait toujours avec le plus grand soin.

— Depuis que je t'ai servi de cobaye pour ta mésothérapie faciale, j'ai dû perdre des neurones au passage et je suis obligée d'arrêter de boire pour compenser, dit-elle.

Son amie éclata de rire et lui lança un regard contrit :

— Je sais bien. Ce traitement m'a donné une migraine carabinée ! En plus, ils ont retiré la machine du marché le mois dernier. Mais cela valait la peine d'essayer.

Les deux femmes avaient conclu un pacte dix ans plus tôt, à l'occasion des quarante ans de Carmen : ne jamais recourir à la chirurgie esthétique. Jusqu'à présent, elles l'avaient respecté, même si Kait accusait Carmen de tricher avec ses injections de Botox.

» Cela dit, tu n'as pas besoin de ça, reprit Carmen. Tu sais que je te détesterais si on n'était pas amies ? Ma peau mate devrait me dispenser de ce genre de soins. Pourtant, je commence à ressembler à mon grand-père de quatre-vingt-dix-sept ans. Toi, tu es la seule rousse que je connaisse qui ait une peau lisse, sans une ride, et tu n'utilises même pas de crème hydratante ! Tu me dégoûtes ! Viens donc contempler les autres en train de se pinter autour du saladier de punch ! Tu finiras ta rubrique plus tard.

« — C'est fait, dit Kait en appuyant sur la touche *Envoi* à destination du rédacteur en chef. » Elle fit pivoter son siège pour faire face à son amie : « Je dois encore acheter un sapin, l'installer et le décorer. Je n'ai pas eu le temps de m'en occuper le week-end dernier et les enfants arrivent dimanche. Je n'ai que ce soir et demain pour sortir les décorations et emballer les cadeaux.s

— Tu attends qui ?

— Tom et Steph.

Carmen n'avait pas d'enfants, par choix. Elle disait en avoir assez d'un avec son mari, point trop n'en fallait. Pour Kait, c'était tout le contraire. Ses enfants avaient toujours été d'une importance vitale pour elle, le centre de son univers quand ils étaient petits.

L'aîné, Tom, était plus traditionnel que ses sœurs et son but dans la vie avait toujours été de réussir dans les affaires. Il avait rencontré sa femme pendant leurs études de commerce à Wharton et ils s'étaient mariés jeunes. Maribeth était la fille d'un roi du fast-food au Texas, un véritable génie de la finance qui avait gagné des milliards et possédait la plus grande chaîne de restaurants du Sud et du Sud-Ouest. Père d'une fille unique, longtemps désireux d'avoir un garçon, il avait accueilli Tom à bras ouverts. Il l'avait pris sous son aile en le faisant entrer dans son entreprise après le mariage, à la fin de leurs études. Maribeth avait l'esprit vif et travaillait au service marketing dans l'affaire. Le jeune couple avait deux filles de six et quatre ans, de véritables petits anges. La plus jeune avait hérité les cheveux roux de son père et de sa grand-mère. C'était la plus vive des deux. L'aînée ressemblait à sa mère, une jolie blonde. Mais Kait les voyait rarement.

Son fils et sa belle-fille n'avaient pas une minute à eux et étaient tellement impliqués dans la vie trépidante du père de Maribeth que Kait ne voyait Tom qu'à l'occasion d'un déjeuner ou d'un dîner quand il se déplaçait à New York, ou encore pendant les fêtes et les vacances. Il faisait désormais partie du monde de sa femme, et non plus de celui de Kait. À l'évidence, c'était un homme heureux, qui s'était constitué une fortune personnelle en saisissant les occasions offertes par son beau-père. Dans ces circonstances, il était difficile pour Kait de rivaliser. Elle s'était rendue plusieurs fois à Dallas, mais elle avait toujours l'impression d'être une intruse dans leur planning bien rempli, car, outre leurs responsabilités dans l'empire familial, Maribeth et Tom étaient très pris par leurs engagements caritatifs, l'éducation de leurs filles, leur vie associative... Tom adorait sa mère mais avait peu de temps pour elle. Il avançait sur la voie d'un succès qu'il ne devait qu'à lui-même, et elle était fière de lui.

16

Candace, la seconde, avait, à vingt-neuf ans, choisi une voie radicalement différente. Sans doute pour attirer l'attention en tant que cadette, elle avait toujours eu le goût du risque et aimait le danger sous toutes ses formes. Partie à Londres faire sa première année de fac, elle n'en était jamais revenue et avait décroché un travail à la BBC, où elle avait tracé sa route dans la production de documentaires pour la chaîne. Tout comme sa mère, elle se passionnait pour la défense des femmes en lutte contre la maltraitance dans leur culture d'origine. Elle avait couvert plusieurs affaires au Moyen-Orient et dans des pays d'Afrique en développement, attrapant au passage des maladies diverses et variées sans jamais remettre en question sa passion ni son engagement – pour elle, c'étaient les risques du métier. Elle était régulièrement envoyée dans des pays en guerre, mais il était essentiel à ses yeux d'apporter un éclairage sur la condition des femmes et elle était prête à risquer sa vie pour témoigner. Elle avait survécu à un bombardement de son hôtel, au crash d'un petit avion en Afrique, mais elle n'en avait jamais assez. Elle disait que travailler derrière un bureau ou vivre à plein temps à New York l'ennuierait. Si elle envisageait de devenir un jour réalisatrice indépendante, son travail actuel était important pour elle et avait du sens. Et Kait était fière d'elle, tout autant.

De ses trois enfants, c'était de Candace qu'elle se sentait le plus proche, et avec elle qu'elle avait le plus de points communs, mais elles se voyaient rarement. Comme toujours, sa fille serait absente pour Noël. Elle terminait un tournage en Afrique. Cela faisait des années qu'elle n'avait pas été là pour les fêtes et son absence se faisait chaque fois cruellement sentir. Elle n'avait pas de relation sérieuse, prétendant qu'elle n'en avait pas le temps, ce qui était plausible. Kait espérait qu'un de ces jours Candace rencontrerait l'homme de sa vie, même si elle était encore jeune et que rien ne pressât. Ce n'était pas cela qui inquiétait Kait, mais toutes ces zones dangereuses et déchirées par la violence où sa fille se rendait. Candace n'avait peur de rien.

Quant à Stephanie, la plus jeune du trio, c'était un génie de l'informatique. Elle avait fait ses études au Massachusetts Institute of Technology (M.I.T.), obtenu un master à Stanford et était tombée amoureuse de San Francisco. Elle avait décroché un poste chez Google sitôt son diplôme en poche et c'est là qu'elle avait rencontré son petit ami. Elle avait vingt-six ans, était très heureuse au travail et adorait chaque aspect de sa vie californienne. Son frère et sa sœur la traitaient affectueusement de « geek », et Kait avait rarement vu deux êtres aussi bien assortis que Stephanie et Frank. Aussi fous l'un de l'autre que de leurs boulots high-tech, ils habitaient Mill Valley dans une maisonnette délabrée.

Stephanie viendrait seule les deux jours de Noël, et elle avait prévu de rejoindre ensuite Frank et sa famille dans le Montana pour y passer une semaine. Kait ne pouvait pas s'en plaindre non plus : à l'évidence, sa fille était épanouie, sentimentalement et professionnellement, et c'était tout ce qu'elle lui souhaitait. Elle ne reviendrait jamais vivre à New York. Là où elle habitait, elle avait obtenu tout ce qu'elle voulait, tout ce dont elle rêvait.

Kait avait encouragé ses enfants à réaliser leurs rêves, elle n'avait simplement pas prévu qu'ils réussiraient si bien, et si loin du lieu où ils avaient grandi, pour s'enraciner ailleurs et dans des vies si différentes. Elle n'en faisait pas une maladie, mais elle aurait préféré qu'ils vivent à proximité d'elle. Cela dit, au XXIe siècle, on était plus mobile, moins ancré en un endroit, on déménageait souvent très loin de sa famille pour assurer sa carrière. Elle respectait le choix de ses enfants, toutefois, pour éviter de ressasser leur absence, elle veillait à rester occupée. Très occupée. Sa rubrique en prenait encore plus d'importance dans sa vie. Le travail occupait tout son temps, et elle y mettait tout son cœur. Cela lui convenait ainsi, et elle ressentait une certaine satisfaction à l'idée d'avoir éduqué ses enfants à travailler d'arrache-pied pour atteindre leurs objectifs. Tous trois avaient été récompensés par des postes gratifiants, deux d'entre eux avaient rencontré des gens bien, trouvé leur partenaire de vie, et formaient des couples amoureux, parfaitement assortis.

Elle-même s'était mariée deux fois. La première, à la sortie de l'université, avec le père de ses enfants. Scott Lindsay était jeune, beau, charmant et joyeux. Ils avaient vécu des moments fantastiques ensemble et il leur avait fallu six ans et trois enfants pour se rendre compte qu'ils n'avaient pas les mêmes valeurs et avaient même très peu en commun, si ce n'est d'être issus tous deux de vieilles familles new-yorkaises. Scott disposait d'un énorme fonds fiduciaire et Kait avait fini par comprendre qu'il n'avait aucune intention de travailler. Il n'en avait pas besoin, et il voulait passer sa vie à s'amuser. Or Kait était d'avis que tout le monde devait travailler, quelles que soient les circonstances. Son indomptable grand-mère le lui avait enseigné. Scott et elle s'étaient séparés immédiatement après la naissance de Stephanie, quand il lui avait annoncé vouloir partager pendant un an la vie spirituelle de moines bouddhistes au Népal, avant de s'embarquer dans une expédition sur l'Everest. Et puis, quand il serait revenu de toutes ses aventures, il pensait que l'Inde, belle et mystique, était le lieu idéal pour élever leurs enfants. Ils avaient divorcé sans animosité ni amertume un an après son départ. Lui-même avait reconnu que c'était la meilleure solution. Scott s'était de nouveau absenté quatre années de plus, et à son retour il était devenu un étranger pour les enfants. Il avait fini par s'établir dans le Pacifique Sud et épouser une magnifique Tahitienne, dont il avait eu trois enfants. Tom, Candace et Stephanie lui avaient rendu plusieurs fois visite à Tahiti, mais, comme il ne s'intéressait pas vraiment à eux, ils s'étaient rapidement lassés. Et, douze ans après leur divorce, il avait été terrassé par une maladie tropicale.

Scott avait été un mauvais choix comme mari. Tout ce qui l'avait rendu si charmant et séduisant à l'université s'était retourné contre lui : Kait avait mûri, lui non, à dessein. Sa mort avait attristé Kait, surtout pour les enfants, mais ils en furent moins éprouvés qu'elle, et, comme ils n'avaient pas non plus tissé de liens avec leurs grands-parents paternels, décédés précocement, Kait était devenue par la force des choses le noyau de la cellule familiale. Elle leur avait inculqué ses valeurs, et tous trois l'admiraient pour sa capacité à s'investir à fond dans le travail, tout en étant capable de se rendre disponible pour eux à n'importe quel moment, aujourd'hui encore. Aucun d'eux n'avait particulièrement besoin de son aide, chacun ayant trouvé sa voie. Toutefois, ils savaient qu'ils pouvaient compter sur elle en cas de besoin.

Sa seconde expérience conjugale avait été complètement différente, mais pas plus réussie que la première. Elle avait attendu ses quarante ans pour se remarier. Tom fréquentait déjà l'université et ses deux filles étaient adolescentes. Elle avait rencontré Adrian au moment où elle préparait son master de psychologie à l'université de New York ; il avait dix ans de plus qu'elle, terminait son doctorat d'histoire de l'art et avait été conservateur d'un musée modeste mais réputé en Europe. Érudit, accompli, fascinant, intelligent, il lui avait ouvert de nouveaux horizons et, ensemble, ils avaient exploré de nombreuses villes à l'occasion de visites de musées : Amsterdam, Florence, Paris, Berlin, Madrid, Londres, La Havane.

Avec le recul, elle s'était rendu compte qu'elle l'avait épousé trop vite, angoissée par la perspective d'avoir à affronter un nid vide dans un avenir proche, et de devoir se reconstruire une vie pour elle seule. Adrian avait des myriades de projets qu'il souhaitait réaliser avec elle. Il n'avait jamais été marié et n'avait pas d'enfants. Il semblait être l'homme idéal et elle trouvait stimulant de fréquenter quelqu'un au savoir si étendu et à la vie culturelle si riche. Il était très réservé, mais gentil et chaleureux avec elle, jusqu'à ce qu'il lui explique, un an après leur mariage, qu'en décidant de l'épouser il avait seulement tenté de contrarier sa nature. En dépit de ses bonnes intentions, il était tombé amoureux d'un homme plus jeune. Après avoir présenté à Kait ses excuses les plus sincères, il était parti s'installer avec lui à Venise, où ils vivaient heureux depuis treize ans. Son second mariage s'était donc bien évidemment soldé par un divorce.

Depuis, les relations sérieuses faisaient un peu peur à Kait, et elle ne se fiait ni à son jugement ni à ses choix. Mais elle était heureuse ainsi, son travail était gratifiant, et elle avait des amis. Quatre ans plus tôt, à l'occasion de ses cinquante ans, elle s'était convaincue qu'elle n'avait pas besoin d'un homme dans sa vie et n'avait pas eu de rendez-vous amoureux depuis. Son célibat simplifiait les choses. Elle n'entretenait aucun regret sur ce qu'elle manquait peut-être. Adrian l'avait profondément déstabilisée, car rien dans son comportement ne lui avait suggéré qu'il pouvait être gay. Elle ne voulait plus se faire avoir. Elle refusait d'être déçue une fois de plus, ou alors de tomber sur quelqu'un de pire encore que ses deux premiers maris. Bien qu'elle se montrât favorable aux relations de couple dans sa rubrique, elles lui semblaient trop compliquées pour elle. Certaines amies, dont Carmen, essayaient toujours de la convaincre de retenter sa chance. Elles affirmaient qu'à cinquante-quatre ans Kait était trop jeune pour tirer un trait sur l'amour. De fait, elle oubliait souvent son âge, qu'elle ne faisait pas, et puis elle avait plus d'énergie que jamais. Les années passaient, mais elle demeurait passionnée par de nouveaux projets, de nouvelles rencontres, et ses enfants.

— Alors, tu viens te saouler avec nous ? lui lança Carmen sur un ton faussement exaspéré.

À travailler tout le temps comme ça, tu nous donnes mauvaise conscience. C'est Noël, bon sang !

Kait jeta un coup d'œil à sa montre. Elle devait toujours aller acheter le sapin, mais il lui restait une demi-heure pour discuter avec ses collègues et boire un verre.

Elle suivit Carmen à l'endroit où l'on servait vin chaud et punch, dont elle accepta un petit verre. Il était étonnamment fort. Celui qui l'avait préparé avait eu la main lourde ! Carmen en était à son deuxième quand Kait se glissa hors de la pièce pour retourner à son bureau. Elle jeta un coup d'œil circulaire sur sa table et s'empara d'un épais dossier contenant les lettres auxquelles elle avait prévu de répondre pour sa rubrique. Elle prit aussi le brouillon de l'article qu'elle avait accepté d'écrire pour le *New York Times* sur la discrimination envers les femmes au travail : était-ce un mythe ou une réalité, ou encore une relique du passé ? D'après elle, la discrimination existait vraiment, mais elle était plus subtile qu'avant et plus ou moins prononcée selon le secteur d'activité. Kait avait hâte de se mettre à rédiger. Elle glissa le tout dans un sac de toile aux couleurs de Google offert par Stephanie et passa en catimini à proximité des fêtards, non sans adresser à Carmen un discret signe de la main. Elle se dirigea vers l'ascenseur. Ses vacances de Noël commençaient. À présent, il lui fallait décorer son appartement.

Comme chaque année, elle préparerait elle-même la dinde du réveillon et servirait aux membres de sa famille tout ce qu'ils aimaient. Elle avait commandé une bûche à la pâtisserie et acheté un pudding de Noël dans une épicerie anglaise qu'elle aimait bien. Elle avait prévu du gin Sapphire pour Tom, de l'excellent vin pour toute la tablée, des plats végétariens pour Stephanie et des douceurs, ainsi que des céréales multicolores pour le petit déjeuner de ses petites-filles. Il lui fallait aussi emballer tous les cadeaux. Les deux jours à venir allaient être bien remplis. À cette pensée, elle sourit en montant dans le taxi qui la conduirait au marché de sapins près de chez elle. Noël prenait corps, et ce fut encore davantage le cas quand il commença à neiger.

Kait choisit un très bel arbre qui avait la hauteur désirée et qui lui serait livré à la fermeture du marché. Elle possédait déjà le pied pour le fixer, les décorations et les lumières. Pendant sa recherche, les flocons avaient collé à ses cheveux roux et à ses cils. La neige continuait à s'accumuler maintenant que Kait longeait les quatre immeubles jusqu'à son appartement. Autour d'elle, les gens avaient l'air heureux et d'humeur festive. Elle avait aussi choisi une couronne à accrocher sur la porte d'entrée et quelques branches pour décorer la cheminée du salon. Une fois à l'intérieur, elle retira son manteau et ouvrit les boîtes de décorations qu'elle utilisait depuis toujours et que ses enfants adoraient. Certaines, datant de leurs premières années, étaient un peu usées et fatiguées, mais c'étaient leurs préférées ; si Kait ne les accrochait pas aux branches du sapin, ils le remarqueraient aussitôt et s'en plaindraient. Ils restaient très attachés à leurs souvenirs d'enfance, cette époque bénie pleine d'amour et de tendresse.

Elle habitait toujours dans l'appartement où ils avaient grandi. Pour New York, il était de belle taille et parfaitement adapté à leur famille quand elle l'avait acheté vingt ans plus tôt. Il comprenait deux grandes chambres, un salon et une salle à manger, une grande cuisine de style rustique où tout le monde se rassemblait et qui donnait accès à trois chambres de bonne, de rigueur dans les immeubles anciens. Ces pièces avaient accueilli les enfants depuis leur plus jeune âge. Elle avait transformé la deuxième chambre à côté de la sienne, autrefois salle de jeux, en chambre d'amis et bureau. Elle avait prévu de laisser sa chambre à Tom et à sa femme durant leur bref séjour. Stephanie occuperait la pièce voisine. Ses petites-filles dormiraient dans l'une des chambres de bonne et Kait prendrait celle de Candace en son absence. Elle n'avait pas déménagé dans plus petit parce qu'elle tenait à avoir assez d'espace pour recevoir toute sa famille. Même si cela faisait des années qu'ils ne s'étaient pas retrouvés tous ensemble en même temps, cela arriverait bien un jour. Et puis, elle adorait cet appartement, c'était chez elle. Une femme de ménage venait deux fois par semaine. Le reste du temps, elle se débrouillait seule, se faisait la cuisine ou bien achetait un plat à emporter en rentrant chez elle.

Entre son salaire à *Woman's Life* et l'héritage de sa grand-mère, Kait aurait pu mener une vie un peu plus luxueuse, mais elle en avait décidé autrement. Elle se contentait de ce qu'elle avait et le paraître ne l'intéressait pas. Sa grand-mère lui avait enseigné la valeur de l'argent, son bon usage, sa nature éphémère et l'importance de travailler dur... Kait vivait toujours selon les préceptes inculqués par cette femme remarquable, et qu'elle avait à son tour transmis par l'exemple à ses propres enfants. Constance Whittier, elle, avait eu moins de succès ou simplement pas autant de chance avec sa progéniture. Plus de quatre-vingts ans plus tôt, elle avait pourtant sauvé sa famille du désastre et était devenue une légende, citée en exemple pour son ingéniosité, sa détermination sans faille, sa perspicacité en affaires et son courage. Dans sa jeunesse, Kait n'avait pas eu d'autre modèle.

Les parents de Constance et ceux de son mari, pourtant issus de grandes et illustres lignées, avaient perdu l'intégralité de leur fortune lors du krach boursier de 1929, qui détruisit tant de vies. À l'époque, Constance était jeune, déjà mariée, avec quatre enfants en bas âge dont un nouveau-né, le père de Kait, Honor. Du jour au lendemain, comme pour tant d'autres, leur univers doré constitué de somptueuses demeures, de vastes domaines, de merveilleuses toilettes, de fabuleuses parures et d'armées de domestiques avait volé en éclats.

Incapable d'affronter l'avenir, l'écroulement de leur monde, le mari de Constance s'était suicidé, la laissant seule sans un sou en poche. Elle avait vendu ce qu'il restait de leurs biens – et elle et les enfants avaient déménagé dans un immeuble de logements collectifs du Lower East Side, qui était alors le quartier défavorisé de New York. Là, elle avait essayé de trouver du travail pour nourrir sa famille. Personne parmi ses proches ou dans son cercle social n'avait jamais travaillé. Tout ce qu'elle savait faire se bornait à organiser des réceptions et à remplir son rôle en société en tant que jolie jeune femme, bonne mère et épouse dévouée. Elle avait bien songé à la couture, mais le talent lui manquait. Elle s'était donc reportée sur la seule chose qui lui venait à l'esprit et qu'elle savait bien faire : les biscuits. Même s'ils avaient eu une flopée de chefs et de domestiques capables de faire apparaître n'importe quel mets délicat à la demande, elle avait toujours aimé confectionner elle-même les biscuits destinés à ses enfants – quand la cuisinière l'acceptait dans son fief. Petite, elle avait pris des leçons auprès du cordon-bleu de ses parents, et acquis ainsi un savoir-faire qui s'avéra bien utile par la suite. Elle commença modestement son activité en cuisant ses biscuits dans le petit four de son studio. Ses enfants sous le bras, elle proposait ses fournées aux épiceries et aux restaurants, dans de simples boîtes sur lesquelles elle écrivait « Biscuits de Mrs Whittier pour les enfants ». Elle les vendait à qui en voulait. Le succès fut immédiat, non seulement auprès des petits mais aussi de leurs parents. Les épiceries et les restaurants commencèrent alors à lui passer commande régulièrement. Elle pouvait à peine répondre à la demande. Ce qu'elle gagnait servait à nourrir les siens, dans cette nouvelle existence où elle était constamment angoissée à l'idée de ne pas pouvoir subvenir à leurs besoins. Elle ajouta à sa production des gâteaux inspirés de recettes dont elle se souvenait en provenance d'Autriche, d'Allemagne, de France, et le volume des commandes s'accrut rapidement. Grâce à la somme qu'elle parvint à mettre de côté, elle put, au bout d'un an, louer une petite boulangerie-pâtisserie dans le quartier afin de répondre à la demande en constante augmentation.

Ses cakes étaient vraiment extraordinaires et ses biscuits, les meilleurs du marché, disait-on. Des restaurants des quartiers chics du nord de la ville entendirent parler d'elle et vinrent grossir les rangs de ses premiers clients. Elle ne tarda pas à fournir quelques-unes des meilleures tables de New York et dut embaucher des femmes pour l'assister. Dix ans plus tard, elle était à la tête de l'entreprise de pâtisserie la plus prospère de la ville, elle qui avait commencé son activité dans sa petite cuisine, poussée par le désespoir et la nécessité. Durant les années de conflit, son affaire prit encore plus d'ampleur car les femmes, mobilisées par l'effort de guerre, n'avaient plus le temps de confectionner des gâteaux. C'est à cette époque que Constance créa une usine. Dans les années 1950, soit vingt ans après ses débuts, elle vendit son affaire à General Foods pour une fortune qui, par la suite, permit de faire vivre trois générations de sa famille, jusqu'à aujourd'hui. Le trust qu'elle avait fondé avait assuré un pécule à chacun des enfants, leur permettant de financer leurs études ou l'achat d'une maison, voire de se lancer eux-mêmes dans les affaires, suivant ainsi l'exemple de leur mère.

Malheureusement, ses fils, trop heureux de jouir du fruit de ses efforts, la déçurent beaucoup. Plus tard, Constance reconnut les avoir trop gâtés. L'aîné n'avait pas eu de chance. Entraîné par sa passion des bolides et des femmes légères, il s'était tué dans un accident de voiture avant d'avoir fondé une famille. Honor, le père de Kait, était un homme paresseux, porté aux plaisirs oisifs. Buveur et joueur, il avait épousé une très belle jeune femme, qui s'était enfuie avec un autre homme quand Kait avait un an – sa mère avait disparu quelque part en Europe et on n'avait plus jamais entendu parler d'elle. Honor était mort mystérieusement dans un bordel un an plus tard, lors d'un voyage en Asie.

Kait, alors confiée à des nounous à New York, avait été recueillie par sa grand-mère qui l'avait élevée. Elles s'adoraient.

Du côté des filles de Constance, l'aînée avait été une écrivaine de talent, connue sous le nom de plume de Nadine Norris, mais, célibataire et sans enfant, elle avait succombé avant ses trente ans à une tumeur au cerveau. La plus jeune avait épousé un Écossais et vécu une vie tranquille à Glasgow, avec de charmants enfants qui l'avaient entourée jusqu'à sa mort à quatre-vingts ans. Kait aimait bien ses cousins, mais les voyait rarement. La fierté et la joie de Constance s'étaient donc concentrées sur Kait. Ensemble, elles avaient vécu de merveilleuses aventures pendant l'enfance et l'adolescence de Kait, qui avait trente ans quand sa grand-mère était morte à l'âge de quatre-vingt-quatorze ans.

Constance Whittier avait vécu une vie remarquable jusqu'à un âge avancé, gardant toutes ses facultés intactes et un esprit affûté. Elle n'avait aucun regret du passé, pas plus que d'amertume pour les pertes subies ou tout ce qu'il lui avait fallu d'efforts pour sauver sa famille. Constance avait considéré chaque jour comme une chance, un défi et un don, et Kait avait appris à faire de même dans les moments difficiles ou quand elle devait affronter des déceptions. Sa grand-mère avait été la femme la plus courageuse, joyeuse et amusante qu'elle eût jamais connue et elle l'était restée tout le temps qu'elles avaient vécu ensemble.

Constance avait su s'occuper jusqu'au bout ; elle avait énormément voyagé, rencontré beaucoup de gens, s'était tenue au courant de l'économie et du monde des affaires, toujours partante pour découvrir de nouvelles choses. À quatre-vingts ans, elle avait appris à parler français et avait enchaîné avec l'italien. Les enfants de Kait se souvenaient parfaitement de leur arrière-grand-mère, même si leurs souvenirs devenaient flous avec le temps – ils étaient encore petits à sa mort. Lors de sa dernière soirée sur terre, Constance avait dîné avec Kait. Elles avaient ri de bon cœur et leur conversation avait été très animée. Il ne se passait pas un jour sans que Kait regrette son absence, et un sourire se formait sur ses lèvres chaque fois qu'elle pensait à elle. Ses enfants mis à part, les années passées avec sa grand-mère étaient le plus beau cadeau qu'elle eût reçu de la vie.

Tout en disposant avec précaution les décorations de Noël sur la table de la cuisine, elle en aperçut quelques-unes datant de sa propre enfance et se revit les accrocher à l'arbre avec sa grand-mère. Un flot de souvenirs refit de nouveau surface. Si les décorations s'étaient ternies, les souvenirs conservaient leur éclat. Constance Whittier avait été une source d'inspiration pour tous ceux qui l'avaient connue. Elle était devenue une légende, celle d'une femme indépendante, pleine de ressources et en avance sur son temps, dont Kait s'inspirait tous les jours.

2

Puisque les heures passées avec ses enfants seraient comptées, Kait voulait que tout soit parfait : le sapin, la maison, la décoration, les menus. Il fallait que les siens repartent deux jours plus tard emplis de bienveillance et d'amour fraternel. Tom avait parfois tendance à ne pas prendre sa sœur au sérieux. Pour lui, Stephanie vivait sur une autre planète, régie par l'informatique, un monde à part où évoluait également son petit ami tout aussi bizarre. Un brave garçon, mais avec qui Tom avait peu en commun, car seuls les ordinateurs l'intéressaient. Comme Stephanie, c'était un incorrigible geek et tous deux faisaient partie des éléments prometteurs de Google. De son côté, la benjamine de la famille ne comprenait pas qu'on puisse faire fortune en vendant des burgers-frites et des ailes de poulet sauce barbecue à la recette tenue secrète. Elle s'en était souvent ouverte à sa mère en privé. La réussite du père de Maribeth la dépassait. Hank Starr n'en était pas moins un homme d'affaires brillant et généreux, qui avait offert à Tom la possibilité de marcher dans ses pas. Kait lui en était très reconnaissante, tout comme elle se réjouissait que Tom ait trouvé en Maribeth une femme intelligente et une bonne épouse.

Stephanie réussissait dans la carrière qu'elle s'était choisie et elle avait trouvé le partenaire idéal pour elle. Kait ne pouvait en demander plus. La seule pour qui elle continuait à s'inquiéter, c'était Candace, en raison du danger qu'elle côtoyait en fréquentant les endroits les plus dangereux du globe. Ses frère et sœur trouvaient qu'elle était folle de faire ça et ne comprenaient pas ses motivations. Kait quant à elle en avait l'intuition. Enfant du milieu, coincée entre l'esprit brillant de sa petite sœur et l'énorme réussite financière de son aîné, couronné prince héritier par sa belle-famille, Candace avait opté pour une voie qui lui permettrait d'exceller et lui gagnerait l'attention et le respect du monde entier. Profondément touchée par la détresse des femmes, elle avait décidé de devenir leur voix et leur championne à travers ses documentaires, quel qu'en soit le prix pour elle. En comparaison, Kait se disait que répondre aux lettres de femmes en difficulté et les conseiller sur la meilleure façon de résoudre leurs problèmes du quotidien pour trouver l'épanouissement pouvait paraître bien insipide ! Du moins leur apportait-elle de l'espoir et du courage, et le sentiment que quelqu'un se préoccupait d'elles. Voilà qui n'était pas négligeable et expliquait pour beaucoup la réussite de sa rubrique depuis vingt ans.

Elle n'était pas une militante comme sa fille cadette, ou encore sa grand-mère, qui avait su transformer un tsunami presque fatal en une vague sur laquelle la famille avait surfé pendant des décennies. En précurseur, Constance avait démontré qu'une femme sans formation ni compétences particulières pouvait réussir, même avec peu d'atouts en main. Aujourd'hui encore, les enfants raffolaient de ses biscuits « 4 KIDS ». Kait elle-même continuait d'en manger bien que la version industrielle fût moins bonne que celle qui sortait du four familial. À l'occasion, il lui arrivait de suivre l'une des recettes de son aïeule, en particulier celle de la Sachertorte de Vienne, sa préférée quand elle était petite. Mais ça ne faisait pas d'elle une pâtissière ou une cheffe de talent. Elle avait d'autres aptitudes, comme le démontrait sa rubrique pour *Woman's Life*.

Ce soir-là, Kait décora le sapin jusque tard dans la nuit. Elle accrocha les éléments les plus jolis et les plus récents en hauteur pour les adultes, et les décorations que la famille chérissait comme des trésors depuis tant d'années sur les branches basses pour ses petites-filles. Une fois son travail terminé, elle recula pour admirer le résultat. Il était trois heures du matin. Elle avait encore une longue liste de choses à faire le lendemain.

À huit heures du matin, elle s'activait déjà, si bien qu'en fin d'après-midi tout s'agençait parfaitement dans la maison, à sa grande satisfaction. Elle alla faire quelques courses de dernière minute au supermarché, puis dressa la table et vérifia les chambres. Dans la soirée, elle put enfin commencer à emballer les cadeaux devant un DVD de sa série préférée, *Downtown Abbey*. Cela faisait des années que celle-ci ne passait plus à la télé, mais Kait l'appréciait toujours autant. Les personnages étaient comme de vieux amis. Leurs voix en toile de fond lui donnaient l'impression d'avoir quelqu'un auprès d'elle, et elle connaissait presque tous les dialogues par cœur, ce dont ses enfants ne manquaient pas de se moquer gentiment. Elle adorait la façon dont était écrite cette saga familiale anglaise, au casting anglais. La série avait cartonné aux États-Unis dès le début de la saison deux. Et la grand-mère lui rappelait parfois la sienne.

Les cadeaux que Kait avait choisis pour sa famille étaient aussi divers que la tribu. Tom aurait un magnifique blouson de cuir, suffisamment tape-à-l'œil pour le Texas, qu'il pourrait porter le week-end. À Maribeth, elle offrait un sac à main et un énorme collier en or signé d'un styliste à la mode que sa belle-fille adorait. Pour Stephanie et Frank, elle avait acheté des blousons en jean doublés de peau de mouton et des vêtements de plein air, puisqu'ils vivaient en jean et chaussures de randonnée ou baskets – Stephanie fixait toujours avec horreur les stilettos de sa belle-sœur. Kait leur avait aussi pris à tous des livres et de la musique qu'elle allait glisser dans les chaussettes suspendues à la cheminée. Enfin, pour ses deux petites-filles, elle avait trouvé des poupées adaptées à leur âge, avec tous les accessoires associés.

Un mois plus tôt, elle s'était amusée comme une folle dans le magasin de jouets, à repérer ce que les enfants demandaient à leurs parents. Heureusement que Maribeth lui avait donné des pistes, cela avait été précieux. Elle s'était toujours bien entendue avec sa belle-fille, malgré leurs différences et les efforts de Maribeth pour transformer Tom en Texan. À Dallas, il portait un chapeau de cow-boy. Quant aux bottes – de cow-boy –, son beau-père lui en avait fait confectionner sur mesure dans tous les cuirs exotiques imaginables, depuis l'alligator jusqu'au lézard. Son fils s'était complètement coulé dans son environnement d'adoption. Rien d'étonnant à cela, vu les distinctions et les profits qu'il en retirait. Ça n'empêchait pas Tom d'adorer sa femme et ses filles, tout comme elle-même les avait adorés et les adorait encore, lui et ses sœurs. Parfois, ils lui manquaient cruellement, mais elle ne s'appesantissait jamais sur ce manque. Il lui était suffisant de les savoir heureux.

Le vingt-quatre décembre au matin, Kait ouvrit les yeux, emplie de joie anticipée à l'idée de les voir quelques heures plus tard. Après un appel infructueux sur le portable de Candace, elle prit sa douche, enfila un jean noir, un pull rouge et des ballerines, puis vérifia l'appartement une dernière fois avant d'allumer le sapin. Tout était prêt. Tommy et sa famille arriveraient en début d'après-midi dans l'avion du beau-père, qu'ils rejoindraient le vingt-cinq au soir aux Bahamas, afin de passer avec lui le reste des vacances dans une propriété qu'il avait louée. Il en était ainsi chaque année depuis leur mariage, sept ans plus tôt.

Trop excitée pour déjeuner, Kait parcourut quelques lettres auxquelles elle devait répondre et s'occupa de son blog, lequel comptait beaucoup de fans. Sur la chaîne hi-fi passaient des chants de Noël qu'elle avait sélectionnés pour Meredith et Lucie Anne. Des deux fillettes, c'était la seconde qui tenait le plus du côté paternel. Une vraie Whittier, véritable petite boule d'énergie aux immenses yeux verts, aux cheveux roux et aux taches de son, polie envers les adultes, tout en osant leur poser des questions étonnamment pertinentes pour une enfant de quatre ans. Meredith, ou Merrie, était plus timide, plus posée, discrète et très « demoiselle de bonne famille », comme sa mère. Elle adorait dessiner et écrivait des poèmes pour l'école. Toutes les deux étaient intelligentes et intéressantes. Kait aurait aimé pouvoir passer plus de temps avec elles, mais, même lorsqu'elle parvenait à dégager un ou deux créneaux pour un séjour au Texas dans le planning surchargé des parents, les occasions manquaient car, entre les cours et les activités extra-scolaires, ses petites-filles avaient des agendas de ministre. Au final, ses rares visites à Dallas et leur passage annuel à Noël ne leur permettaient pas d'approfondir les liens.

Ayant pris le premier vol du matin à San Francisco, Stephanie sonnerait sans doute vers quinze heures à l'appartement. En voilà une qui n'affichait aucun goût pour le mariage ou les enfants ! À ses yeux, le premier n'était qu'une institution obsolète et les seconds ne présentaient pas d'intérêt. Elle préférait de loin les adultes, ayant les mêmes goûts qu'elle, et avait la chance que Frank soit sur la même longueur d'onde. Amoureux de leur travail, amoureux l'un de l'autre, ils n'avaient pas de place pour des enfants dans leur vie. Quant à Candace, elle était à des années-lumière de s'établir avec quiconque étant donné son travail pour la BBC et ses objectifs professionnels.

Quand ses lectrices évoquaient dans leurs lettres les moments de bonheur passés avec leurs petits-enfants, Kait se disait qu'elle en vivait aussi mais différemment, ou alors que ça n'était pas son destin. Elle aurait pourtant bien aimé être aussi proche de ses petites-filles qu'elle l'avait été de sa grand-mère. Mais tout ce qu'elle pouvait faire, c'était les gâter un peu pour atténuer l'impression qu'elle avait d'être face aux petits-enfants d'une autre.

Le premier coup de sonnette retentit à quatorze heures. La porte à peine ouverte, son fils la serra fort contre lui avant d'entrer à grands pas dans l'appartement. Maribeth s'extasia sur le sapin et les décorations, pendant que Merrie et Lucie Anne dansaient comme des petites fées. Lucie portait son tutu préféré sous son manteau rouge. Elle prenait des cours de danse et préparait un spectacle pour juin, ce qu'elle s'empressa d'expliquer à sa grand-mère. Celle-ci leur apporta des sandwichs et des biscuits, accompagnés de vin chaud pour les adultes et de chocolat à la crème fouettée où flottaient des morceaux de guimauve pour les filles. Tous parlaient en même temps, à la plus grande joie de Kait, qui rayonnait. Elle adorait les avoir à la maison.

Stephanie débarqua une heure après, en jean et chaussures de randonnée avec, sur le dos, le tartan à carreaux de Frank. Son frère la serra dans ses bras, et les fillettes furent ravies de revoir cette tante si marrante, toujours prête à faire des bêtises avec elles. Stephanie avait à peine posé sa valise dans sa chambre que les petites commencèrent à faire du trampoline sur son lit.

L'après-midi se poursuivit sur cette note enchantée, à la fois sympathique et chaleureuse, que tous savourèrent à fond. Le soir venu, ils se changèrent pour le dîner. Les deux fillettes arboraient les robes à smocks que Kait leur avait envoyées, semblables à celles de leurs tantes au même âge. Maribeth portait une robe de cocktail noire et sexy, et Stephanie, un pull blanc sur un jean avec les mêmes chaussures qu'à son arrivée puisqu'elle avait oublié d'en prendre d'autres, comme à son habitude. Tom était impeccable en costume-cravate. Quant à Kait, elle avait mis un pantalon de soie noire, un chemisier lacé et les boucles d'oreilles en diamant de sa grand-mère.

Le dîner fut animé. Après quoi, Kait prépara avec les deux petites une assiette de biscuits et un verre de lait pour le père Noël, ainsi que des carottes et du sel pour ses rennes. Un rituel qu'ils observaient chaque année. Elle aida ensuite Maribeth à les coucher et leur lut un conte de Noël. Pendant ce temps, discutant avec son frère du nouveau système informatique mis en place dans l'entreprise de Hank Starr, Stephanie l'alerta sur certains points, ce dont Tom lui fut très reconnaissant. Il ne connaissait pas meilleur expert en la matière et lui faisait une confiance aveugle.

La soirée se prolongea tard dans la nuit. Quelques années plus tôt, ils auraient assisté à la messe de minuit, mais, comme il n'y avait personne pour garder les filles et qu'elles étaient trop petites pour veiller aussi tard, ils avaient temporairement suspendu cette tradition. Juste au moment où ils s'apprêtaient à aller se coucher, Candace les appela sur Skype. Pour elle, c'était déjà le vingt-cinq décembre. Ils l'assaillirent tous de questions, voulant savoir où elle se trouvait et ce qu'elle faisait. Tom déplaça l'ordinateur de manière qu'elle puisse voir le sapin, qu'elle trouva magnifique. Elle aurait bien aimé être avec eux. Kait avait les larmes aux yeux et promit d'aller la voir à Londres dès que Candace serait revenue de sa mission au bout du monde. Cela l'encouragerait à rentrer plus vite. Candace demanda ensuite à sa petite sœur ce qu'elle avait aux pieds. Chaussures de randonnée ou ballerines ? Stephanie, hilare, leva une jambe bien en évidence. L'éclat de rire fut général.

— J'ai oublié mes chaussures, dit-elle avec un grand sourire.

— C'est ça ! Comme si tu en avais. Je te rappelle que tu empruntes toujours les miennes quand je viens à Noël, lui lança Candace. Comment va Frank ? Il est là ?

Stephanie secoua la tête.

— Non, on se retrouve après-demain dans le Montana. Il va bien. Nous allons passer une semaine avec ses parents. Son père n'était pas en superforme, alors il a voulu y arriver plus tôt.

Les deux sœurs profitaient de ce moment rare pour échanger les dernières nouvelles. Au total, l'appel dura une demi-heure. Quand ils raccrochèrent, Kait ressentit une bouffée de nostalgie.

— J'espère qu'un jour nous serons tous à nouveau réunis ici.

Ils avaient trouvé Candace amaigrie et son environnement plutôt fruste, mais elle semblait enchantée. Apparemment, elle rentrait dans quelques semaines à Londres, où elle ne resterait sans doute pas longtemps. Kait avait l'impression que cette génération vivait à toute allure. Mais elle pouvait presque en dire autant avec son travail qui occupait tout son espace. Heureusement qu'elle l'avait, ce boulot, parce qu'il n'était pas bon de s'accrocher aux enfants – ils ne vous étaient confiés que pour un temps donné.

Vu l'heure avancée, chacun se retira dans sa chambre pour dormir un peu. Kait assura à Maribeth qu'elle était heureuse de leur céder la sienne, car cela lui donnait l'occasion de dormir dans l'ancienne chambre de Candace, à proximité de Merrie et Lucie, qu'elle avait autorisées à venir la réveiller au matin.

Il lui restait une dernière chose à faire : rédiger pour ses petites-filles des lettres de la part du père Noël. Elles trouveraient les missives à côté des chaussettes suspendues à la cheminée, chaussettes remplies de bonbons, de sucettes, de gadgets et de petits livres qui les tiendraient occupées le temps que la maisonnée se réveille. Une autre tradition qu'elle avait mise en place quand ses enfants étaient petits.

Après quoi le silence se fit dans l'appartement jusqu'au lendemain matin. Comme prévu, Merrie et Lucie sautèrent sur le lit de leur grand-mère en poussant des cris d'excitation. Qu'est-ce que le père Noël avait bien pu leur apporter ? Kait lut avec elles les lettres dans lesquelles il les félicitait d'avoir été si gentilles pendant l'année, précisant qu'elles figuraient en haut de sa liste des enfants sages.

Une fois toute la famille réveillée et réunie en peignoir et pyjama dans le salon, ils ouvrirent enfin les cadeaux disposés sous le sapin. Les fillettes trépignaient d'impatience. Kait fut gâtée. De Tom et Maribeth, elle recevait un beau médaillon ancien en or, avec sa chaîne et les photos de Merrie et Lucie Anne à l'intérieur. Stephanie lui offrait un nouvel ordinateur, censé être le top du top et bien mieux que l'ancien. Ne perdant pas une minute, sa fille le lui formata et lui montra de nouvelles applications. Elle lui avait aussi acheté le téléphone dernier cri qui allait avec cette merveille.

Le petit déjeuner avalé, ils allèrent s'habiller avant de revenir au salon passer un moment ensemble pendant que les filles jouaient avec leurs poupées. Le déjeuner, plus qu'informel, se déroula à la cuisine, et la journée fila à toute allure. Kait eut un pincement au cœur quand, à dix-huit heures, Maribeth habilla ses filles pour le voyage. Une demi-heure plus tard, ils étaient partis, après d'interminables embrassades. Ils se rendaient à l'aéroport, dans le New Jersey, où l'avion du père de Maribeth les attendait pour les emmener aux Bahamas. Après leur départ, Kait alla s'asseoir au salon avec Stephanie. Elle se sentait au bord des larmes. Tant de proximité avec ses petites-filles pendant vingt-quatre heures, et d'un seul coup plus rien. Quant à Stephanie, elle partait à six heures du matin le lendemain.

— Noël passe si vite, dit Kait doucement, consciente d'avoir vécu un moment d'exception.

— Au moins, nous venons toujours à la maison, maman.

Kait savait qu'ils ne pouvaient comprendre ce que leur présence signifiait pour elle. Laisser partir ses enfants était un art subtil qu'elle avait dû apprendre et qui était loin d'être facile. Cela se rappelait à elle chaque fois qu'ils se voyaient. Combien sa vie serait différente s'ils vivaient dans la même ville, pouvaient se retrouver n'importe quand et déjeuner ou dîner ensemble. Sans eux, elle avait dû organiser sa vie autour d'elle-même. Un défi que toutes les mères rencontraient, à en juger par les lettres qu'elle recevait au magazine. Du jour au lendemain, on passe d'une vie de famille à une vie beaucoup plus calme, voire carrément solitaire. Jamais Kait ne se plaignait, ni à ses enfants ni auprès de ses amies. Par fierté et par respect pour eux, elle donnait le change. Mais la douleur qu'elle venait de ressentir au moment des adieux était bien palpable. Pour rien au monde, cependant, elle n'aurait voulu que l'un d'entre eux soupçonne sa souffrance. Son bonheur n'était pas de leur ressort, mais du sien. C'était ce qu'elle rappelait sans cesse à ses lectrices : elles devaient prendre leur vie en main.

— Cette année, Frank voulait que je passe Noël dans sa famille, mais j'ai dit non. Tu aurais été déçue, dit Stephanie.

— Énormément, en effet, lui confirma Kait, reconnaissante que sa fille ait refusé. Ces fêtes passées ensemble représentent beaucoup pour moi.

Elle aurait pu ajouter qu'elle se languissait d'eux toute l'année, mais elle ne voulait pas sombrer dans le pathos.

— Je sais, maman, répondit Stephanie d'une voix calme en posant une main sur l'épaule de sa mère.

Après quoi, elles se rendirent à la cuisine pour terminer quelques restes et discuter des dernières heures passées en famille. Elles trouvaient les filles adorables.

» Tom est vraiment un très bon père, s'étonna Stephanie. Mais ça demande un temps dingue ! Je ne sais pas comment il fait.

— Le jeu en vaut la chandelle, argumenta Kait.

— C'est trop à gérer... Je ne me vois pas faire ça. Frank et moi ne voulons pas d'enfants.

— Tu changeras peut-être d'avis plus tard.

Après tout, elle n'avait que vingt-six ans.

— Peut-être.

Mais Stephanie avait l'air sceptique. Elles finirent de dîner et rangèrent la cuisine. Stephanie mettait la vaisselle dans la machine quand elle lança soudain :

» C'est bizarre, je n'ai jamais pensé à toi comme

à une grand-mère. Tu fais toujours très jeune. Ça doit être sympa d'avoir retrouvé une vie à toi et de ne plus nous avoir dans les pattes à un moment où tu peux encore apprécier d'avoir ta bulle.

À l'évidence, sa fille ne comprenait pas grand-chose à la maternité ni au vide que laissaient les enfants quand ils prenaient leur envol. Peu importait l'âge qu'on avait lorsque ça arrivait.

— Les années où vous étiez tout petits et toujours à la maison ont été les plus heureuses pour moi. J'aime ma vie actuelle et mon travail, mais ce n'est rien comparé à ce que j'ai vécu avec vous. J'imagine que certains parents sont soulagés quand leurs enfants partent. Moi, non. Il faut croire que vous m'avez gâtée. C'était super de vous avoir près de moi, dit-elle avec tristesse. » Et elle serra fort sa fille contre son cœur : « Je n'ai jamais été pressée de vous voir quitter le nid…

Stephanie hocha la tête, sans toutefois mesurer combien elle manquait à sa mère.

— Tu devrais te trouver un petit copain, maman. Ça te changerait les idées. Tu es toujours belle. Et même sexy. C'est Frank qui le dit !

La sincérité de la remarque arracha un sourire à Kait.

— Remercie-le pour le compliment. Mais, selon toi, comment trouver un compagnon : je poste une petite annonce ? J'envoie un e-mail général ? Je drague dans les bars ?

Kait la taquinait. Quand on avait l'âge de sa fille, tout paraissait si simple. Stephanie vivait de surcroît sur sa propre planète, ce qui avait tendance à rendre la vie des autres irréelle. Elle avait toujours été comme ça, et Frank l'avait rejointe dans cet univers limité, où il était plus facile d'établir des relations avec les ordinateurs qu'avec ses semblables.

— Tu dois rencontrer des mecs sympas tout le temps, répliqua Stephanie.

— Pas vraiment. Au fond, ça me va très bien, parce que je ne touche pas terre entre le magazine, mon blog, Twitter, Facebook et tout le reste. Le soir, je suis contente de rentrer et de m'effondrer sur le canapé. Et quand je lis toutes les lettres que je reçois, je suis soulagée de ne pas avoir les problèmes inhérents à la plupart des relations. J'ai été mariée deux fois, rappelle-toi. Je ne veux pas me prendre la tête avec quelqu'un qui mettra le foutoir dans ma vie, me trompera peut-être, voudra changer mes habitudes, me dira quoi faire et comment le faire, et se mettra en colère à cause de ma carrière et du temps que je passe au travail, ou bien détestera mes amis. Les gens encaissent beaucoup pour que leur relation avec l'autre fonctionne. Je ne veux plus faire ça. D'une certaine façon, j'ai tout ce qu'il me faut. La seule chose qui me chagrine, c'est que vous soyez tous les trois éparpillés aux quatre coins du pays ou du monde. Mais je m'y suis faite maintenant. Je suis bien, toute seule, conclut-elle d'un ton satisfait.

— Tu n'es pas assez vieille pour tourner le dos à l'amour, maman.

Carmen lui avait dit la même chose un jour, mais cela faisait des années que Kait n'était pas tombée amoureuse, et ça ne s'était pas bien passé quand c'était arrivé. Sa vie lui convenait telle qu'elle était.

» Tu n'as pas besoin de te marier, d'ailleurs. Tu as juste besoin d'un homme avec qui sortir quand tu es d'humeur.

— Ça ressemble plus à un plan « escort » qu'à de l'amour, s'amusa Kait. Je ne crois pas que les hommes apprécient d'être à disposition au moindre coup de sifflet. Ils attendent plus que ça, ou en tout cas ils devraient. L'ère des médias sociaux donne l'impression qu'avec une simple appli on peut faire apparaître un compagnon en un claquement de doigts et le renvoyer comme un « Uber » quand on en a assez. Je sais qu'il y en a qui font ça, mais pas moi. Ça n'apporte rien. Je ne vois pas l'intérêt. J'aime les relations durables et profondes. C'est juste que je ne sais pas si c'est ce que je veux pour moi. Quand j'y réfléchis sérieusement, je dirais plutôt non.

— C'est trop dommage, maman. Tu es trop bien, trop drôle et trop intelligente pour rester assise ici toute seule. Il faut que tu sortes avec quelqu'un.

Elle en parlait comme d'un sport que Kait

devrait reprendre, comme le tennis ou le golf. Mais Kait savait que ça demandait plus d'investissement. Et son dernier mariage l'avait échaudée. De toute façon, cela faisait des années qu'elle n'avait pas croisé d'homme qui la fasse rêver. Elle ne sacrifiait donc pas grand-chose.

— Merci pour la suggestion, dit-elle en serrant à nouveau sa fille contre elle.

Stephanie regarda sa montre.

— Il faut que j'aille au lit si je veux décoller de la maison à cinq heures du matin pour avoir mon vol. Ne te sens pas obligée de te lever pour me dire au revoir. On peut faire ça ce soir.

Mais Kait secoua immédiatement la tête.

— Pas question que je te laisse partir sans te serrer dans mes bras. Qu'est-ce que j'ai d'autre à faire ?

Ce n'était pas demain la veille qu'elle laisserait l'un de ses enfants partir sans l'embrasser.

— Tu n'es pas obligée, je t'assure, maman.

— Je sais. Mais j'aurais l'impression d'être flouée si je n'avais pas un dernier câlin avant ton départ, rétorqua-t-elle avec un sourire, arrachant un rire à Stephanie.

— Tu es toujours une maman, dit celle-ci avec l'air de quelqu'un pour qui le concept demeurait un mystère.

Kait sentait bien que cette dimension échappait à sa fille. L'instinct maternel ne semblait pas faire partie de ses gènes, même si elle se montrait adorable avec ses nièces.

— Bien sûr que je suis une maman, confirma-t-elle dans un sourire. Et pour toujours. Ça fait partie de moi. Peu importe l'âge.

L'affirmation prenait un sens tout particulier pour elle, qui avait été abandonnée par sa mère quand elle était bébé. Bien plus tard, sa grand-mère avait déployé de grands moyens pour retrouver la trace de sa belle-fille, pensant que Kait avait le droit de savoir ce qu'elle était devenue. Sa mère s'était noyée dans le naufrage d'un voilier en Espagne quand Kait avait à peu près dix ans, sans jamais avoir essayé de reprendre contact avec elle ou de la revoir. Être mère n'était pas dans ses cordes, et elle n'avait visiblement fait aucun effort pour développer cette aptitude. La seule maman que Kait ait jamais eue avait été Constance Whittier. Ce passif expliquait en partie pourquoi elle avait été si présente auprès de ses enfants : elle ne voulait en aucun cas, ni de près ni même de loin, ressembler à sa mère.

Kait régla son réveil sur quatre heures et demie.

Le lendemain matin, elle frappa à la porte de sa fille avec un café et une tranche de pain grillé qu'elle posa à côté du lit. Vingt minutes plus tard, Stephanie fit son apparition dans la cuisine, le tartan de Frank sur un bras, le teint frais comme une rose, les cheveux encore mouillés de la douche. Elle avait apprécié ce Noël en famille, mais se réjouissait déjà de retrouver Frank dans quelques heures. C'était lui sa vie, maintenant. Kait était une page de son histoire, un repère, un point d'ancrage, une pierre angulaire vers laquelle se tourner si nécessaire.

Après une longue embrassade, Kait caressa la joue de sa fille et ne la quitta pas des yeux jusqu'à ce que l'ascenseur arrive. Avec un grand sourire et un geste de la main, Stephanie s'engouffra dedans. Elle remercia encore une fois sa mère pour ce merveilleux Noël, puis les portes se refermèrent. Kait les contempla un long moment avant de retourner lentement à son appartement. Pendant une minute, elle resta plantée là, perdue, regardant autour d'elle comme pour reconnaître sa propre vie, celle dans laquelle elle était seule, ses enfants partis. Elle avait beau combler ce manque par le travail, tenter de l'ignorer ou de le nier, elle incarnait bel et bien ce que ses lectrices évoquaient avec une tristesse poignante : une mère dont les enfants ont pris leur envol. L'appartement n'était plus que silence. Kait alla jusqu'à sa chambre, se recoucha et pleura.

3

Le temps fut glacial entre Noël et le Jour de l'an. Il neigea deux fois. Stephanie avait envoyé un texto du Montana pour dire qu'elle était bien arrivée, et Tommy un des Bahamas pour la remercier de Noël et des cadeaux. Une fois encaissé le choc immuable de leur départ, Kait avait repris le cours de sa vie. Il fallait voir le bon côté des choses. Il y avait des avantages à avoir des enfants adultes. Elle pouvait faire ce qu'elle voulait : travailler, se détendre, dormir, lire, regarder la télé, sortir avec ses amis ou ne rien faire du tout. Elle pouvait prendre ses repas à n'importe quelle heure, sans s'inquiéter de devoir faire la conversation à quelqu'un ou s'assurer que chacun passait un bon moment.

En fait, elle était tiraillée entre le désir d'être avec ses enfants – qui lui manquaient – et celui de profiter de son temps libre. C'était un luxe qu'elle n'avait jamais connu en tant que parent célibataire quand elle les élevait. À l'époque, son existence tournait autour d'eux ; elle veillait à tout, les aidait pour les devoirs, gardait un œil sur leurs fréquentations, consolait leurs peines de cœur, remplissait avec eux les dossiers d'inscription pour l'université, ou discutait des choses importantes de la vie. Tout cela en parallèle bien sûr de ses obligations professionnelles, car il lui fallait continuer à rendre ses articles en temps et en heure et gérer les échéances. Dans ces moments-là, elle avait souvent pensé à sa grand-mère, qui était passée brutalement de l'opulence au dénuement le plus complet et avait néanmoins trouvé les ressources nécessaires pour faire vivre sa famille en lançant son commerce de biscuits. Si son aïeule avait accompli cet exploit, elle aussi pouvait élever ses enfants toute seule. D'autant que le contexte et l'époque étaient bien plus faciles et favorables que ceux rencontrés par Constance Whittier. Voilà ce qu'elle se disait quand les obstacles lui semblaient insurmontables.

Kait utilisa son nouvel ordinateur pour écrire l'article promis au *New York Times*. Elle l'envoya par e-mail et, en récompense, s'accorda un épisode de sa série préférée. Elle avait beau la connaître par cœur, le plaisir restait intact. Sans doute parce que les problèmes rencontrés par les protagonistes trouvaient généralement une issue favorable après un ou deux épisodes et parce que l'on identifiait clairement les gentils et les méchants. Il n'y avait pas d'ambiguïté. Elle était surprise par le sentiment de réconfort que cela lui procurait, mais elle n'avait pas pour autant attrapé le virus des séries, contrairement à Carmen. Son amie raffolait des séries policières – la violence ne la dérangeait pas – et aimait également la science-fiction. Aujourd'hui, tout le monde semblait avoir une série préférée. Du coup, les chaînes câblées captaient une part énorme des audiences télé. Le monde était entré dans l'ère des séries élaborées.

Quatre jours après le départ de Stephanie, Kait reçut un appel du couple d'amis qui l'invitait chaque année pour le trente et un. Comme ils faisaient systématiquement signe à des naufragés du Nouvel An, leur réveillon ressemblait à la réunion improbable d'esseulés en manque d'activité en ce soir de fête. Bien décidée à ne pas y aller cette année, Kait avait décliné leur invitation deux semaines plus tôt et s'en félicitait, vu le froid polaire qui régnait depuis plusieurs jours. Elle n'avait aucunement l'intention de s'aventurer dehors par ces frimas, ni de batailler pour avoir un taxi, d'autant qu'ils annonçaient encore de la neige. Surtout, elle refusait de passer un réveillon de plus à regarder les convives s'embrasser à minuit en prétendant qu'elle s'en fichait. Ce genre d'événements semblait avoir été conçu pour vous renvoyer une image de perdant ou d'intrus. Or elle détestait ce sentiment-là.

Elle fut donc surprise quand Jessica Hartley la rappela pour la convaincre de se joindre à eux. Jessica était une artiste de talent et travaillait pour un magazine rival, à la rubrique « Culture ».

Son mari dirigeait un fonds spéculatif à Wall Street. Ils n'étaient pas à proprement parler des amis proches, mais ils l'invitaient chaque année et elle avait accepté de nombreuses fois.

— Allez, Kait ! C'est presque une tradition. Tu ne peux pas manquer ça !

Eh bien si, c'était exactement ce qu'elle comptait faire. Elle préférait passer la soirée en pyjama à regarder la télé depuis son lit, tout en avalant un plat tout prêt. La perspective lui semblait plus attirante que de s'habiller pour risquer sa vie ou une jambe dans les rues verglacées, par une météo détestable. Mais Jessica n'abandonna pas la partie. À court d'excuses, Kait finit par accepter et s'en voulut immédiatement. Le jour venu, elle mit presque une heure à obtenir qu'une voiture passe la prendre. Elle se maudissait encore lorsque le véhicule arriva enfin pour l'emmener à West Village, dans la ville basse, chez les Hartley. Les deux enfants de la famille étaient rentrés de l'université pour les fêtes, mais passaient la soirée de leur côté, au grand désespoir de leur mère qui se plaignait de ne jamais les voir quand ils revenaient, car ils disparaissaient instantanément chez leurs amis

Tandis que Jessica et Sam accueillaient chaleureusement Kait, celle-ci aperçut un groupe d'invités debout devant la cheminée, en train d'essayer de se réchauffer. Comme chaque fois, les femmes portaient des robes longues ou de cocktail, et les hommes étaient en smoking. Pour l'occasion, chacun faisait un effort. Kait avait enfilé une vieille jupe de soie noire avec une blouse de satin blanc. Elle essaya de se mettre dans l'ambiance et accepta la flûte de champagne que lui tendait Sam avant de rejoindre les autres près du feu. Ils parlaient météo. C'était apparemment la nuit la plus froide de l'hiver, un record dans les annales du mauvais temps.

Même si elle ne les voyait qu'une fois par an, Kait connaissait toutes les têtes présentes. Toutes, sauf une.

Il s'appelait Zack Winter et avait partagé la chambre de Sam à l'université.

— Il est producteur à Los Angeles. Plusieurs de ses séries ont été primées, souffla Jessica à son oreille. Et il est célibataire. Il vient de divorcer.

Voilà pourquoi ils avaient insisté pour qu'elle vienne ! Ils jouaient aux entremetteurs et elle se trouvait piégée. La soirée n'avait pas encore commencé qu'elle lui paraissait déjà interminable. L'individu était en jean et mocassins de daim noir, avec un veston ouvert sur un tee-shirt également noir. Très Los Angeles. Vraiment, il ne lui manquait que la chaîne dorée au cou, songea Kait. Avec ça, il avait l'air de ne pas s'être rasé depuis une semaine, ce qui, à son âge – ils étaient de la même génération –, lui donnait l'air plus négligé que dans le vent. Kait ne prit pas la peine d'engager la conversation avec lui, puisqu'elle avait repéré sur le plan de table qu'ils seraient assis côte à côte. Elle se moquait pas mal du succès de ses séries. Elle aurait été plus impressionnée s'il avait porté un tee-shirt propre, l'autre moitié de son costume et s'il s'était rasé...

Quand ils prirent place à table, une heure plus tard, tout le monde était détendu. Comme d'habitude, le menu serait soigné, et les convives avaient la certitude de profiter d'un bon repas et d'une soirée agréable, en bonne compagnie.

— Vous savez que j'ai lu votre rubrique pendant des années ? Je suis fan de « Confiez-vous à Kait », lui dit plaisamment Zack. J'ai même tenté de sauver mon couple à l'aide de votre chronique, mais mon ex-femme est au-delà de votre champ d'action. En ce moment, on se dispute la garde du chien, vous voyez le tableau. Cela dit, je lis toujours votre blog et je vous suis sur Twitter.

Un serveur déposa du crabe froid devant eux. Kait ne savait si elle devait compatir ou rire. Comme il semblait sympathique, elle décida de passer outre à son débraillé, qu'elle imaginait typique, de producteur californien et de se montrer directe elle aussi. Il lui demanda quelles étaient ses séries préférées et elle reconnut être accro à *Downtown Abbey*. Il sourit.

— Dès que je passe une mauvaise journée, je regarde deux de mes épisodes préférés, et le monde redevient meilleur, ajouta-t-elle.

Saisissant les mots au vol, la voisine de droite de Zack demanda de quelle série l'on parlait. Elle aussi était fan de *Downtown Abbey*, tout comme d'une saga familiale dans l'Australie d'aujourd'hui, sur laquelle elle ne tarit pas d'éloges. L'homme assis en face d'eux évoqua quant à lui la série policière qu'il avait suivie ces trois dernières années. En moins de cinq minutes, la moitié de la table s'était mise à parler des séries télé. Kait écoutait, amusée, tandis que Zack se penchait vers elle et affichait un air réjoui.

— C'est une véritable folie nationale ! lui dit-il. Pour nous, tout est une question de timing : il s'agit juste d'arriver avec la bonne série au bon moment. Il y a toujours une part de chance dans la réussite d'une série.

Il n'étala pas pour autant ses succès, alors que, dans l'avalanche des discussions passionnées qui commentaient autour d'eux les meilleures séries de l'année, plusieurs étaient de lui.

» Nous diffusons trois séries actuellement et on en lance une nouvelle en janvier. L'histoire d'une famille chinoise à Hong Kong. À mon avis, ce ne sera pas vraiment votre tasse de thé. C'est assez subversif, avec une bonne dose de violence.

— Vous avez raison, la violence, ce n'est pas mon truc. Je préfère ma petite saga familiale. J'ai tenté deux ou trois autres séries, mais, chaque fois, je terminais les épisodes plus angoissée qu'au début !

Il rit à ses paroles.

— Certains aiment la violence, c'est comme une thérapie de choc, ça les distrait de la vie réelle.

— La vie réelle est assez distrayante et renversante comme ça. Je n'ai pas besoin d'en avoir plus à la télé.

Ils discutèrent du tournage en Chine de sa prochaine série – apparemment compliqué. Il connaissait son sujet et avait beaucoup voyagé. Kait découvrait quelqu'un d'intelligent et de plaisant, malgré son apparence hirsute qui détonnait pour un Nouvel An chez les Hartley. Il n'y avait en effet rien de tendance ou d'avant-garde chez ce couple new-yorkais. Mais le producteur était tellement sympathique que personne n'y prêtait attention. Pour la plupart des invités, son succès compensait largement son allure trop « Los Angeles ». Après un moment, Kait l'oublia, elle aussi. Ils discutèrent longuement, de tout et de rien : de leurs enfants, de Los Angeles comparé à New York, où il avait grandi. Il avait commencé sa vie professionnelle en produisant des spectacles sur Broadway, puis était allé à Londres travailler pour la télé avant d'atterrir à Los Angeles. C'était l'un des plus importants producteurs de télé là-bas, même si rien dans son attitude ne laissait transparaître son immense réussite.

Au dessert, Sam prit Kait au dépourvu en s'adressant directement à elle, assez fort pour que Zack entende :

— Tu devrais écrire une série télé, Kait ! Tu pourrais t'inspirer de ta famille.

— Vraiment ? intervint Zack. Vous avez un

baron de la drogue ou un criminel célèbre dans le placard ? la taquina-t-il.

Elle rit et secoua la tête.

— Plutôt le contraire. Sam pense certainement à ma grand-mère, une femme remarquable qui a tout perdu lors de la crise de 1929. Fortune et mari – mon grand-père s'est suicidé. Elle a déménagé dans le Lower East Side avec quatre enfants en bas âge, sans un sou en poche, sans compétence aucune. Pour subvenir à leurs besoins, elle a eu l'idée de confectionner des biscuits et des gâteaux et de les vendre aux restaurants du voisinage. Succès fulgurant. Elle a fini par tout céder à General Foods : les « Biscuits de Mrs Whittier pour les enfants » ainsi que les biscuits « 4 Kids ». Vous en avez certainement mangé, j'imagine.

— Vous plaisantez ? C'était la base de mon régime alimentaire quand j'étais petit ! Et encore aujourd'hui. C'était votre grand-mère ? » Il avait l'air très impressionné. « Ça devait être quelqu'un, dit-il avec admiration.

Tout à coup, il semblait encore plus intéressé par Kait, dont il appréciait déjà la conversation et l'élégance discrète.

— En effet, confirma-t-elle. J'ai grandi chez elle. Mais ça, c'est une autre histoire. Ma mère a disparu quand j'avais un an et mon père est mort l'année suivante, alors c'est elle qui m'a élevée. Nous avons passé des moments fantastiques ensemble. Elle m'a tout appris de la vie.

— Je sentais bien comme la présence d'une puissante matriarche en toile de fond, quand je lisais votre rubrique. Je n'avais cependant jamais fait le rapprochement entre Kait Whittier et les gâteaux de Mrs Whittier. Elle a dû faire fortune en vendant. » Il eut soudain l'air embarrassé. « Je suis désolé, c'était déplacé. Mais j'adore les histoires comme ça ! Des gens qui prennent la vie à bras-le-corps et refusent la défaite. Surtout les femmes. Pour l'époque, ça a dû être une réussite extraordinaire. Du jamais-vu !

— Elle pensait qu'il est possible de tout faire, à partir du moment où on le veut, où on le doit. C'était la femme la plus courageuse que je connaisse. Un jour, j'écrirai un livre sur elle, mais pour l'instant...

— Et pourquoi pas un synopsis pour une série télé ? lança-t-il spontanément. Je ne parle pas forcément du côté pâtissier de votre grand-mère, mais du profil de femme qu'elle était. Celui de quelqu'un qui non seulement ne ploie pas devant l'adversité mais se crée une toute nouvelle vie. Des histoires de ce genre inspirent les téléspectateurs. Voilà pourquoi vous adorez la série que vous regardez. Le public a besoin de modèles qui le stimulent. Et c'est encore plus impressionnant quand on pense que votre grand-mère a fait tout ça au début des années 1930, quand les femmes de sa condition ne travaillaient pas. À l'époque, il y en avait bien quelques-unes qui étaient scientifiques, ou dans les arts, mais pas de femmes d'affaires, et encore moins quand elles étaient issues d'un milieu que je suppose aisé. Les Whittier étaient apparentés aux Vanderbilt et aux Astor, non ?

— Ils étaient cousins, confirma Kait. Mais je ne suis pas sûre qu'ils aient continué à voir ma grand-mère une fois son affaire lancée. Le « commerce de détail » n'était déjà pas très bien vu pour les hommes de leur milieu. Alors, pour une femme...

— Vous apportez de l'eau à mon moulin ! J'adore cette histoire, s'exclama Zack, l'œil brillant d'intérêt.

Kait sourit en repensant à sa grand-mère. Cette petite personne digne et élégante, droite comme un I, qui avait tout de la grande dame et se rendait au bureau en arborant de magnifiques chapeaux. Après quelques années, elle avait arrêté de cuisiner elle-même, mais continuait de créer des recettes ou d'en rechercher dans de vieux livres de cuisine européens.

Il était minuit moins cinq, mais, absorbés par leur conversation, Kait et Zack n'avaient pas vu le temps passer. Sam entama le compte à rebours comme ils sortaient de table et retournaient au salon.

— Bonne année ! hurla-t-il, et il prit sa femme dans ses bras pour l'embrasser.

Les autres faisaient de même avec leur conjoint. Zack jeta à Kait un regard de connivence. Le moment était délicat pour eux.

— Je vous embrasserais bien, mais vous me gifleriez, dit-il d'un ton taquin. » Il n'avait pas l'air de vouloir s'y risquer, même s'il avait apprécié leurs échanges. « Bonne année, Kait, lâcha-t-il d'une voix douce. J'espère que vous aurez un compagnon plus stimulant que moi avec qui partager cet instant l'année prochaine.

Son ton désabusé arracha un rire à Kait.

— La stimulation était au rendez-vous, je vous assure. Bonne année, Zack, répondit-elle.

Il sortit une carte de visite de son portefeuille et la lui tendit.

— Je sais que c'est incroyablement cavalier de vous proposer ça maintenant, mais si jamais vous décidiez d'écrire sur votre grand-mère, ou sur une femme de sa trempe, appelez-moi. Il y a toujours quelque chose à faire avec des histoires comme la sienne, dit-il avec sérieux.

Elle glissa sa carte dans son sac.

— Je ne crois pas être capable d'écrire un scénario. Du moins, je ne l'ai jamais fait.

— Ne vous inquiétez pas pour ça. Votre job, c'est le synopsis. Le producteur vous trouvera par la suite un scénariste avec lequel travailler. Vous n'aurez alors qu'à superviser ce qu'il fait et à trouver des idées pour treize épisodes si le concept est vendu à un diffuseur important, entre six et vingt épisodes si c'est pour le Câble. Ils ont leurs propres règles. Ensuite, il faut juste prier pour qu'ils en veuillent plus. J'espère vraiment que vous écrirez quelque chose, Kait. Grâce à votre rubrique, vous en savez bien assez sur les gens, et sur les femmes en particulier, pour trouver quelques idées géniales et des intrigues à rebondissements. J'adore ce que vous écrivez : c'est sensible et intelligent, vrai et direct. Il n'y a rien de bidon dans votre rubrique. Vous traitez de sujets que tout le monde peut s'approprier. Vous savez, j'ai appris plein de choses sur les femmes en vous lisant.

Elle pouvait voir qu'il était sérieux et en fut touchée.

— Alors, vous deux, vous avez mis sur pied une série qui cartonnera ? les interrompit Sam.

Leur hôte avait remarqué qu'ils avaient discuté avec animation pendant tout le dîner et il se demandait si Zack allait proposer à Kait de sortir avec lui. Elle n'était cependant pas son genre. Il préférait généralement les femmes plus jeunes, surtout les actrices, et parfois les stars de ses séries. Mais Kait était belle et intelligente, et cela aurait eu plus de sens pour lui de la fréquenter, plutôt que les starlettes avec lesquelles il sortait habituellement. Pour l'heure, Sam n'aurait su dire si le courant passait entre eux. Kait était trop réservée pour montrer quoi que ce soit, et Zack cachait son jeu, comme il l'avait toujours fait. Déjà à l'université, c'était l'un des rares types de sa connaissance à ne pas se vanter de ses conquêtes.

— On y travaille.

Ce fut tout ce que lui répondit son ami, tandis

que Kait disparaissait pour rejoindre Jessica et d'autres invités.

» Kait est une femme intéressante. Et son background est fascinant, ajouta Zack.

Avant de partir, il alla saluer Kait. Il s'envolait pour Los Angeles tôt le lendemain. Il lui rappela de le contacter si elle avait des idées, mais elle en doutait. Elle n'avait aucune notion de ce qui convenait à un synopsis de série télé. Comme elle le lui avait dit, elle réservait l'histoire de sa grand-mère à une biographie, qui inspirerait sans aucun doute les générations d'aujourd'hui.

Peu après, Kait se prépara à rentrer elle aussi, heureuse finalement d'être venue. Elle avait passé une bonne soirée avec Zack et se félicitait d'avoir pu lui dire combien elle avait aimé la série qu'il avait produite. Elle ne le croiserait probablement plus, puisqu'ils évoluaient dans deux mondes différents, mais ça avait été amusant de rencontrer une nouvelle tête. Soudain, l'aura hollywoodienne de Zack n'importait plus. À l'évidence, ses nombreuses récompenses étaient le signe de son talent, ou de son flair, pour repérer ce qui marchait.

— Qu'as-tu pensé de Zack ? lui demanda Jessica d'un air entendu.

Kait, qui venait d'enfiler son manteau, ignora l'allusion et répondit en toute franchise :

— C'était sympa comme tout de discuter avec lui. Un voisin de table idéal. Merci de m'avoir placée à côté de lui.

— C'est tout ? Tu ne l'as pas trouvé terriblement sexy ?

— Je ne suis pas son type, répondit simplement Kait.

Pas plus que le style cent pour cent « Los Angeles » n'était le sien. Il appartenait au monde du divertissement, et pouvait avoir toutes les stars qu'il voulait, Kait n'en doutait pas un instant. C'était le genre d'homme à préférer les femmes très jeunes et sexy, puisqu'elles étaient à portée de main.

— Eh bien, je suis heureuse que tu l'aies apprécié, dit Jessica pendant que les autres invités commençaient à partir.

Kait se faufila dehors et constata qu'il y aurait une longue attente pour un Uber. Elle demanda donc au portier de lui trouver un taxi. Le temps qu'il revienne, cinq minutes plus tard, elle avait le visage, les oreilles et les mains tout engourdis. Elle se glissa avec reconnaissance sur la banquette arrière et donna son adresse au chauffeur. Ce dernier était soulagé de la trouver sobre, car les soirs de réveillon n'étaient pas une sinécure pour les taxis. Cela le récompensait de s'être arrêté alors qu'il roulait vers son dépôt.

— Bonne année, la salua-t-il avec un fort accent indien.

Il arborait un turban turquoise dont la simple vue enchanta Kait. Grâce à Zack, la soirée avait été animée, bien plus agréable que ce qu'elle avait escompté. C'était flatteur qu'il l'encourage ainsi à écrire un synopsis. Et pas déplaisant qu'il apprécie son blog et la suive sur Twitter. Elle consacrait beaucoup de temps à ses articles. Mais, si elle adorait aider les gens, elle n'était pas particulièrement intéressée par l'écriture d'un scénario de série. En outre, elle doutait d'avoir en elle plus que « Confiez-vous à Kait », qui lui paraissait déjà suffisamment exotique comme ça. Cela ne voulait pas dire qu'elle dédaignait les programmes télé. La preuve, pour finir la soirée en beauté, elle allait regarder l'épisode de Noël de la dernière saison de *Downtown Abbey* sur son ordinateur. Cela la ferait veiller tard, mais elle pouvait faire la grasse matinée le lendemain. Le travail ne reprenait que dans deux jours. Finies, alors, les vacances !

Tandis que le générique retentissait et qu'elle s'enfonçait dans la montagne d'oreillers de son lit pour mieux profiter de sa série, Kait avait l'impression de terminer l'année revivifiée, avec une ardoise vierge. Ça faisait du bien. Et l'épisode de *Downtown Abbey* avait beau être l'un de ses préférés, elle manqua la fin, car c'est profondément endormie qu'elle entra dans la nouvelle année.

4

À son réveil, l'écran était noir, la batterie, à plat, et les lumières de la chambre étaient allumées. Se levant pour brancher le chargeur, Kait vit par la fenêtre de gros flocons tomber en abondance. Dehors, tout était comme figé. Seuls quelques bus circulaient, ainsi qu'un ou deux taxis qui progressaient avec lenteur. La neige était haute.

Elle alla se faire une tasse de café et s'assit devant l'ordinateur reçu à Noël. Il lui plaisait beaucoup malgré les nouvelles options et les gadgets qui la désorientaient. Face au clavier, elle s'interrogea sur la suite de sa journée. Côté rubrique, tweets et blog, elle était à jour. Sortir ? C'était plutôt un temps à rester au coin du feu. En pensée, elle visualisa Tommy et les siens aux Bahamas, Stephanie dans le Montana avec Frank. Elle se demanda où était Candace et ce qu'elle faisait... Elle fixait l'écran depuis un moment quand, soudain, une idée jaillit. Ou plutôt l'amorce d'une idée, comme le bout de fil d'une bobine avec lequel on a très envie de jouer pour voir où cela nous mènera. Que risquait-elle ? Elle n'avait rien d'autre à faire ce jour-là.

L'histoire commence en 1940, avant l'entrée en guerre des États-Unis.

Lochlan Wilder a environ quarante ans, et une véritable fascination pour les vieux avions, qu'il collectionne et restaure lui-même. Passionné par le vol et tout ce qui touche à l'aviation, il peut piloter n'importe quel engin avec des ailes et a dépensé jusqu'à son dernier penny pour se constituer sa collection. Son héritage, son salaire, tout y est passé. Même la maison est hypothéquée. Malgré cela, sa femme Anne le soutient. Elle seule comprend ce que le vol représente pour lui. Elle le défend vaillamment contre les critiques acerbes de sa mère, Hannabel, laquelle trouve son gendre irresponsable et le traite de débile aussi souvent qu'elle le peut.

Lochlan n'est rien de tout ça. C'est un bel homme, sexy et indomptable, qu'Anne aime corps et âme. Il lui a appris à voler, et elle pilote plutôt bien, même si elle n'est pas aussi mordue que lui. En revanche, de leurs quatre enfants, deux ont attrapé le virus de leur père.

Bill, l'aîné, a dix-huit ans. Lochlan l'a initié au vol et aux moteurs. C'est un garçon sérieux et responsable, qui a obtenu son brevet de pilotage.

Mais c'est Maggie, la deuxième, qui partage vraiment avec son père le sens du pilotage et l'amour des vieux avions. À dix-sept ans, elle n'a pas encore passé son brevet, mais elle sait déjà faire voler tous les engins de la collection. Elle a le don et espère bien devenir un jour pilote. Lochlan lui a même enseigné quelques figures de voltige. Maggie est du genre casse-cou et a plus de tripes que son frère dans le cockpit. Ce dernier a la main sûre et régulière ; elle est fougueuse, comme leur père.

La famille compte encore deux enfants : Greg, quinze ans, plus intéressé par les bêtises que par les avions. Il nourrit de grandes ambitions, dont aucune ne tourne autour de l'aéronautique. Et enfin, la plus jeune, Chrystal, beauté saisissante de quatorze ans, uniquement préoccupée de garçons, qui elle aussi se fiche pas mal de l'aviation.

Kait écrivait furieusement au fur et à mesure que l'histoire prenait forme dans sa tête.

La guerre se durcit en Europe. Peu après le début de l'histoire, Loch annonce à Anne qu'il part pour l'Angleterre s'engager dans la Royal Air Force (RAF). Ils acceptent les volontaires, et des pilotes de sa connaissance sont déjà partis là-bas. Sa décision est prise. Il a vendu deux avions afin qu'elle puisse se débrouiller seule. Pour lui, c'est une question de devoir, et Anne le connaît trop bien pour essayer de l'arrêter. Elle accepte de le laisser partir par amour et respect pour lui. À l'annonce de son départ, Bill et Maggie trouvent que leur père est un héros. Hannabel, quant à elle, est horrifiée qu'il puisse quitter ainsi femme et enfants. Car Anne devra tout gérer sans lui, les affaires courantes et les enfants. C'est une femme forte et tranquille, qui croit en son mari, bien qu'elle tremble pour lui. Avant son départ, il y a une scène touchante entre eux. Et un flot de critiques émanant de Hannabel après.

Loch leur a laissé assez d'argent pour qu'ils subviennent à leurs besoins, même s'il leur faudra faire attention. Envisageant de travailler pour arrondir un peu les fins de mois, Anne imagine d'utiliser les avions de Loch pour transporter des passagers sur de courtes distances. Une sorte de taxi aérien. Bill et elle sont aptes à le faire. Ils pourraient aussi donner des leçons de pilotage. Elle peut compter sur son aîné : Bill est tout prêt à l'aider. Bientôt, ils plantent un panneau annonçant le transport de passagers et les leçons. L'entreprise « Air Wilder » est née. Maggie aurait bien participé elle aussi, mais c'est impossible sans brevet. Hannabel, cependant, ne décolère pas contre Loch de s'être carapaté en Angleterre en plantant là sa famille et juge extravagant le projet de sa fille. Anne ferait bien mieux de profiter de l'absence de Loch pour vendre ses avions et disposer ainsi de beaucoup plus d'argent. Ça lui apprendrait à les avoir abandonnés.

De son côté, Bill tente d'aider sa mère à canaliser son jeune frère, sans cesse mêlé à des histoires, surtout à l'école. Mais Greg n'accepte pas son autorité. Chrystal est tout aussi difficile à gérer. Toujours prête à filer en douce retrouver un garçon. Bill fait de son mieux, mais les deux petits sont difficiles. Et Maggie est obnubilée par les avions. Elle est impatiente de passer son brevet.

Les débuts de l'entreprise sont timides mais prometteurs. Quelques personnes signent pour des cours. Des hommes d'affaires locaux louent leurs services pour se rendre à des réunions dans d'autres villes. Anne gère bien l'affaire, sans doute mieux que son mari ne l'aurait fait. Elle a plus de sens pratique. Air Wilder leur rapporte assez pour compléter ce que Loch leur a laissé, mais, quand il n'y a ni cours ni course, il faut regarder à la dépense. Dans ces cas-là, Hannabel répète qu'il faut vendre quelques avions ou toute la collection de Loch, mais Anne fait la sourde oreille. Ça briserait le cœur de Loch, ce dont Hannabel se moque bien : il n'aurait que ce qu'il mérite ! Certains des engins sont des pièces uniques et rares, et Maggie sait tous les piloter. Elle s'entraîne avec Bill comme elle le faisait avec leur père, et elle adore ça.

Tandis que Loch pilote pour les Anglais, Anne gère tout à la maison, avec efficacité et courage. Au bout d'un an d'existence, sa petite entreprise se porte bien. Mais voilà que le désastre de Pearl Harbor survient. On est en décembre 1941. Un an plus tôt, en septembre 1940, avait eu lieu la première mobilisation de temps de paix, mais Bill n'avait pas été appelé.

Puis Loch revient au pays pour voler dans une escadrille anglo-américaine de l'armée de l'air. En permission chez lui, il passe pas mal de temps avec chacun de ses enfants avant de repartir et exhorte Greg à bien se conduire. On assiste de nouveau à une tendre scène de séparation avec Anne, dont il est très fier car elle dirige son entreprise d'une main de maître et a sauvé ses avions. Elle aura désormais Maggie pour la seconder, la jeune fille de dix-huit ayant passé son brevet. Loch et Bill partent pour la guerre, le fils allant suivre un entraînement de pilote. Anne et Maggie s'occupent d'Air Wilder, tandis que Greg et Chrystal reprennent leurs mauvaises habitudes en l'absence de toute autorité masculine. Chrystal fait plus âgée que ses quinze ans et attire les hommes comme la flamme les papillons de nuit. Elle les encourage de façon éhontée. Anne tente de la tempérer, mais en vain.

Parvenue à ce stade du récit, Kait se souvint tout à coup d'avoir entendu parler des WASPs (Service de pilotes féminines de l'armée de l'air américaine). Elle lança immédiatement une recherche sur Internet et ne fut pas déçue du résultat. Leur histoire était tout bonnement fascinante. Créé en 1942, après Pearl Harbor, ce groupe constitué de femmes pilotes assura tous les types de missions susceptibles de libérer leurs homologues masculins pour le combat. Après avoir suivi un entraînement au Texas, elles étaient capables de piloter n'importe quel engin, depuis le PT-17 et l'AT-6 d'entraînement jusqu'aux avions les plus rapides comme l'A-24 et l'A-26, en passant par les lourds bombardiers B-17 et B-25. Elles tractaient des cibles chargées de vrais explosifs lors des entraînements au tir, pilotaient des drones, testaient des avions après réparation, servaient d'instructeurs, acheminaient des cargaisons aux points d'embarquement, transportaient et livraient des avions. Les vols de nuit étaient courants et, bien que non-combattantes, elles accomplissaient des missions dangereuses, sans pour autant recevoir de reconnaissance. Pendant tout le conflit, elles travaillèrent comme personnel civil de l'armée et ne bénéficièrent d'aucune allocation spéciale, ni d'honneurs particuliers. Elles volaient quand on les appelait et touchaient deux cent cinquante dollars par mois.

Sur les vingt-cinq mille femmes qui postulèrent aux WASPs dans l'idée de participer à l'effort de guerre, seules mille huit cent trente furent retenues. En plus de leurs références de pilote, elles devaient avoir au minimum vingt et un ans et mesurer un mètre cinquante-cinq. Trente-huit d'entre elles furent tuées au cours de leur mission. En décembre 1944, après presque trois ans d'existence, le programme fut dissous. Les archives les concernant restèrent scellées pendant plus de trente ans. En 1977, le Congrès vota pour que ces femmes vétérans soient éligibles aux pensions d'anciens combattants, même si elles n'avaient jamais fait partie officiellement des forces armées. Ce n'est qu'en 2010, soit soixante-huit ans après le conflit, que les survivantes, à peine plus de trois cents à cette date, furent récompensées par la plus grande distinction possible, la médaille d'honneur, lors d'une cérémonie officielle à Washington. C'était la première fois que la plupart des Américains entendaient parler d'elles.

En lisant ces lignes, Kait faillit se lever et applaudir. Émue aux larmes, elle décida aussitôt d'intégrer ces informations dans son récit. Anne Wilder avait le bon profil pour les WASPs. C'était parfait. Et il y avait aussi l'histoire de leurs uniformes. Au début, ces femmes héroïques portaient des salopettes usagées de mécaniciens, taille quarante-quatre, soit la plus petite taille masculine disponible. Par la suite, on leur demanda d'acheter des pantalons beiges et des chemises blanches pour les occasions officielles. Ce n'est qu'en 1943 que leur responsable, Jacqueline Cochran, fit dessiner par Bergdorf Goodman un uniforme de laine couleur « Air Force blue ». Le modèle fut approuvé par deux généraux de l'armée de l'air et devint l'uniforme officiel de l'unité. Il se composait d'une jupe, d'une chemise blanche, d'une cravate noire, d'une veste cintrée avec l'emblème de l'armée de l'air, et d'un blouson avec celui des WASPs. Un béret et un sac noir complétaient la tenue. Quant à leurs uniformes de vol, ils étaient du même « bleu Santiago » que celui de l'armée de l'air et se composaient d'un blouson

« Eisenhower », d'un pantalon effilé, d'une chemise de coton bleu et d'une cravate noire, avec une casquette de type base-ball. Ces uniformes sortaient des ateliers de la chaîne de vêtements de luxe Neiman Marcus, et les WASPs en étaient très fières. Que de chemin parcouru depuis les vieilles salopettes !

Kait se remit à taper sur son clavier avec ardeur.

Anne se ronge les sangs pour son mari et son fils. Même la revêche Hannabel se fait moins entendre, inquiète elle aussi, principalement pour son petit-fils.

Mère et fille s'occupent de leur petite entreprise et s'en tirent plutôt bien.

Un jour, un agent recruteur des WASPs vient voir Anne. Il lui explique faire appel à des femmes pilotes afin de libérer des hommes pour le combat. Il précise qu'elle resterait civile et que le travail serait ponctuel. Pas très bien payé, il ne le cache pas. Il s'agirait principalement de faire traverser l'Atlantique à des avions vides pour le compte de l'armée, une mission potentiellement dangereuse. Anne signe sans hésiter. Ce sera sa contribution à l'effort de guerre, et un maigre sacrifice puisqu'elle sera toujours en mesure de faire tourner Air Wilder.

Quand Hannabel apprend la nouvelle, elle la supplie de revenir sur sa décision, soulignant qu'elle pourrait très bien être abattue par les Allemands au-dessus de l'Atlantique. Cet épisode révèle une facette insoupçonnée de Hannabel, qui est terrifiée à l'idée qu'elle pourrait perdre sa fille unique. Mais Anne n'en démord pas. Maggie veut se porter volontaire aussi, mais elle n'a pas l'âge requis, et Anne a besoin d'elle à la maison. Hannabel finit par accepter et emménager chez eux pour s'occuper des enfants.

On voit Anne en mission ainsi que les autres femmes pilotes qu'elle rencontre. Pendant ce temps, Air Wilder vivote, rapportant à peine de quoi les faire vivre. Durant ses acheminements, Anne se trouve parfois en difficulté, mais elle s'en sort toujours sans une égratignure.

Ce n'est pas le cas de Loch, qui est abattu. Ni de Bill, qui meurt lui aussi peu avant la fin des combats. Anne reçoit la dernière lettre de son mari après sa mort. Il lui redisait tout son amour. Navrée pour sa fille, Hannabel la soutient comme elle peut, faisant montre de compréhension et de compassion.

Tout en écrivant ces lignes, Kait pleurait à chaudes larmes. Elle s'arrêta une seconde pour reprendre son souffle, mais la suite du récit ne pouvait attendre.

La guerre est finie. Anne a quarante-quatre ans, Maggie, vingt-deux ans, Greg vingt ans et Chrystal dix-neuf. Ces deux-là continuent à poser des problèmes. Toute la famille est dévastée par la perte de Loch et de Bill, symbolisée par les deux drapeaux et les deux étoiles d'or à leur fenêtre.

Anne se demande comment s'en sortir désormais. Vendre les avions de Loch ? Trouver un boulot de temps de paix ? Continuer à essayer de joindre les deux bouts avec les leçons de vol et le transport de passagers ? Elle imagine finalement se lancer dans le fret en utilisant les avions les plus grands et les plus anciens de leur collection. Maggie étant devenue une pilote hors pair, elle pourrait la seconder dans cette entreprise. Greg et Chrystal aideraient alors à l'administration. Hannabel les surprend tous en exigeant d'être mise à contribution. Elle est dans le même bateau et veut faire tout son possible pour aider. Elle présente même des excuses à Anne pour les méchancetés qu'elle a proférées contre Loch – tout ce qu'elle voulait, c'était une vie facile et heureuse pour Anne ; elle n'avait pas compris que son gendre, justement, comblait sa fille.

Anne baptise son entreprise de fret « Wilder Express ». Au début, toute mission est une victoire. Les contrats sont d'abord modestes, puis ils gagnent en nombre et en importance. L'argent rentre dans les caisses. Elles facturent leurs services à un bon prix, mais elles assurent. De son côté, si Hannabel se montre parfois grincheuse avec les clients, car elle a son caractère et son franc-parler, elle les amuse aussi par son humour. Et elle ne compte pas ses heures. Comme les autres. Maggie donne des leçons de vol en plus du fret. Quant à Anne, elle est aux commandes, vaillante et infatigable. Progressivement, elles peuvent investir dans des appareils plus grands, ce qui leur permet d'augmenter les volumes transportés. Anne et Maggie volent parfois par mauvais temps, dans des conditions difficiles qui leur donnent quelques frayeurs. Lorsque le chiffre d'affaires le leur permet, elles embauchent un jeune pilote fantastique, Johnny West. Un gars super, qui les décharge énormément. Maggie et lui tombent amoureux. Pendant ce temps, les deux plus jeunes persévèrent dans leurs inconduites.

Le ton se durcit chez les concurrents masculins d'Anne Wilder. Que deux femmes se trouvent à la tête d'une entreprise de fret aérien parmi les plus dynamiques du secteur en gêne plus d'un. Les menaces se multiplient. Un de leurs avions est saboté et Johnny, leur jeune pilote, est passé à tabac. On veut les intimider pour qu'elles se retirent des affaires. Mais Anne tient bon, soutenue par Maggie et par Hannabel. Cette dernière n'a pas froid aux yeux et sait comment répondre aux importuns. Elle va jusqu'à sortir un pistolet la nuit où des types débarquent et les menacent physiquement.

Vient le moment où, pour aider au développement de l'entreprise, les trois femmes doivent vendre certains modèles de Loch afin de racheter à l'armée des avions dont celle-ci n'a plus l'emploi. C'est une décision douce-amère pour Anne, qui s'y résout la mort dans l'âme. Elles ne garderont qu'un ou deux avions de la collection, les préférés de Loch. Un soir, Hannabel dit à Anne que son mari serait vraiment fier d'elle s'il pouvait voir ce qu'elle a accompli. Sa fille lui retourne le compliment.

80

Leur flotte aérienne augmente. Anne suit les dossiers de près, mais doit aussi garder en permanence un œil sur Greg et Chrystal, qui n'en font qu'à leur tête. De son côté, Maggie file le parfait amour avec le jeune pilote, Johnny West.

Les années passent. Anne, Maggie et Hannabel continuent de se battre contre les préjugés et la concurrence et font de Wilder Express une réussite totale. L'entreprise est en pleine croissance, l'argent entre à flots. Elles embauchent plus de pilotes. Même Hannabel assure de temps à autre une mission de nuit, quand ils manquent de bras. Elle manie plutôt pas mal le manche et montre alors toute sa fougue.

Dans les années 1950, Wilder Express devient l'une des plus importantes compagnies de fret aérien du pays. Une réussite féminine dans un univers d'hommes. Une véritable victoire, remportée au prix d'efforts immenses et d'une ténacité de chaque instant. Parfois, elles se voient obligées de renvoyer un pilote quand il leur donne du fil à retordre. Les trois Wilder ne lâchent rien. Elles se battent pour les droits des femmes. Peut-être engageront-elles un jour une pilote, si l'occasion se présente. En tous les cas, elles signent avec un héros de guerre qui connaissait Loch. Anne et lui sont parfois en désaccord mais se respectent. Finalement, ils tombent amoureux. C'est le premier homme dans la vie d'Anne depuis la mort de Loch (on est en 1953 ou 1955). À la tête de Wilder Express, on trouve trois générations de femmes fortes : Hannabel, Anne et Maggie.

Minuit. Assise à son ordinateur, Kait s'étonna soudain : d'où lui était venue cette saga familiale ? Cette histoire de femmes capables de réussir brillamment dans un secteur réservé aux hommes ? Voilà quinze heures qu'elle écrivait sans discontinuer. Elle intitula le récit *Les Femmes Wilder*.

Après l'avoir relu, Kait sortit la carte de Zack Winter et lui envoya un mail pour lui dire qu'elle avait écrit une histoire et se demandait s'il aimerait y jeter un œil. Deux heures plus tard, il répondait n'attendre que ça. Elle cliqua sur le bouton *Envoyer* et fut aussitôt assaillie par le doute. Et s'il détestait ? Fierté, panique. Toute la gamme des émotions l'envahit, d'autant qu'elle s'était attachée à ses personnages pendant l'écriture. Ces femmes avaient pris corps et vie à ses yeux.

Le lendemain matin, la tempête de neige avait tourné au blizzard. Kait se replongea dans la lecture de son récit et en émergea électrisée. Que ressortirait-il de tout ça ? Quelle serait la suite ? Dehors, la neige tombait dru. Une chose était sûre, cela faisait des années qu'elle ne s'était pas autant amusée en noircissant des pages. Elle les dédia à sa grand-mère, avec l'intime conviction qu'elle aurait été très fière d'elle.

5

Le blizzard souffla pendant deux jours. Quand tout le monde retourna au travail, Kait ne pipa mot de ce qu'elle avait écrit, pas même à Carmen. Elle attendait des nouvelles de Zack. Trois semaines plus tard, il ne s'était toujours pas manifesté. Dans l'intervalle, Kait avait connu tous les degrés du doute et de l'embarras, certaine que son histoire était nulle, qu'il avait détesté et qu'il était juste trop poli pour le lui dire. Quelle meilleure preuve que son silence ? Elle en était arrivée au stade où elle tentait de tout oublier quand il l'appela.

— Dites-moi, le réveillon chez Sam et Jessie a été providentiel pour nous deux ! lança-t-il d'emblée.

Déstabilisée et s'attendant au pire, Kait n'osa pas lui demander ce qu'il entendait par là.

» Désolé de ne pas être revenu vers vous plus tôt, reprit-il, mais ça a été la folie, ici. Je suis à New York demain pour une réunion. Vous avez le temps pour un verre ?

Il voulait sans doute la ménager et lui dire

en personne ce qui n'allait pas dans son récit et pourquoi il n'avait pas aimé.

— Bien sûr, répondit-elle, très troublée et ne sachant à quoi s'en tenir.

Son récit devait être nul... À peine meilleur qu'un essai d'amateur. Elle qui avait été tellement excitée en l'écrivant ! Mais cet enthousiasme du début avait bel et bien disparu et laissé la place au doute et à la mortification

— Où se retrouve-t-on ?

Il suggéra le Plaza, où il descendrait.

— Six heures ? proposa-t-il.

— Parfait.

Il lui indiqua à quel bar le retrouver et raccrocha. Kait resta assise en face de son ordinateur. Statufiée. Il lui fallait se préparer au pire, malgré le ton chaleureux de cet appel. Elle n'imaginait pas une seconde qu'il ait pu aimer son synopsis. L'attente allait être rude jusqu'au lendemain. Kait était sur les nerfs. Le soir, il lui fallut trois épisodes de *Downtown Abbey* pour se calmer. Et encore, la crainte ne cessait de l'assaillir, les scénarios catastrophes tournaient dans sa tête.

Le lendemain, elle mit un tailleur, des bas et de hauts talons noirs. À croire qu'elle se rendait à un enterrement. Carmen ne cacha pas sa surprise quand elle passa la voir dans l'après-midi.

— Quelqu'un est mort ? fit-elle, à moitié sérieuse.

Kait, visiblement la tête ailleurs et le regard soucieux, affichait une pâleur suspecte.

— J'ai un rendez-vous après le boulot.

— Rien de joyeux, apparemment.

La tension de son amie était palpable.

— Sans doute pas, se contenta de dire Kait.

Carmen partit sans insister davantage.

Kait se présenta avec dix minutes d'avance au Plaza. Elle avait déjà pris place à une table du Oak Bar quand elle aperçut Zack à l'entrée. La panique la saisit soudain, car l'homme décontracté du réveillon avait disparu. Zack portait un costume, avec une chemise bleu clair et une cravate, comme n'importe quel businessman new-yorkais. Voilà qui était surprenant et donnait le ton de la rencontre... Ils échangèrent une poignée de main.

— Tout va bien ? Vous avez l'air si sérieuse, dit-il en s'asseyant face à elle.

— Vous aussi.

Derrière le sourire de Kait, Zack vit qu'elle flippait. Et, de fait, Kait n'avait pas souvenir de s'être un jour sentie aussi nerveuse. Tous deux passèrent commande avant d'entrer dans le vif du sujet. Pour lui, ce serait un whisky, et pour elle, un verre de vin – mais juste pour la forme, car elle ne pourrait rien avaler ; il n'était jamais agréable de s'entendre dire que son travail ne valait rien. Au moins Zack avait-il eu la délicatesse de se déplacer pour le lui annoncer en face. Sans doute par respect pour Sam, son vieil ami d'université.

— Vous ne vous rappelez donc pas ce que je vous ai dit hier, au téléphone, Kait ? J'ai parlé de rencontre *providentielle*. Vous avez apparemment zappé ce mot.

Elle avait l'air au bord des larmes.

— J'ai pensé que vous étiez juste poli, répondit-elle avec franchise tout en prenant son verre d'une main tremblante.

— Jamais dans les affaires, répondit-il avec un sourire. » Il décida d'abréger au plus vite son calvaire. « Votre histoire est géniale, Kait. Et elle fait un très bon synopsis. Les personnages féminins sont fantastiques, les intrigues secondaires permettent de dérouler la bobine pendant des années. Si je ne vous ai pas contactée plus tôt, c'est parce que je ne voulais pas vous donner de faux espoirs. Sachez que j'ai eu deux réunions la semaine dernière, et une autre il y a deux jours, avec les plus importantes chaînes du câble, car ce sont les plus susceptibles d'exploiter une histoire comme la vôtre. L'une d'entre elles venait justement d'annuler une série. Ils ont un trou béant dans leur grille de programmes de l'automne et *Les Femmes Wilder* correspondent exactement à ce qu'ils recherchent. Kait, ils se lancent dans l'aventure ! Vous êtes mon nouveau porte-bonheur !

Il rayonnait littéralement tandis que Kait semblait en état de choc.

» Maintenant, reprit-il, la prochaine étape consiste à retravailler votre texte, qui est encore un peu brut. Ils veulent qu'on le développe et qu'on leur envoie un script dès que possible. Avec la bonne personne, c'est faisable.

— Mais j'ignore totalement comment on écrit un script, fit-elle remarquer après avoir vidé son verre.

Elle avait du mal à croire à ce qui lui arrivait. C'était si éloigné de ce à quoi elle s'était préparée.

— Ne vous inquiétez pas, j'ai déjà contacté une scénariste. Et là encore, nous avons une bonne étoile, car Becca Roberts termine en ce moment même un contrat. Je lui ai envoyé votre synopsis et elle veut en être. Malgré sa jeunesse, c'est une femme de talent. Croyez-moi sur parole. J'ai déjà travaillé avec elle. Elle a à son actif deux séries très réussies, même si l'une a été écourtée – à cause de l'acteur vedette, pas du scénario. Bref, elle pourrait accomplir un supertravail avec vous.

Très pro, Zack avait pensé à tout.

— Attendez que je résume, lâcha Kait. Une chaîne câblée veut le synopsis des *Femmes Wilder*, et vous avez déjà une scénariste pour écrire le script ?

— Oui, c'est ça. Généralement, on commence par juger de la qualité du synopsis. S'il est bon et que la chaîne nous suit, alors on signe avec l'auteur et on passe au script. Et une fois le scénariste validé par la chaîne, on part sur une base de treize épisodes, plus neuf si les diffuseurs sont contents.

Habitué à ces processus et au succès, il en parlait avec aisance, mais pour Kait tout était nouveau.

— Oh, mon Dieu, dit-elle en fermant les yeux une seconde. Vous êtes en train de me dire que mon histoire va devenir une série télé aussi facilement que ça ?

— Oh, il reste encore quelques obstacles à franchir. D'abord, le script doit faire l'unanimité. Ensuite, point crucial, il faut trouver les bons acteurs, en l'occurrence des actrices assez charismatiques pour incarner votre histoire et porter la série. Enfin, nous devrons recruter un réalisateur capable de diriger une trame et des personnages féminins. C'est une question de chance. Si tout s'emboîte bien, la série sera diffusée l'automne prochain. Sinon... J'ai déjà en tête quelques noms de réalisateurs, et je pense aussi à une actrice qui pourrait jouer Anne Wilder. La probabilité pour qu'elle accepte est mince, parce que c'est une actrice de cinéma, pas de télé. Mais je ferai tout mon possible pour la persuader. Le rôle est fait pour elle. Il faut juste qu'elle en tombe amoureuse. Et puis, il y a la scénariste dont je vous ai parlé. Becca Roberts. Elle peut commencer à travailler pour nous dans deux semaines, à condition de vous avoir rencontrée d'abord.

Il n'avait pas fini ses explications que Kait affichait un large sourire. L'avenir de son synopsis demeurait aléatoire, mais il n'était pas si improbable que cela qu'il se retrouve à la télévision.

» Pour tenir les délais, le tournage devra débuter au premier juillet, ce qui ne nous laisse pas beaucoup de temps. Je vais avoir du pain sur la planche. Et vous, vous allez avoir besoin d'un agent pour négocier les aspects contractuels et financiers vous concernant. J'en connais plusieurs. Je vous donnerai leurs coordonnées.

Tout ça était tellement excitant qu'elle aurait bien travaillé pour rien ! Maintenant, s'ils voulaient la rémunérer... Autant se taire et s'en remettre en effet à des experts pour définir un montant et les détails annexes. Tout ce qu'elle voyait dans l'immédiat, c'était cette sensation de ne pas toucher terre, l'intensité de son émotion. Elle en était la première surprise, car elle n'aurait pas cru tenir autant à cette histoire. Zack le perçut dans son regard.

Pendant deux longues heures, ils discutèrent du projet. Kait se fiait entièrement à son jugement concernant la scénariste. C'était lui, le spécialiste. Mais il ne révéla rien sur les acteurs qu'il avait en tête pour qu'elle ne s'enthousiasme pas en vain. Il fallait d'abord qu'il se renseigne sur leur disponibilité.

Kait le remercia infiniment quand ils se séparèrent dans le hall, lui pour se rendre à un dîner d'affaires, elle pour rentrer chez elle et savourer l'instant en silence, ou bien courir dans son salon en hurlant de joie – elle n'avait pas encore décidé. Jamais elle ne s'était sentie aussi exaltée. Et ce n'était que le début ! Le temps d'arriver à son appartement, elle avait déjà oublié la moitié de ce que Zack lui avait expliqué. La nouvelle était trop énorme. Elle décida de ne pas en parler à ses enfants avant que le projet ait pris une tournure plus concrète. Peut-être après sa rencontre avec la scénariste. Ou bien après la signature de son contrat. Un document officiel donnerait certainement à tout cela un aspect plus réel. Pour l'instant, elle avait un peu peur de se réveiller d'un merveilleux rêve. Elle avait même oublié de demander à Zack combien de temps prenait un tournage et si elle pourrait toujours tenir sa rubrique. Car elle n'avait pas l'intention de lâcher la proie pour l'ombre.

Elle ôta son manteau et s'assit sur le canapé du salon pour rassembler ses idées. Elle avait l'impression d'évoluer dans un pays dont elle ne parlait pas la langue. Comme une étrangère, elle avait besoin d'un interprète. Et comme pour un voyage, c'était excitant. Elle avait hâte que l'aventure commence...

Cette nuit-là, il fut impossible pour elle de s'endormir tant l'entretien avec Zack occupait son esprit. Elle ne regarda pas *Downtown Abbey* et rit d'elle-même quand elle songea qu'elle aurait bientôt sa propre série télé. La vie était vraiment incroyable !

Zack l'appela le lendemain matin pour passer en revue certains détails. Il voulait qu'elle vienne à Los Angeles dans deux semaines pour rencontrer la scénariste. Sur place, elle verrait également deux agents, car il lui faudrait rapidement établir son contrat. D'ici là, lui-même aurait avancé sur le casting, qu'ils valideraient ensemble. La distribution et le réalisateur étaient des éléments clés de décision pour la chaîne. Voilà pourquoi il ne taperait que dans le haut du panier. Pour Kait, tout cela paraissait super. Et surtout palpitant. Elle le remercia de nouveau avant qu'ils raccrochent et partit travailler, l'esprit en ébullition.

Comme elle resterait deux semaines à Los Angeles, il lui fallait poser des congés. Elle s'attela à remplir sa demande sitôt arrivée au bureau. Cela ne devait pas poser de problème à la rédaction, puisqu'elle était toujours très libre de ses horaires et surtout pouvait travailler à distance. Elle était déterminée toutefois à ne pas révéler où elle se rendait ni ce qu'elle prévoyait de faire. Par superstition et parce que rien n'était encore gravé dans le marbre. Il ne s'agissait que d'un engagement oral entre la chaîne et Zack. Même si sa réputation de producteur à succès le précédait, il n'était pas à l'abri d'un refus de dernière minute, voire d'une annulation surprise à la fin du tournage. La télé était connue pour ça. Inutile qu'elle se ridiculise en en parlant trop tôt autour d'elle.

— Comment s'est passé ton rendez-vous d'hier ? lui demanda Carmen en avançant une tête par la porte de son bureau.

Sa curiosité était piquée depuis la veille.

— Pas mal, répondit vaguement Kait, se sentant un peu coupable de lui mentir par omission.

Elles n'étaient cependant pas assez intimes pour qu'elle partage avec elle une nouvelle aussi confidentielle et importante. De toute façon, ses enfants seraient les premiers informés, mais uniquement une fois le contrat signé.

— En tout cas, tu as meilleure mine aujourd'hui, commenta son amie.

— C'est vrai, admit Kait avec un sourire.

Elle n'évoqua pas non plus sa demande de congés, car elle n'avait pas encore élaboré d'excuse valable.

— Je nous prends des salades quand je reviens ? proposa Carmen.

— Volontiers. Méditerranéenne pour moi, s'il te plaît.

Elles étaient bonnes copines, mais pas amies intimes.

— On se voit à treize heures, alors. Ciao !

Kait mit un point final à son formulaire de congés et demanda à son assistante de le déposer aux RH. Travaillerait-elle encore à sa chronique à la fin de l'année ? Cette question la troubla et elle tenta de l'ignorer tandis qu'elle ouvrait un énorme dossier rempli de lettres. L'ampleur de la tâche la ramena rapidement sur terre. Elle avait un travail à faire ici, le même depuis dix-neuf ans : délivrer ses conseils dans le « Courrier du cœur » de *Woman's Life*.

Hollywood pouvait attendre. Sa rubrique était vitale pour elle, il ne fallait pas l'oublier. Dans les heures qui suivirent, chaque fois que son esprit vagabondait vers ses personnages ou le casting possible, elle s'obligea à revenir à la réalité. Elle réussit même à passer un bon déjeuner avec Carmen, échangeant avec elle les derniers potins devant leurs salades dans son bureau.

— Dis-moi, tu as encore cet air absent. Il y a quelque chose ? s'enquit Carmen au milieu du repas.

Elle se demandait si Kait avait rencontré quelqu'un.

— Juste de la fatigue. Je n'ai pas beaucoup dormi la nuit dernière.

— Tu as besoin de vacances.

— C'est prévu. Je vais aller à Londres quand Candace sera revenue de sa mission.

Elle comprit soudain qu'elle tenait là l'excuse parfaite pour son voyage à Los Angeles.

— Je pensais aussi aller voir Steph à San Francisco, dans deux semaines, et peut-être Tom au retour.

— Kait, je te parle de vraies vacances... Dans un bel endroit, où il fait chaud. En tout cas, moi, je ne cracherais pas dessus, dit Carmen avec mélancolie.

— Moi non plus, approuva Kait d'un ton vague. » Elle se projetait déjà à Los Angeles. « Merci du conseil, Carmen. Je pourrais peut-être convaincre Steph de descendre à L.A. pour un week-end quand je serai là-bas.

Sa collègue hocha la tête et se leva pour jeter les emballages de leur déjeuner. Un week-end à Los Angeles était une bonne idée, puisqu'elle allait en Californie voir sa fille.

— Repose-toi ce soir, l'admonesta-t-elle. Tu dors déjà à moitié.

Kait rit comme la porte se refermait sur Carmen. Le plus beau, c'est qu'elle n'avait jamais été plus en alerte qu'alors. Simplement, elle vivait un rêve éveillé et devait se pincer pour en être sûre.

6

Les deux semaines précédant son départ pour la Californie lui parurent interminables. Tout dans son quotidien semblait désormais fastidieux. Comment se concentrer sur le courrier des lectrices et sur des sujets qu'elle avait traités des milliers de fois quand tout ce qu'elle voulait, c'était s'envoler pour Los Angeles et savoir où en était le projet ?

Elle avait un peu mauvaise conscience d'aller en Californie sans passer voir Stephanie à San Francisco, mais elle n'aurait pas le temps. Zack avait planifié une dizaine de réunions avec la chaîne afin de discuter plus en détail, notamment de l'orientation à donner à l'intrigue. Il avait aussi prévu de lui faire rencontrer des agents, un avocat en droit du spectacle, un réalisateur, et, bien sûr, la scénariste. Une personne essentielle de leur dispositif, car il fallait qu'elle commence le plus tôt possible. Zack voulait également que Kait se prononce sur le casting. Non seulement parce que c'était important pour elle en tant qu'auteure, mais aussi parce que les trois actrices qu'ils engageraient seraient l'essence même de la série. Il était crucial que leurs voix sonnent juste à l'oreille de Kait. Elles devraient avant tout incarner son histoire, quand bien même la chaîne ne manquerait pas d'apporter des modifications au fur et à mesure.

Bref, il y aurait beaucoup à faire, et Kait se demandait si elle parviendrait à faire tenir ce programme de ministre en un temps si court. Quand Zack l'appela trois jours avant son départ, elle paniqua, persuadée qu'il allait lui annoncer l'annulation du projet. Elle n'y croyait toujours pas. À tort, puisque toutes les pièces de la machine se mettaient en branle malgré la complexité que représentait le montage d'une série.

— Je voudrais que vous rencontriez une personne en particulier, lui dit-il.

Il avait l'air pressé, comme toujours, mais il jonglait avec tellement de séries et de projets différents qu'il n'y avait là rien d'étonnant. Il avait en permanence un millier de fers au feu, or le leur était un gros calibre et demanderait encore beaucoup de travail et de réunions avant de démarrer vraiment. Certes, ils auraient pu faire un pilote eux-mêmes et le proposer ensuite à une chaîne, ce qu'il avait fait de nombreuses fois. Mais associer le diffuseur dès le début du processus d'élaboration facilitait les choses et libérait plus de trésorerie pour la réalisation. La chaîne qui adorait leur synopsis était prête à mettre les moyens pour produire une série de grande qualité.

Ils n'avaient pas encore déterminé un lieu de tournage. Californie ? ou New York ? La seule certitude, c'était qu'il leur fallait une petite piste d'atterrissage et beaucoup d'espace pour les avions. Ils travailleraient avec plusieurs cascadeurs et toute une flotte d'avions de collection. Zack avait déjà lancé des repéreurs sur les deux côtes des États-Unis pour dénicher les bons fournisseurs et le site idéal. Comme le budget serait plus ou moins identique quel que soit l'endroit retenu, la chaîne leur laissait carte blanche concernant la localisation finale.

» Elle serait libre demain, continua Zack de manière mystérieuse.

— Qui est-ce ?

Zack ne répondit pas tout de suite. Non pas par goût de l'effet dramatique, mais parce qu'il signait des chèques pour une autre série et que son assistante attendait à côté de lui.

— Je lui ai parlé la semaine dernière, reprit-il, et elle dit avoir beaucoup réfléchi. Jouer pour la télé est une expérience nouvelle pour elle, et elle voulait se faire une idée plus précise de cet univers. Elle a bien compris que tourner dans une série ou un téléfilm n'est plus du tout stigmatisant aujourd'hui. Les plus grandes têtes d'affiche n'hésitent plus. Elle vient donc de me rappeler. Elle veut vous rencontrer pour mieux comprendre le personnage et être sûre qu'il est pour elle.

Le suspense devenait insoutenable. Qui était cette personne à laquelle il avait déjà fait allusion par le passé ?

» Évidemment, elle jouerait Anne Wilder. Ce rôle serait parfait pour elle, et je pense qu'on peut la convaincre, surtout si elle a la possibilité de continuer à tourner des films entre les saisons – elle ne transigera pas sur ce point. Vous savez qu'elle a déjà remporté deux oscars et un Golden Globe. Je lui en ai promis un autre pour notre série, dit-il en riant.

Kait était de plus en plus impressionnée.

» J'ai travaillé avec elle sur un film, il y a longtemps, quand je n'étais qu'un petit assistant. Elle ne se souvient pas de moi. Toujours est-il que Maeve O'Hara est une femme étonnante. Vous allez l'adorer, vous verrez.

— Maeve O'Hara ? répéta Kait avec révérence et émerveillement. Pour notre série ? Vous êtes sérieux ?

— J'espère. Car elle ne promet rien. Elle a juste dit qu'elle voulait vous voir avant de discuter plus avant. Je pense que vous devriez bien vous entendre.

Pour lui, les deux femmes avaient en commun le talent et l'humilité, ainsi qu'un solide bon sens.

— Elle propose de vous retrouver demain à quatre heures, dans un café de son quartier – comme ça vous pourrez partager un sandwich au pastrami. Plus sérieusement, c'est quelqu'un qui a les pieds sur terre en plus d'avoir du talent – ses deux filles, qui veulent être actrices, ont du chemin à faire avant de l'égaler. Si on signe avec elle, on tient une série qui affolera les audiences. Alors, éblouissez-la, Kait. Mais je sais que ce sera le cas. De toute façon, le rôle est fait pour elle.

L'espace d'un instant, Kait ne sut quoi dire. Elle était abasourdie. Voilà qu'elle était à la veille de prendre un café avec Maeve O'Hara, l'une des plus grandes stars du cinéma !

— J'essaierai, répondit-elle en espérant ne pas paraître trop ridiculement fan. Tout ça est très nouveau pour moi, Zack. J'ai peur de tout gâcher.

— Je ne me fais aucun souci. Mon petit doigt me dit que, d'ici peu, vous serez très bonnes copines toutes les deux. Soyez juste vous-même et parlez-lui d'Anne Wilder. Elle a le synopsis en main depuis la semaine dernière, d'où son appel aujourd'hui. Le personnage d'Anne Wilder lui correspond parfaitement, et je crois qu'elle le pressent très bien. Même si elle dit lever le pied et ne prendre en ce moment aucun engagement pour des raisons personnelles, ça va être dur pour elle de résister à notre série. Une grande actrice comme elle ne s'arrête jamais très longtemps de tourner. Elle est accro au boulot, comme nous tous, et je veux que, son prochain contrat, elle le signe avec nous. Je lui envoie de ce pas un mail pour lui dire que vous êtes disponible demain.

Il donna à Kait le nom et la localisation du café. C'était sur la 72ᵉ Rue Ouest. Maeve vivait au Dakota, sur Central Park Ouest, un immeuble de la fin du XIXᵉ siècle bien connu, où résidaient quantité d'acteurs, de producteurs, d'écrivains, d'intellectuels et d'artistes célèbres. Les appartements étaient immenses et avaient vue sur le parc. Kait se demanda à quoi ressemblait celui de l'actrice et si elle le visiterait un jour.

» Appelez-moi après l'entrevue, recommanda Zack avant de raccrocher.

Bon. Kait avait désormais une journée entière et une nuit pour penser à ce rendez-vous et s'inquiéter. Rencontrer des stars de cinéma du calibre de Maeve O'Hara... Elle se trouvait à des années-lumière de sa zone de confort. D'où l'adrénaline. En tous les cas, cet entretien serait sans nul doute l'un des moments inoubliables de sa vie.

Le lendemain, Kait quitta son travail tôt dans l'après-midi et s'engouffra dans le métro pour en ressortir au nord du Lincoln Center. Il faisait froid, l'air était cristallin et, le temps qu'elle arrive au Fine & Schapiro, elle avait le nez rouge, les yeux larmoyants et les mains gelées. À peine entrée dans le café, elle repéra son interlocutrice assise à une table du fond. Elle portait une parka et un bonnet de laine, mais les autres clients l'avaient très probablement reconnue, eux aussi. Kait s'approcha, le cœur battant. Maeve lui sourit, semblant très bien l'identifier. Bien qu'elle sirotât une tasse de thé fumant, elle avait l'air frigorifiée.

— J'aurais dû vous donner rendez-vous chez moi, s'excusa-t-elle, mais mon mari ne va pas bien et j'essaie au maximum de limiter les visites. Il y a déjà assez de vie comme ça à la maison avec les enfants.

— Aucun problème, répondit Kait en s'asseyant avec le sentiment de retrouver une vieille amie. Et je vous envie : les miens ont tous quitté le nid.

— Vraiment ? Où habitent-ils ?

Tout en discutant, Maeve observait Kait avec intérêt et semblait apprécier sa personnalité. Les deux femmes avaient quelques années de différence, Maeve étant plus jeune, mais pas de beaucoup. Ce jour-là, elle ne s'était pas maquillée, ce qu'elle faisait de toute façon rarement quand elle ne travaillait pas. Sous sa parka, elle portait un jean, une paire de vieilles bottes d'équitation et un gros pull.

— Oh, trop loin à mon goût : San Francisco, Dallas et là où la BBC envoie ma fille cadette, pourvu qu'il y ait une guerre. Sinon, elle est basée à Londres.

— Hum. Ça doit être dur pour vous, compatit Maeve. La plus âgée de mes filles étudie à Tisch, université de New York, dans l'idée d'être actrice. La plus jeune aussi ressent l'appel des planches, mais elle se cherche encore. L'an dernier, elle a abandonné l'université en première année pour jouer dans les petites salles de New York, ce qu'on appelle le Off Broadway. Des pièces franchement mauvaises.

Les deux femmes échangèrent un sourire complice. Elles étaient mères, et la célébrité ne changeait rien à l'affaire. Elles se comprenaient. Totalement à l'aise, Kait but une gorgée de café.

» J'essaie de m'armer, de me préparer à la perspective du nid vide, d'accepter l'idée qu'un jour elles partiront, reprit Maeve. Mais, Dieu merci, ça ne leur a pas traversé l'esprit jusqu'à présent. Elles ont beau me rendre folle, leur présence m'ancre dans le réel ; je serai perdue le jour où elles quitteront le nid. Du coup, je me plie à toutes leurs volontés, et ça leur coupe l'envie d'aller ailleurs.

Elles éclatèrent de rire.

» Une vraie vie de pacha, continua l'actrice. Nourries, blanchies, les amis qui débarquent à minuit, et j'en passe. Tout du moins, c'était comme ça jusqu'à la maladie de Ian. C'est plus compliqué maintenant.

Kait ne posa pas de question indiscrète. Il suffisait de voir l'inquiétude qui avait obscurci le regard de Maeve à l'évocation de son époux pour comprendre que c'était sérieux. Elle était mariée depuis longtemps à Ian Miller, un acteur célèbre devenu réalisateur.

» Au fait, Kait, j'adore votre rubrique dans *Woman's Life*. Je la lisais chaque fois que Ian et moi avions une dispute, histoire de déterminer s'il fallait appeler un avocat ou bien lui pardonner. Il semblerait bien que vous nous ayez sauvés du divorce, plaisanta Maeve.

Kait sourit, flattée de compter cette grande comédienne parmi ses lectrices.

» Vos conseils me sont aussi précieux en ce qui concerne mes rapports avec mes filles, poursuivit Maeve. Contrairement à ce que l'on croit, dix-neuf et vingt et un ans ne sont pas des âges faciles. Un coup, elles sont femmes et vous tombent dessus en adultes, l'instant d'après, on a l'impression d'être face à des bébés qu'on enverrait bien dans leur chambre. Quel âge ont les vôtres ?

— Entre trente-deux et vingt-six ans. Un fils et deux filles. Tom habite à Dallas, il a épousé une fille de là-bas. Candace vit à Londres et Stephanie, la plus jeune, une vraie geek, travaille pour Google à San Francisco après avoir fait le MIT. Ils sont tous très différents et j'étais à peine adulte quand je les ai eus. Leur père est parti quand ils étaient tout petits, si bien qu'eux et moi sommes très proches.

— Comme moi avec Tamra et Thalia, mes deux filles. Comment faites-vous sans eux, maintenant ?

L'inquiétude perçait sous la question de Maeve. Une crainte que partageaient beaucoup de mères.

— Je veille à rester très occupée. Et je me remémore les propos de ma grand-mère, qui avait coutume de dire : « Le passé est le passé, il faut vivre au présent. » Ce n'est pas un précepte facile à suivre, mais on se porte mieux si on l'applique.

Maeve ne pouvait qu'approuver. Elle s'efforçait en effet de vivre selon cette philosophie depuis la maladie de son mari. Décidément, les deux femmes semblaient se comprendre instinctivement. Mais il était temps d'entrer dans le vif du sujet.

— Alors, Kait, dites-moi tout sur cette géniale Anne Wilder. Qui est-elle vraiment ? demanda l'actrice.

— Je serais incapable de vous dire d'où elle a surgi. Je m'étais assise pour écrire, et elle a pris corps toute seule… En toute honnêteté, je crois que je communiquais en esprit avec ma grand-mère, une femme incroyable de courage et fascinante, qui avait de sacrées tripes et un optimisme à toute épreuve. Elle a essuyé les tempêtes de la vie sans jamais se plaindre, cherchant systématiquement le moyen d'améliorer les choses et y parvenant. Grâce à elle, on peut dire que j'ai toujours eu un filet de sécurité, notamment quand j'ai élevé mes trois enfants toute seule. Elle n'a pas eu cette chance et a dû se confectionner elle-même ce filet. Mais elle était intelligente, pleine de ressources. C'est elle qui m'a convaincue que je pouvais faire face à tout.

Maeve voulut en savoir plus, et Kait raconta l'histoire de Constance Whittier. Captivée, l'actrice l'écoutait en s'émerveillant de la ressemblance entre la grand-mère et la petite-fille, même si cette dernière ne semblait pas en avoir conscience. Elle était pourtant aussi vaillante que son aïeule. Elle-même n'était pas mal non plus, qui tentait de garder le cap alors que le sol se dérobait sous ses pieds avec la maladie de Ian... Comme toutes les femmes courageuses, elles avançaient, le plus souvent au jugé, se fiant à leur intuition. Les hommes, eux, étaient plus méthodiques.

» Finalement, Anne Wilder est comme ma grand-mère, conclut Kait. J'adore les histoires où, contre toute attente, les femmes réussissent dans un monde d'hommes. C'est dix fois plus dur pour nous et certainement encore plus dans l'aviation en 1950. Tout comme ça l'a été pour ma grand-mère dans les années 1930 avec son entreprise de pâtisserie. Je ne peux même pas imaginer comment elle a fait.

Maeve percevait désormais très bien le lien entre le personnage de fiction et l'ancêtre décrite par Kait.

— J'adore ce profil de femme, dit-elle d'une voix posée, le regard direct. Kait, je serai franche avec vous : nous n'en parlons pas pour ne pas éveiller la curiosité des médias, mais Ian a la maladie de Charcot. Il a été diagnostiqué l'année dernière. Autant vous dire que le coup a été rude. Dernièrement, son état s'est détérioré. Nous avons maintenant des infirmières à demeure. Il est toujours mobile, mais s'affaiblit beaucoup. Il a du mal à respirer. Sa chute sera progressive, jusqu'à l'issue fatale. Il reste néanmoins très fort et tient à ce que je continue à travailler. Or votre histoire m'a complètement séduite : quand j'étais petite, je rêvais d'être une Anne Wilder. Alors, pensez si j'adorerais l'incarner ! Mais, pour moi, tout dépend de l'état de Ian, dont on ne sait pas comment ni à quelle vitesse il va évoluer. Quoi qu'il en soit, si je signe, il faudra tourner à New York, car je ne veux pas m'éloigner de lui, et il est hors de question de le transporter en Californie, loin de ses médecins. Au moins, si je travaille ici, je pourrai rentrer tous les soirs et m'échapper en cas d'urgence.

Kait était à la fois stupéfaite et profondément touchée par cette confidence. La maladie de Charcot était une maladie dégénérative qui paralysait tous les muscles jusqu'à la mort, laquelle pouvait survenir en quelques années. À sa connaissance, la seule personne à avoir survécu à et avec la maladie était le physicien Stephen Hawking. Personne d'autre. Mais peut-être Ian survivrait-il. Kait le leur souhaitait de tout son cœur. Quel terrible coup du sort c'était que d'être ainsi frappé par une maladie aussi terrifiante ! Pas étonnant que Maeve eût les larmes aux yeux quand elle en parlait.

— Vous m'avez l'air d'être aussi courageuse que ma grand-mère, dit Kait avec douceur. Voire plus...

Les injustices que certains subissaient ne cesseraient jamais de révolter Kait. Quant à la bravoure de certaines personnes, elle était stupéfiante. Car il en fallait, du courage, pour supporter de voir l'homme aimé dépérir à vue d'œil et mourir à petit feu. Où Maeve trouvait-elle l'énergie de s'intéresser à son projet de série ?

» Il n'y a que vous qui puissiez décider ce qui convient étant donné ce que vous affrontez, reprit Kait. À titre personnel, bien sûr que j'adorerais vous voir interpréter Anne Wilder, ça serait comme un rêve devenant réalité, mais c'est juste une série télé, alors qu'il est question de votre vie privée, là. C'est bien plus important. Personne n'a le droit d'interférer ou d'essayer de vous influencer.

— Merci, Kait, répondit Maeve avec gratitude. Ian veut que je le fasse. Il a lu le synopsis et l'adore lui aussi. D'après lui, Anne Wilder est mon portrait tout craché, ce qui n'est pas faux par certains côtés. Je m'interroge juste sur la pertinence de m'investir totalement dès maintenant dans un projet à long terme, qui pourrait durer des années.

Kait sourit à ces mots.

— Merci d'y croire, mais rien n'est moins sûr ! Je comprends votre hésitation, Maeve... Cette série vous offre l'avantage d'un agenda structuré, mais elle peut aussi représenter trop de pression.

— Et je ne voudrais pas faire capoter votre projet.

— Le plus important, c'est vous et Ian. Faites ce qui est le mieux pour vous deux.

Kait le pensait vraiment. *Les Femmes Wilder* n'étaient qu'une série, alors que Maeve et son mari affrontaient une terrible maladie.

— Je vais y réfléchir encore, car ça me tente beaucoup. Une partie de moi veut continuer à vivre normalement, ce que Ian me pousse à faire pour que je ne reste pas assise à le regarder décliner. Et puis, j'avoue que toutes ces séries m'intriguent. Le public les préfère aux films maintenant.

Kait admit toute penaude qu'elle était accro à *Downtown Abbey*, ce qui enchanta Maeve.

— Moi aussi ! Je regarde un épisode tous les soirs. Et les mauvais jours, j'en regarde deux. Dommage qu'ils aient arrêté… Mais revenons à nos moutons, Kait. Votre série véhicule un message fort pour les femmes : avoir de la ressource, ne pas se laisser abattre. Un message tellement fort qu'il ne faut rien lâcher sur la qualité. Qui envisagez-vous pour Hannabel, la mère d'Anne ?

— Je ne sais pas. Zack s'y connaît bien plus que moi et il a des pistes, mais j'ignore lesquelles.

— Pourquoi pas Agnes White ? J'ai travaillé deux fois avec elle. C'est une actrice incroyable et elle conviendrait parfaitement pour le rôle.

— Elle n'est pas morte ? s'étonna Kait. Ça

fait des années que je ne l'ai pas vue. Elle doit être âgée.

— Pas tant que ça. Elle a dans les soixante-dix ans, ce qui correspond au personnage. Elle a connu des tragédies dans sa vie, et elle s'est complètement retirée du monde. Mais Ian a son numéro, il la connaît : elle a vécu avec son mentor et ami, Roberto Leone, pendant près de cinquante ans. Ils ne se sont jamais mariés. Je crois qu'il l'était déjà et n'a pas divorcé. Ils sont venus dîner une fois à la maison. Un couple étonnant. Roberto était l'un des plus grands réalisateurs de notre temps, c'est lui qui a convaincu Ian de se lancer dans la mise en scène. Quant à Agnes, c'est la meilleure actrice que je connaisse. Mon idole. Elle jouerait Hannabel à la perfection.

Maeve dit cela avec tant de chaleur que Kait en fut émue :

— C'est une excellente idée, répondit-elle. J'en parlerai à Zack.

— J'adorerais retravailler avec elle... C'est quelqu'un de très entier et d'imprévisible dans ses choix de rôle. Alors qu'elle était très belle, elle n'a jamais craint de s'enlaidir pour incarner un personnage. Elle voyait ça comme un défi à relever. C'est une véritable actrice. J'ai tenté de suivre son exemple, mais j'admets préférer être à mon avantage plutôt qu'on me vieillisse de quarante ans pour jouer la reine Victoria sur son lit de mort. J'ai beau me dire que ça ne diminue pas ma valeur de comédienne pour autant, ça signifie surtout que je suis plus vaniteuse qu'Agnes.

Elles éclatèrent de rire toutes les deux. Kait ne lui jetait pas la pierre. Maeve était belle pour son âge, et sans recours apparent à un quelconque « travail » cosmétique, ni même au Botox. Elle affichait une beauté naturelle, contrairement à beaucoup d'actrices de sa génération, devenues méconnaissables après de trop nombreux liftings.

Maeve jeta avec regret un regard à sa montre. Cela faisait deux heures qu'elles étaient là et n'avaient pas vu le temps passer. Une amitié était née sans nul doute, quelle que soit la décision finale de l'actrice concernant le rôle. Si elle refusait, Kait ne lui en voudrait pas. Son mari était infiniment plus important. Dans le même temps, n'avait-il pas expressément demandé qu'elle continue de jouer ? Et cela lui permettrait, à lui, de retrouver par procuration toute l'ambiance d'un tournage, car le travail lui manquait atrocement. S'il avait pu, il aurait dirigé cette série lui-même tant le synopsis l'avait emballé, avait avoué Maeve.

» Je dois y aller. Le changement d'infirmières est dans une demi-heure et j'aimerais faire un point avec elles, dit celle-ci dans un soupir tout en lançant un regard reconnaissant à son interlocutrice. J'ai vraiment passé un moment fantastique, Kait. Il faudra absolument qu'on se revoie, quoi qu'il arrive. J'ai besoin de vos conseils pour mes filles !

Ce faux aveu de faiblesse les fit sourire. Après

quoi, elles se disputèrent brièvement pour payer l'addition, mais Kait tint bon.

» Le prochain café sera pour moi, alors ! N'oubliez pas Agnes White pour Hannabel et parlez-en à Zack. S'il vise bel et bien quelques grands noms, elle se doit d'être dans la liste, peu importe ce qu'il faudra faire pour la convaincre. Je vous enverrai par mail son numéro personnel. Elle n'a probablement plus d'agent... Et gardez en mémoire que le réalisateur pourrait faire la différence pour elle. Agnes a toujours préféré travailler sur des projets dirigés par son grand amour, Roberto Leone, mais ça pèsera dans la balance si elle apprécie votre choix. Zack a-t-il déjà passé un accord avec quelqu'un ?

À ses yeux aussi, cet aspect avait beaucoup d'importance.

— Je ne crois pas. Il est en pourparlers avec plusieurs réalisatrices. Il veut une femme.

— Ça me va très bien, encore que Ian désapprouverait. Il préfère les réalisateurs aux réalisatrices.

Les deux femmes s'étreignirent sur le trottoir. Elles avaient passé deux heures merveilleuses ensemble. Il était déjà dix-huit heures et le temps avait encore fraîchi. Maeve mit sa capuche et se dirigea vers Central Park en agitant la main, tandis que Kait hélait un taxi pour rentrer chez elle. Sur le trajet du retour, repensant à l'actrice, elle se dit qu'elle correspondait en tout point à ce qu'elle s'était imaginé, voire mieux. Une femme remarquable.

Elle venait de refermer la porte d'entrée de son appartement et retirait son manteau quand son portable sonna. C'était Zack.

— Qu'est-ce que vous lui avez fait ? demanda-t-il sur un ton à la fois sidéré et crispé.

— Mais rien, répondit Kait, déconcertée. J'ai eu l'impression qu'on passait un bon moment. Quelque chose lui a déplu ?

— Eh bien, non, madame Whittier, dit-il, la voix soudain tout enjouée. J'ai reçu il y a dix minutes un e-mail pour le moins laconique : « J'en suis », était-il écrit. Signé : Maeve O'Hara. Kait, vous avez réussi !

Kait fut aussi déroutée et excitée que lui par la nouvelle. Cette femme absolument incroyable avec qui elle venait de passer deux heures allait donner vie à Anne Wilder et faire de la série un énorme succès. Il y avait de quoi jubiler !

— Sa seule condition, c'est de tourner à New York ou dans ses environs, précisa-t-elle sans entrer dans les détails de la maladie de Ian.

— Je sais, son agent me l'a dit. En ce qui me concerne, ça peut être la Grosse Pomme ou le Botswana, je m'en fiche ! La chaîne ne va pas en croire ses oreilles. Avec Maeve O'Hara, la série ne peut pas faire un bide.

Il buvait du petit-lait, tout comme Kait. C'était le succès assuré, à condition d'avoir un scénario à la hauteur de l'actrice.

— Au fait, Zack, elle trouve qu'Agnes White ferait une fantastique Hannabel, glissa Kait, l'air de ne pas y toucher.

— Impossible, elle est morte, dit Zack d'un ton sans appel.

Il avait par ailleurs une autre actrice en vue, plutôt douée pour la comédie, ce qui apporterait une note un peu légère au personnage.

— Moi aussi, je croyais, dit Kait. Mais Maeve m'a assuré le contraire : elle est simplement à la retraite et vit recluse, ou quelque chose dans le genre.

— Je vais me renseigner, dit Zack – bien décidé cependant à donner d'abord sa chance à l'actrice de son choix, même si celle-ci se montrait difficile, voire coriace en affaires, et multipliait les exigences extravagantes par le biais de son teigneux d'avocat.

Quand ils raccrochèrent, Kait constata qu'elle aussi avait reçu un mail de Maeve : « Merci pour tout ! La série va cartonner ! Amitiés, Maeve. » Kait regarda son téléphone et eut un grand sourire. La chance était de son côté et elle se demanda si sa grand-mère avait ressenti la même chose quand sa première fournée de biscuits avait trouvé preneur. Maeve constituait un argument de poids pour convaincre les acteurs de leur choix de rejoindre le casting. Désormais, rien ne pouvait les arrêter.

7

Les deux semaines que Kait passa à L.A. furent très intenses. Le premier jour, elle rencontra les deux agents recommandés par Zack. Elle s'attendait à un style très « Hollywood », genre jeans, tee-shirts et chaînes dorées. Mais non, pas du tout. Tout d'abord, les rendez-vous eurent lieu dans d'immenses bureaux, aux murs couverts de coûteuses œuvres d'art signées Damien Hirst, De Kooning, Jackson Pollock. Quant aux agents, ils ressemblaient à des publicitaires new-yorkais ou à des banquiers, dans leurs costumes impeccables, chemises blanches immaculées, cravates de prix et chaussures John Lobb. L'image même du conservatisme. Rasés de près, cheveux courts, et portant du sur-mesure. Leurs conversations furent aussi sérieuses que leur apparence. Les deux semblaient très bien, mais le second, Robert Talbot, se montra légèrement plus chaleureux et volubile. Kait l'appela une heure à peine après leur entretien pour lui annoncer qu'elle souhaitait qu'il devienne son agent. Ravi, il lui assura qu'il allait se pencher tout de suite sur les contrats. Il la recontacterait très vite.

Elle visionna ensuite les bouts d'essai des acteurs retenus par Zack pour tous les rôles à part celui d'Anne. L'actrice pressentie pour jouer Hannabel faisait toujours sa difficile et n'avait pas encore signé. Tout l'inverse de celle qui incarnerait probablement Maggie. Elle était parfaite pour le rôle et avait séduit tout le monde. Le hic, c'est que c'était une parfaite inconnue. Or Zack recherchait une tête d'affiche pour donner la réplique à Maeve.

Pour Chrystal, la petite sœur délurée de Maggie, ils avaient trouvé une jeune actrice sexy et populaire, dont la beauté exquise contrebalançait la réputation de caractérielle et le manque de professionnalisme. Du haut de ses vingt-deux ans, elle pourrait facilement en paraître quatorze dans les premiers épisodes, et elle avait joué suffisamment de petits rôles dans d'autres séries ou films pour que le public connaisse son visage. Elle s'appelait Charlotte Manning et plairait sans conteste aux jeunes, surtout aux hommes, car elle avait l'allure du rôle. Et pas seulement l'allure : elle était sortie avec tous les mauvais garçons de Hollywood et les rockeurs qui finissaient en prison.

Enfin, ils avaient une piste pour le personnage de Loch, une grande star du cinéma, potentiellement séduite par le fait que le collectionneur d'avions mourait rapidement et que le contrat serait par conséquent de courte durée.

Le troisième jour, Kait rencontra Becca Roberts, la scénariste dont Zack disait le plus grand bien. Le rendez-vous était à neuf heures, au bureau du producteur. Kait fut ponctuelle, mais Becca, elle, débarqua avec deux heures de retard, des lunettes noires sur le nez et l'air d'avoir enfilé les premiers vêtements qui lui étaient tombés sous la main. On aurait dit que ses cheveux à la coupe de lutin n'avaient jamais vu une brosse. En guise de salut, elle grogna et alla se couler dans un fauteuil au fond de la salle de réunion, comme un enfant se glisse au dernier rang à l'école.

— Ah, vous êtes là, lâcha-t-elle, interrompant la discussion de Zack et de Kait. Pourrais-je avoir un café noir, s'il vous plaît ?

Cette requête s'adressait à l'assistante de Zack. Kait l'observa d'un air intrigué. On lui aurait donné quatorze ans, alors qu'elle en avait vingt-quatre. Mais Zack jurait qu'elle était l'un des talents les plus brillants de L.A.

» Vraiment désolée, pour le retard. C'était mon anniversaire hier, une nuit complètement dingue. Je suis rentrée à cinq heures du matin, le portable mort. Donc plus d'alarme. C'est mon chien qui m'a réveillée il y a une demi-heure. J'ai fait aussi vite que j'ai pu, sauf que le trafic craint. J'habite dans la vallée, précisa-t-elle comme si ça expliquait tout.

Kait avait beau être patiente, elle trouva les excuses de la jeune femme pathétiques. Elle avait le plus grand mal à croire que cette gamine turbulente à la gueule de bois pouvait écrire des séries, à succès ou non. D'une minute à l'autre, elle s'attendait à entendre : « C'est mon chien qui a mangé mon devoir. »

» J'ai adoré le synopsis, poursuivit cependant Becca. En fait, j'ai travaillé sur le premier épisode toute la semaine dernière pour essayer différentes pistes. Pour la grand-mère, je ne suis pas trop sûre. À mon avis, on n'a pas besoin d'une telle peau de vache. J'ai une tante comme ça que je ne peux pas encadrer. Elle va faire fuir les téléspectateurs. On devrait la couper.

— Tout l'intérêt tient au fait qu'elle est dure envers Anne au début, mais, ensuite, elle répond présente dans les coups durs, expliqua Kait qui sentait presque les poils de sa nuque se hérisser de colère. Elle apprend même à piloter pour aider l'entreprise. Sa personnalité contrebalance bien les autres personnages.

Becca secoua la tête.

— On n'y croit pas. Et Bill, l'aîné, celui qui meurt : il a l'air gay. Une vraie lavette.

Zack et Kait échangèrent un regard. Le producteur en aurait pleuré. De son côté, Kait considérait qu'ils perdaient leur temps. La seule chose qui la retenait de quitter la pièce, c'était Zack. Elle ne voulait pas se montrer grossière envers lui.

— Pourquoi ne pas nous montrer ce que tu as ? dit Zack avec calme. Ça nous servira de base pour commencer à travailler et on verra où ça nous mène.

— Mon imprimante est cassée. Vous pouvez imprimer ça ici ? demanda Becca en sortant son ordinateur portable de son sac à dos.

Elle le tendit à l'assistante, laquelle revint cinq minutes plus tard avec un exemplaire imprimé pour chacun. Il s'agissait du travail préliminaire sur les premières scènes.

Kait en parcourut seulement trois pages avant de le reposer sur la table et de regarder Becca droit dans les yeux.

— Ceci n'a absolument rien à voir avec mon synopsis. Si vous ne l'aimez pas, ne travaillez pas dessus. Vous ne pouvez pas tout réécrire à votre sauce ! Le début a tout faux et le dialogue est beaucoup trop moderne pour l'époque. Ce n'est pas une comédie musicale punk, c'est une saga familiale qui se passe dans les années 1940.

— On pourrait la dynamiser un peu, la faire commencer plus tard, suggéra Becca. C'est tellement dépassé, tout ça.

— C'est censé l'être, justement, répliqua Kait de façon laconique. Tout repose là-dessus. Anne Wilder monte son entreprise à une époque où il était quasi impossible pour une femme de réussir dans un domaine presque exclusivement réservé aux hommes.

— Ça, je l'avais compris et j'aime vraiment bien Maggie. On dirait un peu un garçon manqué. Que diriez-vous si on en faisait une lesbienne ? La série pourrait du coup parler de la lutte pour les droits des homosexuels dans les années 1940.

— Non. Il s'agit de la lutte pour les droits des femmes tout court, hétéros ou homos, répondit Kait sans ménagement.

— Je peux retravailler dessus, si vous voulez, dit Becca en appelant du regard Zack à la rescousse.

De son côté, Kait était désireuse de couper court à cette réunion le plus vite possible. Elle était à deux doigts de s'en aller. Franchement. Becca leur faisait perdre leur temps et n'était visiblement pas capable de leur fournir le scénario adéquat. À son grand désarroi cependant, Zack n'abandonna pas la partie. Il leur fallait absolument un scénario rapidement s'ils voulaient commencer le tournage en juillet. Or Becca était disponible, elle écrivait vite et il était convaincu qu'elle pouvait le faire.

— Becca ? *Focus*, lui dit-il d'une voix posée. Tu te rappelles quand tu as écrit *La Fille du diable* ? Au début, tu étais complètement à côté de la plaque et tu as pas mal tourné et retourné le sujet. Au final, tu as écrit le meilleur scénario que j'aie jamais lu et la série a été un succès. C'est ça qu'il te faut sortir aujourd'hui. Tu dois comprendre l'essence de l'histoire. Je te rappelle que *Les Femmes Wilder* pourraient faire cinq ou dix saisons ; ce serait le jackpot pour toi. Par contre, il va falloir que tu t'y mettes. Fais le ménage, vide-toi la tête et réessaie.

Ses mots semblèrent la dégriser. Elle avait l'air tout à la fois déçue et perdue.

— Vous voulez un scénar comme *La Fille du diable* ?

— Non. Je veux que tu reproduises ce que tu as fait à l'époque. Tu as transformé le pire scénario possible en un diamant éclatant. Recommence ce miracle.

Il était catégorique. Pour que *Les Femmes Wilder* marchent, il leur fallait un scénario immédiatement. Et un excellent scénario. Sinon, la chaîne décalerait le projet, voire l'enterrerait à jamais.

— Vous n'aimez pas celui-là, hein ?

Kait et Zack secouèrent la tête de concert.

— Laisse-moi te dire une chose, Becca, reprit-il. Nous avons décroché Maeve O'Hara pour jouer le rôle d'Anne Wilder, et jamais elle n'acceptera un script comme celui-là. Si tu veux te lâcher un peu, il y a Charlotte Manning dans le rôle de Chrystal. Mais on ne fait pas un manifeste LGBT. L'histoire se passe dans les années 1940 et 1950. Ça parle des femmes dans l'aviation, pas des droits homosexuels.

— J'ai peur de l'avion, lâcha la jeune femme d'un ton si plaintif que Kait faillit éclater de rire.

— Becca, tu veux le faire ou non ?

119

On aurait dit que Zack parlait à une enfant.

— Oui, répondit-elle d'une petite voix.

— Alors rentre chez toi, casse-toi le cul, respecte le synopsis qu'on t'a donné et reviens quand tu auras quelque chose à nous montrer.

— J'ai combien de temps ? demanda-t-elle avec un brin d'anxiété.

— Aussi peu que possible. D'autant que, si ça ne marche pas, il nous faudra dénicher quelqu'un d'autre. Le scénario est un élément clé.

— J'ai compris, dit-elle.

Elle se leva, fourra son ordinateur dans son sac à dos, leur fit un salut militaire et sortit avec les lacets de ses Doc Martens qui traînaient derrière elle. Désemparée, Kait fixa Zack.

— Vous n'allez pas la laisser écrire ce scénario, si ?

Becca lui semblait complètement incapable de s'approprier l'histoire.

— Faites-moi confiance, Kait. Elle déraille totalement au début, et c'est quand vous êtes sur le point de jeter l'éponge qu'elle sort le lapin du chapeau. Je l'ai vue à l'œuvre plusieurs fois.

— Mais on dirait une ado attardée ! Comment va-t-elle pouvoir donner l'épaisseur émotionnelle voulue ? Dire qu'elle voulait supprimer Hannabel parce qu'elle lui rappelle une tante honnie.

— Donnez-lui une chance. Dans deux jours, elle va revenir avec quelque chose de mieux. Peut-être pas la version finale, mais, si elle se ressaisit, elle peut le faire.

Il avait l'air sûr de lui, mais Kait doutait, se demandant même s'il n'était pas amoureux de la jeune femme. À moins qu'il ne couchât tout simplement avec elle. Elle ne voyait pas d'autre explication à son attitude si bienveillante. La fille était brouillonne, pas professionnelle. Point final.

— À froid, je dirais qu'elle a besoin de passer un mois en désintox et de prendre un bain, lâcha-t-elle.

Elle n'avait aucune patience pour les individus comme Becca, qui faisaient la fête sans assurer le boulot derrière.

Après le déjeuner, Kait et Zack passèrent à nouveau en revue le casting. Ils peinaient à trouver les deux frères. Ils avaient une piste sérieuse pour Bill, l'aîné : Dan Delaney, le nouveau Casanova de Hollywood, dont la réputation sur les plateaux était toutefois exécrable. Il sautait sur tout ce qui bougeait et causait drames et scènes de jalousie tout autour de lui. Entre Charlotte Manning et lui, ça faisait beaucoup de complications potentielles pour un même tournage, et Zack craignait les retards collatéraux. Autre dilemme : la jeune inconnue qui interprétait si bien Maggie... Ils voulaient une actrice célèbre pour le rôle, mais la fille était vraiment excellente. Chaque visionnage de son bout d'essai le confirmait.

Comme Zack l'avait prédit, Becca revint deux jours plus tard avec une proposition totalement différente. Elle se rapprochait du thème et respectait le personnage de Hannabel, mais elle était ennuyeuse à mourir. Kait ne put atteindre la page cinq.

— C'est pas mal, dit Zack pour l'encourager. Mais tu dois saisir davantage les personnages. Il leur faut un souffle. Là, c'est trop plat.

Il pointa les scènes qui ne marchaient pas et celles qui étaient mieux, et Becca se retira en promettant une troisième version pour le lundi. Cela faisait presque une semaine que Kait était à L.A. Elle avait reçu un gentil mail de Maeve, laquelle voulait savoir comment se passait le casting et s'ils avaient réfléchi pour Agnes White.

Pendant le week-end, ils assistèrent à des bouts d'essai en direct. Dan Delaney, l'acteur pressenti pour interpréter Bill Wilder, crevait tellement l'écran qu'ils lui accordèrent le rôle, mais avec de sérieux avertissements à son agent pour s'assurer qu'il aurait une conduite irréprochable sur le plateau. L'agent jura qu'il y veillerait personnellement – l'occasion était trop belle pour son comédien. Le point positif, c'était qu'ils n'auraient affaire à Delaney que le temps d'un tournage, puisque Bill mourait à la fin de la première saison. Pour jouer le rôle de Greg, le petit frère, ils choisirent Brad Evers, un jeune acteur qui avait déjà quelques bonnes séries à son actif.

Ils n'avaient encore personne pour interpréter Johnny West, l'amoureux de Maggie, mais, comme le personnage n'apparaissait qu'en fin de saison, probablement pas avant l'épisode spécial de Noël, il n'y avait pas de réelle urgence. En revanche, pour Hannabel, ils étaient dans une impasse. Toutes les négociations avec les actrices qu'ils avaient approchées capotaient.

Samedi soir, Zack et Kait avaient prévu de dîner avec la réalisatrice Nancy Haskell, que le producteur espérait gagner à leur projet. Professionnelle de talent, elle avait tourné deux séries à succès, de nombreux films importants, et avait remporté un oscar. Maeve, qui les savait en pourparlers, s'était dite ravie à l'idée de tourner sous sa direction. Elle n'avait, par ailleurs, émis aucune critique contre les jeunes talents qu'ils avaient sélectionnés. Quant à Phillip Green, qui incarnerait Loch Wilder, il ne pouvait que lui plaire ; c'était un grand nom du cinéma. Un de plus pour la série... En outre, il pourrait intercaler les quatre épisodes pour lesquels on avait besoin de lui entre ses autres tournages. Tout s'emboîtait donc très bien de ce côté-là. Nancy avait déjà travaillé avec lui et l'appréciait, elle aussi. C'était quelqu'un de fiable.

Ils se retrouvèrent au *Giorgio Baldi*, à Santa Monica, près de Malibu, où Nancy Haskell vivait. La cuisine était fabuleuse et la conversation fut animée. La réalisatrice, dans la soixantaine, pressentait que la série avait un énorme potentiel. Kait et elle discutèrent en profondeur des personnages, puis Nancy évoqua ses récents voyages en Asie, avant d'embrayer sur sa passion pour l'art et son dernier film. Sans enfants ni mari, cette femme fascinante cultivait une insatiable curiosité pour le monde et les gens. En ce moment, elle étudiait le mandarin en prévision de son prochain voyage et prévoyait de passer un mois en Inde avant que la série commence. Elle approuvait tous leurs choix de casting, en particulier Maeve, sur qui reposerait une grande partie de la production. Elle se montrait plus circonspecte envers Becca, si bien que Kait lança un regard noir à Zack. Elle en profita alors pour évoquer la suggestion de Maeve d'engager Agnes White pour le rôle de Hannabel.

— Si vous pouvez l'avoir, répondit Nancy, sceptique. Elle n'a pas tourné depuis au moins dix ans et la mort de Roberto, qui l'a fortement ébranlée. Et puis, Agnes déteste vieillir. Voudra-t-elle jouer quelqu'un d'aussi âgé ? Et voudra-t-elle tourner pour la télé ? En tout cas, c'est certain, c'est une actrice brillante, elle peut jouer n'importe quoi.

Zack lui parla des comédiennes qu'ils avaient approchées pour le rôle : aucune ne paraissait convenir. Nancy promit de réfléchir à la question. À la fin du dîner, elle revint à Agnes White.

» Je crois que l'idée de Maeve n'est pas si folle que ça, après tout. Mais je doute qu'Agnes accepte. Armez-vous de patience pour la faire sortir de sa grotte. Vous savez, elle a accumulé les coups durs... En tout cas, c'est une des plus anciennes et des plus grandes stars de Hollywood. Elle n'a jamais eu d'oscar, mais elle aurait dû, selon moi : elle a été nommée une dizaine de fois. Ses meilleurs films sont ceux réalisés par Roberto. Cet Italien, fervent catholique, n'a jamais divorcé, mais lui et Agnes ont eu un enfant, dont ils ne parlaient jamais. Agnes a toujours été très discrète sur sa vie privée. Aujourd'hui, elle vit presque en recluse.

— Elle a bien vieilli ? demanda Zack avec un léger intérêt.

— Je n'en ai aucune idée, répondit franchement Nancy. Ça fait douze ou treize ans que nous ne nous sommes pas vues. Autant dire un bail. Mais elle jouait comme personne, même mieux que Maeve. J'adorerais travailler avec elle... Je suis certaine qu'elle n'a rien perdu de son génie. Un talent comme le sien ne s'évapore pas. Il se bonifie avec le temps.

Ses mots tombèrent dans l'oreille de Zack et y restèrent. Il en reparla à Kait sur le chemin du retour vers Beverly Hills, non sans s'être extasié d'abord sur Nancy.

— Vous croyez qu'elle acceptera ? demanda Kait, qui adorait son nouvel univers et les gens qu'elle rencontrait, Nancy Haskell en tête de liste après Maeve.

— Je pense, oui, dit Zack avec confiance. Et elle m'a intrigué à propos d'Agnes White. Peut-être devriez-vous lui rendre une petite visite à New York. J'ai fait une recherche sur elle. Elle n'a pas d'agent en ce moment. Et vous avez dit que Maeve avait un contact possible via Ian. Ça pourrait valoir la peine d'essayer. Votre magie a opéré sur Maeve mieux que la mienne ne l'aurait fait. Peut-être persuaderez-vous Agnes White de se joindre à l'aventure.

— J'essaierai, répondit Kait avec enthousiasme.

À l'hôtel, Zack suggéra qu'ils prennent un dernier verre, histoire de faire le point. Malgré sa fatigue, Kait appréciait chaque minute passée avec lui à travailler sur la série. Il la consultait sur tous les aspects et, hormis les réunions qu'il avait pour régler les détails d'autres séries, ils travaillaient côte à côte le reste du temps. Son respect pour elle était évident ; il aimait sa compagnie, mais veillait à ce que leur relation reste purement professionnelle. Kait avait l'intuition qu'en d'autres circonstances il lui aurait demandé de sortir avec lui. Et elle n'aurait peut-être pas refusé car elle le trouvait attirant. Mais la série primait sur tout, et ni l'un ni l'autre ne voulait compromettre ce projet avec une romance de passage. Quant à une relation plus sérieuse, cela aurait été encore plus difficile. Sans même se consulter, tous deux avaient donc opté pour l'amitié et le partenariat dans le travail. Ce dernier verre se prit donc au bar et, une demi-heure plus tard, chacun regagnait ses pénates.

Le lendemain, ils arrêtèrent leur choix pour le rôle de Maggie : ils retenaient l'actrice inconnue, Abaya Jones. Maeve avait vu son bout d'essai et l'avait trouvée fabuleuse. Elle lui prédisait une carrière au firmament. Ce dont Zack avait également l'intuition. La chaîne entérina leur choix le lundi matin et, une heure plus tard, l'agent de Nancy Haskell appelait Zack pour lui dire que la réalisatrice acceptait leur proposition.

— Nous sommes vernis, dit Zack à Kait avec un large sourire alors qu'ils entraient dans la salle de réunion pour retrouver Becca une troisième fois.

Oui, tout s'agençait bien, songea Kait. Son seul sujet d'inquiétude concernait la jeune scénariste. Elle était selon elle peu fiable, tête en l'air, brouillonne, immature et hors sujet. Ce matin-là, cependant, elle lui parut plus sérieuse.

— Mon imprimante remarche, annonça-t-elle avec fierté en leur tendant à chacun un court script. J'y ai passé le week-end, y compris mes nuits. C'est encore brut de décoffrage, mais je pense avoir trouvé le ton juste. J'ai relu le synopsis une dizaine de fois.

Sans trop y croire, Kait jeta un coup d'œil aux premières pages et fut surprise de découvrir que Becca collait de près à son histoire, démontrant de surcroît une bonne compréhension des personnages. Soulagée, elle leva les yeux vers la jeune femme aux allures d'elfe, qui semblait terrifiée.

— C'est super, Becca, dit-elle avec un sourire.

— Vraiment ? Merci... Il fallait juste que je me vide la tête et que je m'y plonge. J'ai fait un grand nettoyage de printemps chez moi, ça m'aide toujours à m'éclaircir les idées. Je ne peux pas écrire quand je mange de la merde, ajouta-t-elle avec sérieux.

Kait s'abstint de tout commentaire. Peu importaient les moyens, le scénario était bon.

» Je suis déjà sur le second épisode, et je le préfère au premier, reprit Becca. Je peux vous l'envoyer demain. J'ai pigé le truc : la grand-mère est une salope qu'on adorera détester et qu'on finira par apprécier. Ça m'a pris un petit moment pour comprendre ça, mais ça y est. Pareil pour l'ambiance années 1940, et les droits des femmes. En tout cas, cette histoire avec les vieux avions est très cool, et puis, trois femmes à la tête du business, j'adore.

Zack décocha un regard du genre « Je vous l'avais bien dit » à Kait. Il avait eu raison de s'accrocher et de pousser Becca dans ses retranchements. La jeune femme avait fait du bon boulot, qu'il fallait maintenant affiner.

— Super, Becca. Envoie-moi deux ou trois épisodes bien troussés d'ici à la fin de la semaine et, si Kait les valide, je les enverrai à la chaîne pour voir ce qu'ils en pensent.

— OK. Merci, en tout cas : j'ai fait ce que vous m'avez dit. Je me suis concentrée. Je veux vraiment faire cette série, Zack.

L'évocation des cinq ou dix saisons avait retenu son attention et l'avait sortie de sa léthargie.

— Alors, écris-moi les meilleurs scénarios de
ta vie, lui dit-il avec sérieux.

— Ça sera fait, promit-elle.

Elle partit quelques minutes plus tard tandis
que Zack adressait un sourire victorieux à Kait.

— Elle va réussir.

— Oui. Je commence à me dire que vous aviez
raison, répondit Kait, radieuse.

Zack avait un sacré talent pour réunir les
savoir-faire et les personnalités complémentaires !
Kait éprouvait un immense respect pour lui et
elle adorait travailler à ses côtés. Il avait un style
à la fois direct et sérieux, et une tonne de bienveillance à distribuer. Cela lui permettait de tirer
le meilleur de chacun.

Il leur restait toutefois encore beaucoup de
recrutements à faire, notamment le chef costu-
mier, les assistants de production, les conseil-
lers techniques. Un historien aussi. Côté casting,
les pièces maîtresses qui manquaient au puzzle
étaient le jeune pilote et futur petit ami de
Maggie, l'amant d'Anne Wilder, et Hannabel,
la grand-mère. Des rôles importants.

Kait n'avait pas encore bouclé ses valises de
retour que Becca avait livré les trois scripts promis, tous très bons. Ces deux semaines avaient
été incroyablement productives ! Zack et elle
firent un dernier point avant qu'elle reparte le
samedi. Tous deux étaient ravis de la façon dont
les choses s'étaient déroulées. Zack se penchait
désormais sur les aspects financiers, le contrat

avec la chaîne, les assurances, et tout ce qui concernait la préproduction. Il la remercia encore pour sa contribution des derniers jours.

Confortablement assise dans l'avion du retour, Kait repensa à toutes ces réunions et tous les gens qu'elle avait rencontrés. Elle avait toujours peine à croire qu'elle participait à pareille aventure. Mais ça devenait bel et bien réel : son agent était en train de négocier son contrat avec la chaîne, en tant que créatrice de série et productrice exécutive. Jusqu'à présent, ça se passait bien. Petit à petit, tout se mettait en place. Au lieu de regarder un film pendant le vol comme elle en avait eu l'intention, elle relut les propositions de Becca pour les trois premiers épisodes. Avec un sourire satisfait, elle ferma les yeux pendant une minute et s'endormit paisiblement, ne se réveillant qu'à l'atterrissage à New York.

Tandis qu'elle tirait son chariot à bagages et se dirigeait vers les tapis pour récupérer sa valise, Kait eut l'impression d'être Cendrillon après le bal : le lendemain, aux aurores, elle devait être au journal pour une réunion. Et quand, après avoir non sans mal trouvé un taxi, elle pénétra dans son appartement vide et sombre, la réalité solitaire de sa vie new-yorkaise la frappa comme un coup de massue. Elle regretta instantanément L.A., l'animation et l'adrénaline qu'elle avait connues là-bas. Une nouvelle vie l'appelait.

8

Après deux semaines d'absence, le retour au journal fut bien chargé. Elle avait tenu sa rubrique à jour pendant son déplacement, ainsi que son blog, Facebook et Twitter, mais elle avait une pile de courrier et un nombre infini de mémos qui l'attendaient sur son bureau. Carmen passa la tête par la porte pour lui dire combien elle était contente qu'elle soit rentrée. Kait lui avait manqué.

Pour cette dernière, c'était bizarre de se retrouver à la rédaction après L.A. ; elle avait l'impression que le magazine appartenait dorénavant à la vie d'une autre. Elle n'avait toujours parlé à personne de la série. Le moment venu, elle l'annoncerait à la rédaction. En juillet, avec le tournage, elle n'aurait plus le temps de venir au journal. Elle prévoyait de continuer à écrire sa rubrique et son blog – s'ils étaient d'accord –, mais elle devrait le faire sur son temps libre et en télétravail. Elle n'avait pas encore décidé si elle leur demanderait un congé de trois ou quatre mois, le temps du tournage, ou bien si elle poserait un congé à durée indéterminée. En cas d'Audimat positif, ils commenceraient à travailler sur la saison deux dès janvier, après une interruption de trois mois. En ce cas, cela aurait-il encore un sens de tenir sa chronique ? Mais il ne fallait présumer de rien. La série pouvait très bien faire un gros flop et être annulée.

Maeve lui avait envoyé les coordonnées d'Agnes White, mais Kait fut tellement débordée en début de semaine qu'elle ne put appeler l'actrice avant mercredi soir. C'était une prise de contact qui méritait qu'on lui consacre du temps et fasse preuve de subtilité. Kait ne voulait pas se planter.

Elle laissa longtemps sonner le téléphone et était sur le point de raccrocher quand la célèbre actrice décrocha. Il y eut un silence, puis Kait entendit un murmure à peine audible :

— Oui ?

Cela tenait du croassement enroué, à croire que la comédienne n'avait pas parlé depuis un bon moment. Kait sentit son cœur battre plus vite.

— Bonjour, miss White, commença-t-elle d'une voix polie et enjouée, incertaine quant au ton à adopter. Je m'appelle Kait Whittier. Maeve O'Hara a été assez gentille pour me donner votre numéro, car nous allons travailler ensemble sur une série télévisée ayant pour sujet les femmes dans l'aviation. Dans les années 1940. Il y a un rôle dont nous croyons toutes les deux qu'il serait parfait pour vous. Et la réalisatrice Nancy Haskell pense la même chose.

Elle lâchait tous les noms qu'elle pouvait, espérant que l'un d'eux serait le sésame qui gagnerait la confiance ou piquerait la curiosité d'Agnes White.

— Je ne tourne plus, je me suis retirée, répondit celle-ci d'une voix soudain plus ferme et sur un ton sans réplique.

— Pourrais-je au moins vous envoyer une copie du synopsis, ou venir vous en parler ? insista Kait.

— Si Maeve joue dedans, je suis certaine que c'est une bonne série, concéda Agnes. C'est juste que ça ne m'intéresse plus... J'ai quitté les plateaux depuis des années et je ne souhaite pas sortir de ma retraite. Nous avons tous une date de péremption, j'ai atteint la mienne il y a dix ans. C'est comme ça. En plus, je n'ai jamais fait de télévision et je n'y tiens pas.

— Miss White, vous savez... ce serait pour moi un grand honneur de vous rencontrer.

En plus, c'était vrai. Agnes White était une personne qui l'intriguait et la fascinait. À l'autre bout du fil, le silence s'étira. Pendant un instant, Kait crut qu'elles avaient été coupées ou bien qu'Agnes avait raccroché.

— Pourquoi voudriez-vous me voir ? Je ne suis qu'une vieille dame, répondit celle-ci, visiblement déconcertée.

— Vous êtes mon idole. Et celle de Maeve aussi. À mes yeux, vous êtes toutes les deux les plus grandes actrices de tous les temps, dit Kait avec sincérité.

— Tout ça, c'est du passé... » Elle marmonnait, au point que Kait se demanda si elle avait bu. « Vous ne me convaincrez pas, reprit l'actrice. C'est vous qui écrivez le scénario ?

— Non, juste le synopsis.

— Le sujet a l'air intéressant. » Nouveau silence. « J'imagine que vous pourriez passer me voir. Nous n'avons pas besoin de parler de votre série. Je ne la ferai pas. Vous me raconterez ce que Maeve manigance. Comment vont ses filles ?

La solitude de la vieille actrice transparaissait maintenant clairement. Et elle semblait un peu incohérente. Était-ce de la démence précoce et la cause de sa retraite anticipée ? Kait laissa ces questions de côté pour se concentrer sur leur échange.

— Je n'ai pas rencontré ses filles, mais je crois qu'elles vont bien. Par contre, ce n'est pas le cas de son mari. Il est malade.

— Oh ! Je suis désolée de l'apprendre. Ian est un homme merveilleux. » Nouveau silence. Puis : « Venez demain, à cinq heures. Vous connaissez mon adresse ?

— Oui, Maeve me l'a donnée.

— Vous ne pourrez pas rester longtemps. Je me fatigue vite, ajouta Agnes.

Kait se demanda depuis combien de temps Agnes n'était pas sortie de chez elle. L'entretien promettait d'être déprimant, et probablement infructueux. Agnes White avait vraiment l'air trop âgée et fragile, voire confuse, pour reprendre sa carrière. Mais au moins Kait pourrait-elle dire à Zack et à Maeve qu'elle avait essayé.

Le lendemain, elle sortit tôt du journal pour arriver à l'heure chez Agnes. Cette dernière vivait dans une vieille bâtisse en grès rouge de la 70ᵉ Rue Est, près de l'East River. La maison avait dû être jolie du temps de sa splendeur, mais, désormais, la peinture des volets noirs s'écaillait, deux manquaient à l'appel et un autre, dangereusement penché, ne tenait plus que par un gond. La porte d'entrée pelait en plusieurs endroits et le heurtoir avait terni. L'une des marches en pierre, très ébréchée, paraissait bien dangereuse pour une personne âgée. Kait gravit le perron en prenant soin de l'éviter et elle sonna. Comme au téléphone, pendant un long moment, personne ne répondit jusqu'à ce que, finalement, la porte s'ouvre sur une silhouette toute frêle, un petit bout de femme, si rabougrie qu'elle paraissait centenaire. Elle se tenait sur le seuil, les yeux plissés à cause de la lumière du jour. Derrière elle, l'entrée sombre évoquait une grotte.

Cette vision choqua Kait. Jamais elle n'aurait reconnu Agnes White dans cette dame tragiquement maigre, aux longs cheveux blancs et raides tombant sur ses épaules. Où était passée sa beauté d'antan ? Si le célèbre visage aux traits tellement fins demeurait sculptural, le regard d'Agnes était morne. Tout dans son langage corporel exsudait le désespoir et la défaite. Et que dire de sa jupe noire, de ses chaussures plates et de son pull gris déformé ?

— Madame Whittier ? demanda-t-elle.

Kait hocha la tête et lui tendit le petit bouquet qu'elle avait apporté, ce qui fit sourire la vieille dame.

— C'est gentil à vous. Mais je ne jouerai toujours pas dans votre série.

Ce fut dit sur un ton de défi, puis Agnes conduisit Kait à travers la maison, tout en longueur. Elles traversèrent la sombre entrée pour rejoindre la cuisine, laquelle était dans un désordre indescriptible. Casseroles et assiettes sales s'empilaient dans l'évier, des journaux et des vieux magazines traînaient partout. Un set de table tout effiloché était disposé sur la table avec un rond de serviette en argent et sa serviette. Sur le plan de travail trônait une bouteille de bourbon à moitié vide, que Kait fit mine de ne pas remarquer. La pièce donnait sur un jardin envahi de mauvaises herbes ; sur la terrasse, une table achevait de rouiller. En d'autres temps, la vue et l'endroit avaient dû être agréables. La porte ouverte sur la salle à manger laissait entrevoir de belles antiquités. Mais, là aussi, les piles de journaux s'entassaient.

» Vous voulez quelque chose à boire ? s'enquit Agnes en jetant un regard d'envie vers le bourbon.

— Non, ça ira. Merci beaucoup.

— Alors, passons dans la bibliothèque.

Les murs de la pièce étaient couverts de rayonnages et ce qui semblait être un beau bureau ancien disparaissait sous des tas de papiers et de courrier non ouvert. Sur une table basse, la télévision était cernée de vieilles enveloppes Netflix et de DVD empilés. La filmographie de la vieille et grande actrice. En un seul regard, on saisissait ce qu'était devenue sa vie : elle la passait seule, dans cette pièce sombre, à regarder ses vieux films tout en buvant du bourbon. Quelle tristesse ! Kait en avait le cœur serré. Agnes White semblait avoir tourné le dos au monde. Par quel hasard avait-elle accepté de la recevoir ? L'actrice, cependant, avait pris place dans un canapé de velours rouge recouvert d'une couverture en cashmere.

» Certains de mes films, dit-elle en désignant d'une main toute fine la pile sur la table. Ils sont en DVD maintenant.

— J'en ai vu la plupart, vous savez, miss White. Et je crois que vous n'avez pas conscience du nombre de fans que vous avez, toutes générations confondues. Ils seraient tellement heureux de vous retrouver sur un écran. Et en plus dans leur salon, toutes les semaines, grâce à la télé ! Vous pourriez recommencer une carrière.

Kait ne disait même pas ça pour la convaincre de signer la série, mais pour son bien, pour qu'elle sorte de sa solitude.

— Je ne veux pas d'une nouvelle carrière. L'ancienne me suffit et je suis trop vieille pour tout ça maintenant. Sans compter que je ne comprends rien à la télévision.

— C'est un média très dynamique et recherché de nos jours. Certains acteurs de renom, comme Maeve, font des séries.

— Elle a l'âge pour ça. Pas moi. J'ai joué tous les grands rôles dont j'ai pu rêver, travaillé avec les plus grands acteurs et réalisateurs. Expérimenter un nouveau type de création ne m'intéresse pas.

— Même pas pour donner la réplique à Maeve ?

La repartie de Kait arracha un sourire à Agnes, et Kait constata que son visage s'en trouvait métamorphosé. C'était le visage qu'elle avait admiré dans ses films, simplement en plus vieux. Et aussi avec ce fond de malheur et de tourment dans le regard. Un visage au diapason de la maison, laquelle avait l'air de ne pas avoir été nettoyée ou rangée depuis des lustres. Agnes ne manqua pas de remarquer le coup d'œil circulaire de Kait.

— Ma femme de ménage est morte l'année dernière et je ne l'ai pas encore remplacée, s'empressa-t-elle d'expliquer. De toute façon, je vis seule ici, et je me débrouille.

Cela, Kait en doutait. Cet intérieur était complètement négligé et lui donnait envie de se retrousser les manches sur-le-champ pour mettre un peu d'ordre dans ce capharnaüm.

» Je ne peux plus travailler, décréta soudain Agnes sans s'expliquer davantage.

Mais quelles raisons aurait-elle pu invoquer ? Hormis l'âge et sa fragilité, elle semblait en bonne forme et en pleine possession de ses moyens, vive et alerte, même si, de temps en temps, elle perdait le fil de la conversation ou ne prêtait plus attention à ce qui l'entourait. Ce pouvait être de la fatigue, ou bien un verre de bourbon. Kait penchait pour la seconde hypothèse et elle se demanda si la vieille actrice n'était pas devenue alcoolique en plus de vivre en recluse.

— Vous privez le monde de votre talent, miss White, fit-elle remarquer avec calme.

Agnes resta silencieuse un long moment. Ses mains tremblaient tandis qu'elle jouait avec l'ourlet de la couverture en cashmere.

— Personne ne veut voir une vieille dame décrépite à l'écran, finit-elle par dire d'un ton sec. Il n'y a rien de plus agaçant que les acteurs qui ne savent pas tirer leur révérence, quitter l'affiche et partir dignement.

— Vous n'étiez pas âgée quand vous l'avez fait, insista Kait, prête à subir les foudres d'Agnes pour son audace.

— En effet, mais j'avais mes raisons. Et elles n'ont pas changé.

Sur ces mots, elle planta là son invitée et disparut. Kait l'entendit s'activer dans la cuisine, mais décida de ne pas bouger. Un moment plus tard, Agnes revint, un verre de bourbon à la main. Elle se tourna vers Kait avant de se rasseoir sur le canapé.

» Voulez-vous regarder un de mes films ? proposa-t-elle sans lui offrir de boisson.

Prise au dépourvu, Kait ne savait que répondre. Elle hocha la tête en silence.

» Celui-ci est mon préféré, dit Agnes en sortant un DVD de sa boîte pour le glisser dans le lecteur.

La Reine Victoria. Le film pour lequel elle avait été nommée aux Oscars.

» Je trouve que c'est mon meilleur.

Kait l'avait déjà vu. Agnes y interprétait la reine d'Angleterre depuis sa jeunesse jusqu'à son lit de mort, et sa performance était en effet époustouflante. Qui aurait pu croire qu'elle le visionnerait un jour avec l'actrice en personne ? Elle n'en revenait pas.

Pendant les deux heures et demie que durait le film, aucun mot ne fut échangé. Kait était captivée par l'extraordinaire jeu d'actrice, l'une des plus belles interprétations de l'histoire du cinéma. À la moitié du film, Agnes retourna se servir un bourbon à la cuisine. Après ça, elle dodelina de la tête de temps à autre, piqua du nez, se réveillant parfois et fixant alors l'écran. Quand le film s'arrêta, elle se leva en vacillant pour aller ranger le DVD dans sa boîte. Kait se sentait triste. Cela lui fendait le cœur de la voir s'accrocher ainsi au passé, claquemurée chez elle, oubliée de tous.

— Je doute que votre série télé arrive à la cheville de ce chef-d'œuvre, lança Agnes sans ménagement.

— Probablement pas, mais croyez bien qu'elle sera sacrément bonne quand même. Parce que Maeve sera divine. Et vous pourriez l'être, vous aussi, si vous disiez oui.

Kait en était persuadée. La véritable Agnes existait toujours derrière le gâchis de l'alcool. Pour l'instant, l'actrice avait deux allumettes en guise de jambes, le ventre gonflé et le teint cireux des alcooliques, mais, si elle reprenait un peu de poids et arrêtait de boire, elle retrouverait tout son brio et sa beauté. Kait osa alors la question qui fâche.

» Vous arrêteriez de boire si vous repreniez le travail ?

Agnes fut prise de court. Le premier choc passé, elle regarda Kait droit dans les yeux et celle-ci put constater qu'une flamme y brillait toujours.

— Peut-être. Mais je n'ai pas dit que je ferais la série, répondit-elle sèchement.

— C'est vrai. Vous devriez, cependant. Vous avez bien trop de talent pour rester assise ici à boire et à regarder vos vieux films.

— La télé n'est pas le cinéma. Elle ne soutient pas une seule seconde la comparaison. Rien à voir avec le film que vous venez de regarder.

Son amant l'avait dirigée et avait gagné l'Oscar du meilleur réalisateur pour cette production. Elle-même n'avait rien reçu pour son extraordinaire performance.

— Vous avez raison, miss White. Mais sachez qu'aujourd'hui la télévision produit des réalisations de grande qualité. Vous gâchez votre talent en restant cachée derrière vos volets !

— Je ne me cache pas. Et j'arrêterai de boire quand je le voudrai. Je n'ai rien d'autre à faire, de toute façon.

Excédée, Kait se leva et sortit une épaisse enveloppe de son sac à main, qu'elle posa sur la table basse.

— Je vous laisse une copie du synopsis, miss White. Vous n'êtes pas obligée de lire ce texte, bien sûr, mais, j'espère que vous le ferez. Je crois en ce projet, et Maeve aussi. Ian également. C'est lui qui l'a convaincue de le faire. Vous n'imaginez pas ce que cela représenterait pour nous tous si vous acceptiez le rôle de Hannabel. C'est Maeve qui a suggéré votre nom. Et c'était une idée de génie, car vous y seriez brillante.

Kait enfila son manteau et sourit :

» Merci de m'avoir reçue, miss White. Ça a été un grand honneur pour moi, et j'ai adoré regarder *La Reine Victoria* à vos côtés. Je m'en souviendrai toute ma vie.

Agnes ne sut que répondre. Elle se leva, elle aussi, et trébucha tandis qu'elle contournait la table basse. Elle ne dit pas un mot jusqu'à la porte d'entrée. Là, elle regarda Kait avec intensité.

— Merci, madame Whittier, dit-elle avec dignité. Moi aussi, j'ai apprécié ce moment passé avec vous. Je lirai ce synopsis quand j'aurai le temps.

C'est-à-dire jamais, soupçonna Kait. Elle le laisserait posé là, dans son enveloppe kraft, et l'ignorerait comme le reste de son courrier. Le pire dans tout ça, c'était qu'Agnes avait plus besoin d'eux qu'eux d'elle. Quelqu'un devait la sauver d'elle-même et de l'autodestruction qu'elle pratiquait depuis un bon moment sans doute.

— Prenez bien soin de vous, miss White.

Kait descendit le perron avec précaution afin d'éviter la marche cassée, et elle entendit la porte se refermer d'un coup sec derrière elle. La vieille actrice allait probablement se diriger droit sur la bouteille de bourbon maintenant qu'elle avait les coudées franches.

Sur le chemin du retour, Kait se sentit profondément déprimée. C'était comme si elle avait assisté à une noyade sans pouvoir intervenir... Maeve l'appela dans la soirée.

— Alors, comment ça s'est passé ? s'enquit-elle.

— Bof, lâcha Kait avec un soupir. Nous sommes restées ensemble pendant trois heures, entre autres parce que nous avons regardé *La Reine Victoria*. Elle doit avoir en DVD tous les films qu'elle a tournés. Je crois qu'elle passe ses journées à les visionner. Seule. C'est vraiment très triste, et elle ne veut pas faire de série télé.

— Je m'en doutais, mais ça valait le coup d'essayer, répondit Maeve, déçue elle aussi. Mis à part ça, comment va-t-elle ?

— Au premier regard, on lui donnerait cent deux ans, mais, quand on parle un peu avec elle et qu'elle s'anime, on la retrouve complètement, en version plus âgée. Elle est très maigre. Et... » Kait hésita, ne sachant si elle devait tout révéler : « J'ai insisté pour qu'elle accepte de tourner avec nous, mais, si elle se lance, elle devra travailler sur certaines choses.

— Elle boit ?

— Vous le saviez ?

— Plus ou moins. Je l'avais deviné. Sa vie s'est littéralement brisée quand Roberto est mort. Ça, combiné à d'autres soucis : elle a beaucoup bu à l'époque. J'espérais que ça n'avait été qu'une mauvaise passe.

— Ses mains tremblent beaucoup. Rien que quand j'y étais, elle a englouti deux verres de bourbon bien tassés. Elle a beau se vanter de pouvoir s'arrêter quand elle veut, je pense que ça ne sera pas facile. Je lui ai laissé le synopsis, mais je doute qu'elle le lise. En fait, je suis sûre qu'elle ne le fera pas.

— Elle est têtue, mais c'est une dure à cuire et elle est loin d'être idiote. Tout dépend de la volonté qu'elle mettra à renaître. Et pour commencer, il faudrait déjà qu'elle en ait envie.

— Je parierais sur le « non »... Quel gâchis de la voir ainsi enfermée dans cette maison, à boire et à regarder ses vieux films ! C'était assez déprimant.

— J'imagine, dit Maeve avec sympathie. Désolée si je vous ai envoyée dans la gueule du loup.

— Ce n'est pas grave. Ça a été un honneur de la rencontrer. Surréaliste, même. Vous imaginez, assise ainsi à ses côtés, à regarder *La Reine Victoria* ! » Kait rit à ce souvenir avant de redevenir sérieuse : « Comment va Ian ?

— Ça va. Son état est stationnaire et il a le moral. Lui aussi attend de connaître la réponse d'Agnes.

— Je ne pense pas qu'elle se manifestera...

Après avoir raccroché. Kait alla se faire une salade, puis se mit à son bureau et travailla à sa rubrique. Elle voulait en faire une spéciale pour la fête des Mères. Et, vu la complexité des relations mère-fille, ce n'était pas chose aisée. En outre, son esprit restait tourné vers l'après-midi qu'elle venait de passer avec Agnes White. Cette affaire lui donnait envie de faire un papier sur l'addiction. Beaucoup de ses lectrices lui écrivaient à propos de leur conjoint ou d'un proche alcoolique ou drogué.

Elle se coucha tard et se leva tôt le lendemain pour mener à bien sa journée de travail. On était vendredi et elle avait hâte que le week-end commence. Cela faisait des semaines qu'elle fonctionnait à plein régime et elle ressentait le besoin de lever le pied. Elle rentra chez elle à sept heures du soir, totalement vidée, trop fatiguée pour dîner. Elle ne rêvait que de son lit. Elle n'avait même pas l'énergie de se plonger dans le second jet du dernier scénario que Becca lui avait envoyé. Elle le regarderait pendant le week-end, l'œil plus alerte.

Kait se faisait couler un bain chaud quand le téléphone sonna. Elle se précipita pour décrocher, supposant que cela pouvait être Candace. Sa fille devait lui donner les dates qui l'arrangeaient pour sa visite à Londres. Elle prit le combiné tout en fermant l'eau.

— Madame Whittier ? demanda une voix chevrotante.

Kait la reconnut instantanément. Agnes White.

— Oui. Que puis-je pour vous, miss White ?

— J'ai lu votre synopsis. C'est du très bon boulot et une bonne intrigue. Je comprends pourquoi Maeve a accepté.

L'actrice avait l'air sobre, du moins Kait l'espérait-elle. Après sa visite de la veille, elle l'avait imaginée ivre morte, endormie sur son canapé, avec l'un de ses films qui défilait dans la pénombre sur l'écran de la télé.

» Je ne sais pas pourquoi vous avez jeté votre dévolu sur moi, mais j'y ai réfléchi toute la journée et j'aimerais le faire. L'idée de travailler avec Maeve me plaît. Et je voulais vous dire... Je ferai ce qu'il faut avant le tournage.

Kait n'en croyait pas ses oreilles. Agnes était en train de lui annoncer qu'elle comptait arrêter l'alcool.

» Quand commence le tournage ? reprit-elle.

— Le premier juillet, répondit Kait, toujours stupéfaite.

— D'ici là, j'en serai sortie. Voire avant. Je commence demain.

— Vraiment ? Vous êtes sûre ?

Kait se demandait si Agnes avait déjà fait des cures de désintoxication avant. Peut-être préférait-elle les Alcooliques anonymes (AA), dont les résultats étaient probants ? Quoi qu'il en soit, elle avait quatre mois pour décrocher et se préparer à travailler.

— Vous me voulez toujours, madame Witthier ?

Agnes craignait que Kait n'ait changé d'avis.

— Absolument ! À l'unanimité, même. Votre présence nous garantit le succès.

— Maeve y suffit largement, rétorqua Agnes avec modestie.

— Avec vous deux, c'est la gloire assurée pour la série. Avez-vous un agent, miss White ? demanda Kait à tout hasard.

— Je crois qu'il est mort, malheureusement. Mais je demanderai à mon avocat de s'occuper de la paperasse. Ça ne devrait pas être bien compliqué ; ce n'est pas comme si je jonglais avec vingt contrats.

— La chaîne va halluciner quand nous leur annoncerons la nouvelle, dit Kait, un sourire dans la voix. » Elle espérait juste qu'Agnes parviendrait à décrocher de son addiction. Mais l'actrice avait l'air confiante. « Je vais de ce pas demander au producteur, Zack Winter, de vous contacter. Puis-je en parler à Maeve ou bien préférez-vous le lui dire vous-même ?

— Vous pouvez le lui annoncer. Dites-lui que je le fais à cause d'elle. Et à cause de vous, aussi.

— De moi ?

— Oui. Vous avez pris le temps de regarder un film avec moi quand rien ne vous y obligeait. C'est la preuve que vous avez du cœur. Et puis, vous avez écrit un joli rôle. J'aime bien les personnages acariâtres. Ça va être amusant à jouer. Est-ce que je devrai prendre des cours de pilotage ?

La vieille dame semblait redouter la réponse, et Kait éclata de rire.

— Ne vous inquiétez pas, les cascadeurs seront là pour ça. Tout ce que vous aurez à faire, ce sera d'apprendre votre texte et d'être présente les jours de tournage.

— Ça n'a jamais été un problème.

— Nous tournerons dans la région de New York. C'est l'une des conditions de Maeve.

— Merci, finit par dire simplement Agnes.

Et Kait comprit qu'elle lui avait d'une certaine façon sauvé la vie en entrant chez elle l'autre jour.

» Je ne vous ferai pas défaut, reprit l'actrice.

— J'en suis certaine, miss White.

Tout en disant ces mots, Kait priait pour ne pas se tromper.

9

Le rôle de Hannabel enfin pourvu, leur distribution était presque au complet. Avec Agnes White, Maeve O'Hara et Phillip Green – qui jouerait Loch, le mari d'Anne, et n'aurait donc que quatre épisodes à tourner –, ils avaient de très grands noms qui accrocheraient le public. Dan Delaney était le beau gosse dont ils avaient besoin pour attirer les jeunes téléspectatrices, et Charlotte Manning, la belle fille qui ferait de même vis-à-vis du public masculin. Abaya Jones était leur petite nouvelle, le nouveau visage du casting. Quant à Brad Evers dans le rôle de Greg – le mauvais garçon de la série –, c'était un jeune comédien prometteur. Il avait vingt et un ans, et le public adolescent lui était tout acquis. Enfin, ils avaient trouvé l'acteur idéal pour interpréter Johnny West, le grand amour de Maggie : Malcolm Bennett, qui avait déjà joué dans deux très bons feuilletons. Jusqu'ici, il avait principalement incarné des méchants, et il se réjouissait par conséquent de jouer cette fois un gentil. Lors des réunions de casting, tous avaient paru enchantés de leur rôle. Mais ils appréhendaient de travailler avec Charlotte Manning en raison de sa réputation de diva. Le bruit courait qu'elle se montrait infernale avec ses partenaires féminines. Malgré ce bémol, c'était un casting d'enfer.

Seul manquait encore l'amant d'Anne Wilder, qui apparaissait plus tard dans la série. Ils étaient en pourparlers avec Nick Brooke, une immense star de cinéma. L'acteur se montrait hésitant, car il craignait de se retrouver coincé dans une série à rallonge qui l'empêcherait de tourner pour le cinéma.

Dès que Kait eut signé son propre contrat, elle sut qu'il était temps d'en informer *Woman's Life*, surtout avant que ça fuite. Le magazine lui demanderait-il de continuer à tenir sa rubrique ? Elle était prête à faire ce que la rédaction voudrait, au moins jusqu'à ce qu'ils soient fixés sur l'Audimat des premiers épisodes. S'ils avaient le feu vert pour une saison deux, il faudrait sans doute qu'elle passe la main à quelqu'un d'autre, à moins que *Woman's Life* ne supprime complètement la chronique. Quelle que soit l'option, ça serait alors un gros changement pour elle et pour les lectrices qui lui étaient si attachées, après vingt ans de fidélité.

Paula Stein, la rédactrice en chef, ne put retenir ses larmes quand Kait vint la voir. Elle était très impressionnée par son choix d'entamer une nouvelle carrière, dans un secteur qui n'était pas des plus faciles.

— Tout s'est passé très vite. Quand j'ai écrit le synopsis il y a trois mois, j'étais loin d'imaginer que cela déboucherait sur ce contrat et un tournage au premier juillet. Je ferai ce que vous voudrez, Paula : démissionner, écrire la rubrique la nuit. Entre nous, je pense pouvoir assurer ma chronique en parallèle de la série pendant les trois mois et demi du tournage. À l'automne, nous saurons très vite quelle direction prendra le programme. Si la chaîne est satisfaite, ils nous en demanderont neuf épisodes en plus des treize déjà dans la boîte. Nous pourrons aviser à ce moment-là pour la rubrique.

— Ce serait super que tu puisses la conserver aussi longtemps que possible, car si tu démissionnes maintenant, Kait, je ne vois pas qui pourrait te remplacer. Les lecteurs t'adorent ; tu es unique.

C'était flatteur à entendre, mais pas forcément vrai.

— Si j'ai mûri avec cette chronique, quelqu'un d'autre le peut aussi.

— Personne n'a ton doigté magique.

— Espérons qu'il opère sur la télé !

— Je suis sûre que ça marchera.

À la fin de l'entretien, Paula serra Kait dans ses bras. Cette dernière tiendrait la rubrique jusqu'en décembre, ce qui laissait le temps à la rédaction de former un ou une collègue, à moins qu'ils ne recrutent quelqu'un à l'extérieur. Ils verraient bien.

Dans l'après-midi, le bruit de son départ se répandit comme une traînée de poudre, si bien que Carmen ne tarda pas à se glisser dans le bureau de Kait avec un froncement de sourcils inquiet. Elle referma la porte derrière elle.

— Une drôle de rumeur circule selon laquelle tu t'en vas. Dis-moi que ce n'est pas vrai, lâcha-t-elle, l'air désemparé.

— Je ne m'en vais pas, répondit Kait, désolée de ne pas avoir pu en informer son amie plus tôt.

Protocolairement, il était normal que la rédactrice en chef soit la première au courant, et c'était à elle qu'il revenait d'annoncer officiellement les mouvements au sein de la rédaction. Par ailleurs, Paula Stein méritait cette courtoisie. Elle s'était toujours bien comportée envers Kait.

» J'ai juste un second boulot pour l'instant et je me donne le temps de voir comment ça marche. Il se pourrait très bien que je revienne la queue entre les pattes d'ici peu ! Je reste dans les parages jusqu'en juin, et ensuite je continuerai à écrire ma chronique en télétravail.

— Je n'y comprends rien, dit Carmen.

La rumeur parlait seulement de démission, elle n'en savait pas plus. Kait fut heureuse de constater que Paula avait respecté leur accord : elle lui avait demandé de ne pas révéler le fin mot de l'histoire jusqu'à ce que la promotion des *Femmes Wilder* commence.

« — Ça va te paraître fou, mais je suis impliquée dans une série télé dont j'ai écrit le synopsis et dont je suis productrice exécutive. C'est beaucoup de boulot, mais je continuerai la rubrique aussi longtemps que possible.

— Une série télé ? Tu plaisantes ? Comment c'est arrivé ?

— De manière très banale. À une soirée de Nouvel An, je me suis trouvée assise à côté d'un producteur et, le lendemain, j'écrivais une intrigue. Ensuite, tout s'est enchaîné à la vitesse de l'éclair. Je suis encore sous le choc moi-même.

— C'est dingue... » Carmen s'était assise au ralenti dans un fauteuil, tout en fixant son amie d'un œil rond : « Qui joue dedans ?

— Tu me promets de ne le dire à personne ? dit Kait pour la forme.

Elle avait confiance en Carmen et lui révéla donc quelques noms.

— Dan Delaney ? Tu veux rire. Oh, mon Dieu ! Une nuit avec lui et je suis une femme comblée !

— Ça, rien n'est moins sûr, rétorqua Kait en riant. Apparemment, il sort surtout avec des écervelées, qu'il trompe allègrement. Toutes ses ex le détestent. On redoute ses écarts de conduite sur le plateau, mais, comme tout le monde a la même réaction que toi au départ, ça signifie qu'il est parfait pour le rôle. Il faut juste qu'il ne nous fasse pas tourner en bourrique.

— Et Maeve O'Hara, elle est comment ?

— Fantastique. La personne la plus gentille que je connaisse, et très pro. J'ai hâte de la voir travailler.

— Incroyable ! Ça t'est tombé du ciel ou quoi ?

— On pourrait dire ça.

— À quoi ressemble le producteur ? Il est mignon ? Vous êtes ensemble ?

Carmen mourait d'envie de savoir.

— Oui, il est mignon, et, non, nous ne sommes pas ensemble. Notre tandem est strictement professionnel et amical, ce qui nous convient très bien à tous les deux. C'est un vrai business, une série télé, donc pas de batifolages. J'apprends beaucoup avec lui.

— Tu crois que je pourrai venir sur le tournage ?

Kait hocha la tête, comprenant soudain que ça lui manquerait de ne plus voir son amie tous les jours.

— Tu sais, je suis vraiment heureuse pour toi, Kait. Ici, tu tournais en rond. Tu as trop de talent et une trop bonne plume pour rester. Je te souhaite de tout cœur que ça marche.

— J'espère aussi, répondit Kait en se levant pour serrer Carmen dans ses bras.

— Et je me fiche de savoir si Dan Delaney est une petite pute. Je veux le rencontrer.

— Tu le rencontreras, je te le promets.

Carmen à peine sortie du bureau, tout le magazine bruissait déjà de la nouvelle du départ de Kait.

Ce soir-là, Kait appela Stephanie, qui recevait des amis chez elle pour une soirée basket.

— Tu fais *quoi* ? s'exclama sa fille qui croyait avoir mal entendu.

— Une série télé, je te dis. J'ai écrit un synopsis et une des grandes chaînes du câble l'a retenu. On tourne en juillet et ça passera en octobre.

— Vraiment ? Mais, c'est arrivé quand ? Qui joue dedans ? » Stephanie avait l'air dubitative. Sa mère lui cita alors les noms les plus importants. « La vache ! T'es sérieuse ? Ça a l'air énorme.

— Oui. Ça peut le devenir, si le public apprécie.

— Ça parle de quoi ?

— Des femmes dans l'aviation dans les années 1940 et 1950.

— Un peu bizarre, non ? Pourquoi tu as écrit là-dessus ?

— À cause de ma grand-mère. Attention, tu ne vas pas avoir le choix, Stephanie. Même toi, tu devras regarder la série au moins une fois.

Frank et elle n'appréciaient que le sport à la télé : base-ball, football américain et basket.

— Eh bien... Je suis fière de toi, maman. Tu m'épates.

— Merci. Je n'en reviens pas moi non plus, répondit Kait en riant.

— Je peux en parler autour de moi ?

— Pas encore. La chaîne commencera la promo une fois que tous les contrats auront été signés. Ça prend un peu de temps.

— Et à Frank, je peux le dire ?

— Bien sûr.

Elles discutèrent encore quelques minutes, puis Stephanie retourna à son match et à ses amis, non sans redire à sa mère toute sa fierté. Après ça, Kait appela Tom. Ils sortaient tout juste de table et Maribeth couchait les petites. Son fils fut encore plus ébahi que sa sœur et lui posa plein de questions sur le contrat qu'elle avait passé. Il fut impressionné par ce qu'elle avait obtenu et le fait qu'elle soit productrice exécutive avec Zack, ce qui signifiait qu'elle prenait la plupart des décisions avec lui.

— Que vas-tu faire, pour ta chronique ? lui demanda-t-il.

— J'ai accepté de la tenir jusqu'à la fin de l'année. Je travaille au magazine jusqu'en juin, et après je serai sur le plateau, et je ferai du télétravail.

Dans les faits, ça ne changeait pas grand-chose, puisqu'elle travaillait la plupart du temps de chez elle.

— Tu l'as déjà dit aux filles ?

— Je viens d'avoir Stephanie et j'appellerai Candace dans quelques heures, même si je ne sais pas très bien où elle se trouve en ce moment. Ça fait des semaines que je ne lui ai pas parlé. Et toi ?

— Pas depuis que nous avons skypé à Noël. Je ne sais jamais comment la joindre.

— Moi non plus, admit Kait. Dès qu'elle posera des vacances, j'irai la voir. Mais je ne me fais pas trop d'illusions : elle n'a pas pris de congés depuis des mois et ça n'est pas près de changer. Elle passe d'un reportage à un autre.

— Embrasse-la de ma part quand tu l'auras coincée. Et, maman, je suis vraiment fier de toi.

Il le dit avec une telle émotion dans la voix qu'elle en fut touchée.

— Merci, mon chéri. Embrasse Maribeth pour moi.

— Elle va être sur le cul, elle qui en pince pour Dan Delaney. » Comme toutes les femelles d'Amérique, apparemment ! Ils avaient vraiment tapé juste dans leur casting. « Maeve O'Hara est aussi une belle prise, ajouta Tom.

— En effet. Mais ne dis rien jusqu'à ce que ce soit officiel.

Une minute plus tard, ils avaient raccroché.

Kait resta éveillée jusqu'à deux heures du matin – soit sept heures à Londres – pour appeler Candace, mais elle tomba directement sur la messagerie vocale. Sa fille n'était probablement pas encore rentrée de son reportage. Kait aurait pu lui envoyer un message ou un e-mail, cependant elle préférait lui annoncer la nouvelle de vive voix, d'autant que cela faisait une éternité qu'elles ne s'étaient pas parlé.

Elle repensa à la réaction de Carmen et de Maribeth à l'évocation de Dan Delaney. C'était vraiment cocasse. Il faudrait qu'elle raconte ça à Zack. Et qu'elle lui redise aussi combien il avait eu raison à propos de Becca. La jeune scénariste faisait vraiment de l'excellent travail. Il y avait du talent et de la profondeur dans son écriture. Et il était très facile de bosser avec elle : Kait lisait les dialogues que Becca lui envoyait par e-mail, et celle-ci tenait compte de ses commentaires, quand il y en avait, modifiant sans rechigner le script en conséquence. La distance ne posait aucun problème.

Tout progressait donc tranquillement. Même du côté d'Agnes White. L'actrice avait appelé pour dire à Kait qu'elle s'était rendue aux Alcooliques anonymes afin de trouver un parrain.

« Faut-il s'inquiéter de possibles fuites à la presse ? avait demandé Kait.

— En aucun cas, avait répliqué Agnes. C'est justement tout l'intérêt des AA ! Ce qu'on y entend et qui l'on y croise, tout ça reste entre leurs murs. J'ai rencontré des gens qui ont bien plus à perdre que moi. Personne ne brise jamais ce code de conduite. En ce moment, j'y vais deux fois par semaine.

— C'est dur ?

— Bien sûr que c'est dur. L'alcoolisme est une vraie saloperie. Mais je préfère ça plutôt que de me regarder en DVD toute la journée. J'étais dans la merde jusqu'au cou et vous m'en avez tirée. Je ne sais pas si la série donnera quelque chose, ni ce que je vaudrai dedans, mais j'ai besoin de la faire, quoi qu'il arrive. Hier, j'ai embauché une femme de ménage. C'était ça ou je mettais le feu à la maison. Dix ans de magazines empilés dans chaque pièce ! Je lui ai dit de tout jeter. »

Ce qui arrivait à Agnes tenait du miracle. Elle reprenait figure humaine.

« N'hésitez pas à m'appeler si je peux faire quoi que ce soit, avait proposé Kait.

— Ça ira. Je ne voulais pas que vous vous inquiétiez, c'est tout. Cela dit, j'ai appelé Maeve. Elle m'a dit pour Ian. C'est une tragédie ! Il a tellement de talent et c'est un homme merveilleux. Je ne sais pas ce qu'elle va faire après... quand... »

Agnes n'avait pu finir sa phrase, mais Kait comprenait parfaitement son inquiétude. Maeve et Ian étaient mariés depuis vingt-cinq ans.

« Au moins, la série lui occupera l'esprit. Et elle a ses filles, avait repris Agnes. Il faudra simplement être là pour elle quand les choses empireront. »

En l'entendant prononcer ces mots, Kait comprit soudain que la série représentait plus qu'un travail : c'était aussi une sorte de famille, avec des liens d'entraide qui étaient amenés à se tisser. Si la série s'étalait sur plusieurs saisons, ils vivraient ensemble les défis, les joies et les peines, tous les moments importants de la vie de chacun, et cela pendant des années. L'idée avait quelque chose de réconfortant, et Kait avait hâte d'y être.

Le même jour, Zack lui avait envoyé un e-mail pour lui dire qu'ils avaient engagé une jeune chef costumière britannique, très talentueuse, Lally Bristol, connue pour exceller dans les films d'époque. Adorant leur projet, elle avait déjà commencé à faire des recherches sur la période historique de l'intrigue. Zack avait joint une photo d'elle. C'était une belle jeune femme d'environ un mètre quatre-vingts, bien proportionnée, aux longs cheveux blonds. Pourvu que Dan Delaney la laisse tranquille ! Mais elle était sans doute habituée aux hommes comme lui et devait savoir comment les gérer.

Kait essaya de joindre Candace plusieurs fois dans les jours qui suivirent, mais elle tombait toujours directement sur sa messagerie, ce qui signifiait généralement que sa fille était en déplacement. Kait n'avait donc aucune idée de l'endroit où elle se trouvait et elle n'aimait pas ça.

Un soir, alors qu'elle travaillait sur les dialogues de Becca et prenait des notes, le téléphone sonna et une voix masculine à l'accent britannique demanda à lui parler. Le numéro affiché correspondait au standard de la BBC, à Londres. C'était la nuit là-bas ; il n'était que vingt et une heures à New York.

— C'est moi-même, répondit-elle avec un sentiment grandissant d'anxiété. Il s'est passé quelque chose ?

— J'appelle à propos de votre fille, Candace. Elle va bien, ajouta-t-il immédiatement. Mais il y a eu un incident.

— Quel genre d'incident ? Où est-elle ?

La panique gagnait Kait.

— À Mombasa, au Kenya. Elle se rendait dans un camp de réfugiés, à environ cent cinquante kilomètres de la ville, quand ils ont roulé sur une mine. Elle a été blessée, mais sans gravité. Elle a juste des brûlures superficielles aux bras et aux jambes.

Il ne précisa pas que le photographe qui l'accompagnait était mort. Tout ce que Kait avait besoin de savoir, c'était que Candace était vivante.

» Nous la rapatrions par avion cette nuit pour qu'elle soit suivie ici. Son état est stable.

Kait se mit à faire les cent pas dans la pièce, bouleversée. Sa fille était blessée !

— À quel degré a-t-elle été brûlée ?

— Principalement au second degré, et au troisième pour une main. Il nous a paru plus sage de la rapatrier à Londres. Nous vous tiendrons informée, madame Whittier, je peux vous l'assurer. Son avion doit atterrir dans quelques heures. Un vol sanitaire d'urgence, et dès son arrivée elle sera transférée dans un hôpital. Je vous rappellerai à ce moment-là.

— Dans quel hôpital ira-t-elle ?

— Dans le service des grands brûlés du Chelsea and Westminster Hospital. L'un des meilleurs d'Angleterre.

— Je vais essayer d'attraper un vol ce soir, dit Kait, soudain certaine de ce qu'elle devait

161

faire. Pouvez-vous me donner votre nom et votre numéro de téléphone, s'il vous plaît ?

— Il n'y a pas d'urgence, madame. Son état est stable et ne risque pas de se dégrader.

— Je suis sa mère et je ne vais pas rester assise ici à New York pendant qu'elle est à Londres, brûlée au troisième degré.

— Je comprends.

— Laissez-moi un message dès qu'elle atterrira. Je vous contacterai à mon arrivée, ou bien j'irai directement à l'hôpital. Merci de m'avoir prévenue, monsieur.

Figurant en tête de la liste des personnes à prévenir en cas d'urgence pour Candace, Kait avait toujours redouté de recevoir un appel de ce genre. Elle téléphona aussitôt à Tom pour lui résumer la situation et l'avertir de son départ pour l'Angleterre. Lui-même contacterait l'hôpital d'ici quelques heures pour essayer d'en savoir plus et parler à sa sœur si c'était possible. Il était mort d'inquiétude.

Il y avait un vol British Airways à une heure du matin cette nuit-là, avec un enregistrement à onze heures. Ça laissait quarante minutes à Kait pour faire ses bagages, s'habiller et partir. Sitôt son billet et sa place réservés en ligne, elle courut dans tout l'appartement.

À dix heures moins cinq, elle claquait la porte de chez elle. Un Uber l'attendait en bas. Elle avait jeté en vrac des vêtements dans une petite valise à roulettes qui allait en cabine, et fourré dans un sac en toile le scénario de Becca, une pile de lettres pour sa rubrique et tout ce à quoi elle avait pu penser d'autre. Son téléphone sonna tandis qu'elle embarquait. C'était le même interlocuteur londonien que tout à l'heure, qui l'informait que Candace était en route pour l'hôpital et que son état ne causait pas d'inquiétude. Kait le remercia et composa aussitôt le numéro de portable de sa fille. Pour la première fois depuis des semaines, celle-ci décrocha.

— Tu vas bien, mon bébé ? lui demanda Kait, les larmes aux yeux.

— Ça va, maman, répondit Candace d'une voix groggy. Nous avons sauté sur une mine.

— Je sais. Dieu merci, tu es entière.

— Moi oui, mais d'autres n'ont pas eu cette chance. C'était le bordel.

— Tes brûlures ?

— Elles ne font pas mal, répondit Candace sans entrer dans les détails – ce qui n'était pas spécialement bon signe pour Kait. Je ne peux pas les voir, elles sont couvertes.

— Je suis en train d'embarquer, pour un atterrissage prévu vers midi à Londres. J'arriverai directement de l'aéroport à l'hôpital.

Kait parlait tout en prenant place dans son rang de sièges.

— Tu n'as pas besoin de venir, maman. Je vais bien.

— Eh bien, moi non. Tu m'as fichu une peur

bleue, Candace. Je veux être à tes côtés et juger par moi-même.

Sa fille sourit à ces mots.

— Tu n'as rien de mieux à faire ? la taquina-t-elle.

Elle connaissait sa mère et savait que celle-ci déboulerait à Londres sitôt prévenue. Elle et ses frère et sœur avaient toujours été sa priorité et rien n'avait changé, même s'ils avaient grandi.

— En fait, non. À tout à l'heure.

Il lui fallait éteindre son portable le temps du vol. Elle avait déjà envoyé un texto à sa rédactrice en chef et un autre à Zack pour les informer de la situation. À Tom et à Stephanie, elle avait fait suivre les détails de son voyage.

L'inquiétude la maintint éveillée pendant tout le vol. C'est à peine si elle s'assoupit à la fin. Dès que les roues de l'appareil touchèrent la piste, elle ouvrit les yeux, tendue vers un seul but : Candace. Comme elle n'avait aucun bagage en soute, elle passa la douane à toute allure, expliquant qu'il s'agissait d'une urgence, puis elle courut le long du trottoir pour attraper un taxi.

Quarante minutes plus tard, elle était à l'hôpital. Une infirmière lui indiqua la chambre de sa fille, qu'elle trouva à moitié endormie à cause des sédatifs. D'épais bandages recouvraient ses bras et sa poitrine. Candace s'éveilla complètement et sourit en voyant sa mère. Kait lui rendit son sourire, soulagée d'être auprès d'elle.

— Tu ne pouvais pas faire esthéticienne, comme tout le monde ?

C'était une ancienne plaisanterie entre elles, datant de l'époque où Candace avait commencé à ne s'intéresser qu'à des métiers dangereux. Dans l'après-midi, un médecin vint leur expliquer que les brûlures n'étaient pas aussi méchantes qu'ils l'avaient craint. Il en résulterait probablement des cicatrices, mais il n'y avait pas besoin de greffe. Candace sortirait sans doute d'ici une semaine, une fois tous les examens faits et la période d'observation achevée.

— J'étais censée commencer un documentaire demain, se plaignit Candace – décidément tout le portrait de sa mère, jusqu'aux yeux verts et aux cheveux roux.

— Je ne veux pas en entendre parler, sinon on rentre à la maison, la menaça Kait.

Candace sourit.

— Dis ça à mes chefs, maman.

— Compte sur moi. J'aimerais tellement que tu fasses un autre métier...

Kait s'installa sur une chaise, et toutes deux firent une petite sieste. Le médecin avait annoncé à Candace qu'il lui faudrait garder les pansements pendant environ un mois, mais elle semblait s'en moquer. Elle s'inquiétait bien plus de ses collègues blessés, et des deux autres qui étaient morts.

Le jour suivant Kait alla déposer ses affaires à l'hôtel et en profita pour consulter ses messages.

Comme Zack lui avait envoyé plusieurs e-mails, elle le rappela sitôt dans sa chambre.

— Comment allez-vous ? Et votre fille ? s'enquit-il dès qu'il décrocha, sincèrement inquiet pour elles.

— Candace va bien. Elle a de méchantes brûlures aux bras et à la poitrine, mais rien au visage, et elle n'en gardera que quelques cicatrices. Dieu merci, elle est vivante, c'est tout ce qui compte. » Kait était encore très secouée par ce qui était arrivé. « Elle est la seule à avoir été rapatriée. Ils se rendaient dans un camp de réfugiés pour leur documentaire quand ils ont sauté sur une mine sur la route de Mombasa. Je hais son putain de boulot !

La hargne avec laquelle Kait avait prononcé ces derniers mots fit rire le producteur.

— Moi non plus, je n'aimerais pas si j'étais à votre place. Il faudrait lui trouver autre chose.

— Impossible, elle adore ce qu'elle fait. Elle croit qu'elle va changer le monde. En attendant, elle me tue !

— Faites-moi savoir si je peux être utile, Kait. Et reposez-vous, vous aussi. Votre fille est tirée d'affaire.

Elle fut touchée par sa sollicitude. Elle appela ensuite Tom et Stephanie pour les rassurer. Ils avaient déjà parlé à leur sœur, mais voulaient avoir l'avis de leur mère.

— Je lui ai demandé si elle avait le visage en bouillie et elle a dit que non, annonça Stephanie.

166

En voilà une qui était brillante avec les ordinateurs, mais vraiment sans filtre avec les humains ! Kait l'imaginait très bien dire ça à Candace.

Le lendemain, Candace avait l'air moins dans les vapes, et Kait décida d'aborder franchement la question des risques qu'elle prenait.

— Mais maman, je m'en suis sortie, tu vois bien, et je n'ai aucune intention de revenir à New York. J'adore mon boulot !

— Tu ne peux pas faire de documentaires en Angleterre ou en Europe ? Pourquoi toujours les zones de guerre ?

— Parce que c'est là que c'est intéressant, maman...

Voyant que leur conversation ne menait nulle part, Kait lui raconta alors son actualité à elle. Tout comme son frère et sa sœur, Candace fut terriblement impressionnée.

» Mais c'est génial, ça !

Kait lui donna quantité de détails : l'intrigue, la distribution, et tout ce qu'elle avait fait au cours des trois derniers mois.

Puis tandis que Candace faisait la sieste elle rentra à l'hôtel, fit imprimer le scénario que lui avait envoyé Becca, prit des notes puis revint à l'hôpital.

Candace venait de se réveiller et de recevoir un appel de son chef à la BBC, lequel lui expliqua qu'ils avaient confié son prochain reportage à quelqu'un d'autre. La jeune fille s'en inquiéta. Mais, à l'autre bout du fil, son responsable insistait pour qu'elle prenne plusieurs semaines de repos. Kait aurait pu lui dire que la bataille était perdue d'avance. Candace retournerait sur le terrain dès qu'elle le pourrait.

Kait resta dix jours à Londres, autrement dit jusqu'à ce que sa fille reprenne le travail. Car Candace était déterminée à retourner travailler au moins dans les bureaux de la BBC, pansements ou pas. Il était temps que Kait rentre à New York. Sa fille n'avait plus besoin d'elle et commençait même à montrer des signes d'impatience : elle en avait marre qu'on soit aux petits soins pour elle. Peu importait à Kait, car elle avait profité de chaque minute de ce temps passé avec Candace. Elle repartit néanmoins inquiète, car elle savait que sa fille n'allait pas tarder à réclamer et obtenir un nouveau tournage dans le pire des endroits imaginables.

Kait venait d'arriver chez elle quand Maeve l'appela pour prendre des nouvelles.

— Comment va-t-elle ?

— Bien, tout ce qu'elle voulait, c'était reprendre le boulot.

— Il faudrait qu'elle fasse quelque chose de moins dangereux.

Maeve était désolée pour Kait, dont elle percevait la fatigue et l'anxiété dans la voix.

— Nous avons eu cent fois cette conversation, mais c'est perdu d'avance avec elle. Sa sœur est parfaitement heureuse d'aller à des matchs de basket et son frère tout à fait satisfait de vendre des hamburgers au Texas, mais elle, elle aurait l'impression de perdre son temps si elle ne risquait pas sa vie pour rendre le monde meilleur. C'est bien simple, elle est en mission depuis qu'elle a douze ans. Comment des enfants issus des mêmes parents peuvent-ils être si différents ? Ça me dépasse !

Entre les émotions de son séjour à Londres, l'inquiétude et la fatigue du vol, Kait était littéralement vidée. Et Candace lui manquait déjà. Mais c'était bon d'être de retour et elle appréciait de reprendre pied.

» Qu'est-ce que j'ai manqué pendant mon absence ?

— Je crois que Nick Brooke accepte de jouer le rôle de mon grand amour à venir, dans le dernier épisode de la saison un. Et donc d'être un des personnages principaux de la saison deux, si saison deux il y a. J'ai hâte de travailler avec lui ! C'est un acteur génial et quelqu'un de sérieux. Quand il ne tourne pas, il habite dans le Wyoming. C'est un homme bien sous tous rapports, du genre cow-boy, absolument parfait pour jouer le rôle de l'ancien pilote de chasse, héros de guerre. Mais Ian le connaît mieux que moi. » Maeve marqua un temps d'hésitation, puis reprit : « J'ai entendu dire qu'il y aurait une grande scène d'amour avec nudité dans le dernier épisode.

Kait savait que l'actrice imposait des clauses spécifiques à ce sujet dans ses contrats. Mais ils trouveraient bien une façon de composer.

Le coup de fil s'acheva sur quelques nouvelles de Ian, dont l'état demeurait stable. Une victoire en soi.

Kait fit ensuite le point avec Zack. À Londres, le producteur lui avait envoyé des fleurs pour lui remonter le moral, ce dont elle avait été très touchée. Comme il lui annonçait le recrutement de Nick Brooke, elle le félicita chaleureusement.

— Bravo de l'avoir convaincu !

— Je n'y suis pour rien, il voulait travailler avec Maeve... Il est cependant déçu qu'il n'y ait pas un seul cheval dans la série. Sinon, il sait piloter – il a son propre avion – et il voulait faire lui-même ses cascades, mais les assurances ont refusé. C'est sans conteste l'homme idéal pour le rôle. Il en connaît un rayon sur les avions et les débuts de l'aéronautique.

— Quelqu'un d'intéressant, donc, dit Kait.

— Oui, je confirme. À présent, reposez-vous. On se reparle bientôt.

Kait se dirigea vers sa chambre. Elle était sur le point de s'endormir quand Agnes White l'appela. Il lui fallut quelques secondes avant d'identifier sa voix tant le timbre en était altéré.

— Ça ne va pas ? demanda-t-elle, à moitié somnolente.

— Je ne peux pas. Je ne peux pas faire la série.

— Pourquoi ça ? fit Kait, soudain totalement éveillée.

— C'est trop dur. Je suis allée à trois réunions aujourd'hui. Je ne peux pas continuer comme ça.

— Si, vous le pouvez. Vous savez que vous le pouvez. Vous l'avez fait avant, vous pouvez le refaire. Et vous voulez tourner cette série.

— Je suis impuissante devant l'alcool, lâcha Agnes, répétant la phrase d'ouverture des réunions AA.

— Non, vous ne l'êtes pas. Vous êtes plus forte que ça.

— Je veux un verre, dit Agnes d'une voix plaintive.

— Appelez votre parrain. Allez marcher. Prenez une douche.

— Ça n'en vaut pas la peine.

— Oh, que si ! insista Kait. Simplement, il ne faut pas brûler les étapes. Un pas après l'autre. Pour le moment, couchez-vous, et demain matin vous irez à une réunion.

Il y eut un long silence, puis un soupir.

— Très bien. Je suis désolée de vous avoir dérangée, Kait. Vous semblez épuisée. C'était juste une mauvaise passe. J'étais assise devant cette bouteille de bourbon et elle me tentait tellement que j'en avais déjà le goût sur la langue.

— Mais je croyais que vous vous étiez débarrassée de tout votre vitriol.

C'est en tout cas ce qu'Agnes lui avait dit lors de leur dernier coup de téléphone.

— J'ai trouvé la bouteille sous le lit, par hasard.

— Videz-la et balancez-la.

— Quel gâchis, lâcha Agnes d'une voix abattue, néanmoins meilleure qu'au début de l'échange. OK, je vais le faire. Dormez bien, Kait.

Kait laissa sa tête retomber sur les oreillers avec un gémissement. La réalité la frappait de plein fouet : en signant pour la série, elle avait adopté une tribu entière de grands enfants dont elle allait s'inquiéter en plus des siens, parce que c'était plus fort qu'elle. Dan et ses conquêtes, Charlotte et son sale caractère, Agnes et l'alcool, Maeve et la maladie de Ian, Abaya, Becca… Elle les avait tous pris sous son aile, avec leurs problèmes, leurs craintes, leurs excentricités, leurs drames, leurs besoins et leurs désirs. Devant l'énormité de cette révélation, elle ferma les yeux, et s'endormit aussitôt.

10

En mai, le rythme se calma un peu pour Kait. Zack l'appelait régulièrement pour lui rendre compte de l'avancée des préparatifs. Tous les contrats étaient signés. Lally Bristol travaillait sur les costumes et les repéreurs avaient dégoté deux lieux de tournage parfaits. L'un, sur Long Island, comprenait une petite piste d'atterrissage et une vaste collection d'avions anciens que le propriétaire était prêt à leur louer, trop ravi de contribuer de cette façon à une série télévisée. L'autre, situé au nord de l'État de New York, était une maison qui conviendrait parfaitement pour les scènes d'intérieur. Ils tourneraient de manière à laisser croire que la piste et la maison se trouvaient sur le même domaine, un effet aisément renforcé ensuite par ordinateur en postproduction. Autrement, Becca écrivait des scénarios de folie ; Agnes allait aux AA ; les brûlures de Candace cicatrisaient bien et Ian répondait positivement au traitement censé ralentir légèrement la progression de sa maladie.

Enfin, au magazine, rien à signaler. Kait tenait à jour sa rubrique.

C'était le calme avant la tempête, cependant. À partir de juillet, Kait savait qu'elle courrait partout comme une folle entre les tournages, les scénarios, les problèmes sur le plateau, sa rubrique, son blog... Repensant à la suggestion faite par Carmen quelques mois auparavant, elle se dit qu'elle allait prendre quelques vacances avant que son emploi du temps s'emballe. Et elle voulait y associer ses enfants.

Elle les appela pour leur demander à chacun de bloquer une semaine en juin, après la fin des cours de Merrie et Lucie. Elle chercha ensuite en ligne des endroits facilement accessibles et susceptibles de leur convenir à tous, Candace y compris, puisque la BBC avait décidé, à son grand dam, de ne pas la renvoyer tout de suite sur le terrain. Elle jeta son dévolu sur un ranch dans le Wyoming, non loin de Jackson Hole, qu'elle réserva pour la deuxième semaine de juin après avoir validé les dates avec ses enfants. Elle acheta des bottes de cow-boy roses à ses petites-filles, qu'elle leur envoya. En retour, elle reçut des photos d'elles où elles les portaient, avec des jupettes en jean et des chapeaux de cow-girls. Les petites semblaient très excitées. Tous étaient fin prêts pour cette belle aventure, qui approchait à grands pas.

Pour son dernier jour officiel au journal, le trente mai, Kait vida son bureau, qui serait dorénavant occupé par l'un des rédacteurs seniors. Le magazine avait organisé un déjeuner en son honneur. Carmen affichait une mine lugubre à l'idée de la perdre. Elle lui chuchota à l'oreille qu'elle essayait d'obtenir sa propre rubrique à présent.

Tout le monde se réjouissait pour Kait et cherchait à en savoir plus sur la série, car la chaîne télé communiquait dessus depuis un mois. Une campagne publicitaire avait été lancée, avec des affiches partout, des bandes-annonces et des photos du casting, tantôt au complet, tantôt ciblé en fonction du public visé : Dan, Charlotte et Abaya pour attirer les jeunes téléspectateurs, Maeve, Agnes et Phillip Green, celui qui jouerait Loch, pour les têtes d'affiche. Les premiers spots télé seraient diffusés en septembre, dès qu'ils disposeraient d'extraits des scènes tournées pendant l'été. La promotion de la série représentait un budget colossal, mais le résultat en valait la peine : les gens parlaient des *Femmes Wilder* avec curiosité. Kait avait le cœur qui s'affolait chaque fois qu'elle apercevait une affiche dans la rue. Zack lui avait dit qu'il y avait même des panneaux publicitaires sur Sunset Boulevard, à L.A.

Ses collègues du magazine étaient tristes de la voir partir, mais tous lui souhaitaient de réussir dans sa nouvelle voie.

Enfin, le jour du départ pour le Wyoming arriva. Kait n'en pouvait plus d'attendre ces vacances en famille ! La veille au soir, Zack lui avait dit que le ranch de Nick Brooke se trouvait à une heure seulement de Jackson Hole et qu'il avait un grand domaine, avec beaucoup de chevaux.

« Peut-être devriez-vous passer lui dire bonjour, ou au moins l'appeler », avait-il suggéré.

Ils le gardaient au chaud jusqu'au dernier épisode. La saison s'achevait sur une folle romance entre Maeve O'Hara et Nick Brooke : on ne pouvait rêver meilleur *teaser* pour la saison deux ! Le public voudrait évidemment en savoir plus. Nick Brooke avait signé son contrat pour l'épisode final et un autre provisoire pour la saison suivante, sous réserve que la série se poursuive. Il leur coûtait une fortune, mais le jeu en valait la chandelle vu le nombre de fans qu'il leur apporterait.

Si Dan était censé séduire les jeunes téléspectatrices, Nick était leur atout majeur auprès des plus de trente-cinq ans. Il ne faisait pas ses cinquante-deux printemps et avait le genre d'allure virile qui faisait fondre les femmes. Le public masculin, lui, pourrait saliver devant Charlotte, Abaya ou Maeve. Quant à leur public plus âgé, il serait aux anges avec Agnes White. Tout le monde trouverait son compte à ce casting. Ajouté à cela, de superbes scènes de vol et de batailles aériennes avec des avions d'époque, et la série avait vraiment tout pour devenir un énorme succès. Pour couronner le tout, Nick jouait actuellement dans une superproduction qui passerait cet été, ce qui constituait un prélude idéal à son apparition en fin de saison un. Pour eux, il tournerait fin août ou début septembre, sur un plateau fermé et soumis à des accords de confidentialité que tous les intervenants avaient signé. Le secret devait rester absolu.

« Il ne trouvera pas bizarre que je le contacte au débotté ? avait répondu Kait à la suggestion de Zack.

— Bien sûr que non. Après tout, vous êtes productrice exécutive, et il a sûrement des questions sur le personnage. Ce serait bien de faire sa connaissance. »

Jusque-là, ils ne l'avaient vu qu'une brève fois, lors d'une réunion avec son avocat. En lui serrant la main, Kait avait été frappée par sa beauté. C'était un homme calme et réservé, qui ne se rendait à L.A. que pour le travail. Il était originaire d'une petite ville du Texas, puis le succès lui avait permis d'acheter un vaste ranch dans le Wyoming. On le disait très professionnel, quelqu'un avec qui il était facile de travailler, mais qui gardait ses distances. De fait, il veillait à tenir sa vie privée hors du champ médiatique. Il se montrait même réticent à l'idée de répondre à des interviews sur la série une fois qu'il aurait officiellement intégré le casting.

« Il ne s'agit pas de passer la semaine avec lui, Kait. Prenez juste contact. Je veux qu'il se sente partie prenante de l'aventure, même s'il n'apparaît qu'au dernier épisode de la saison un. Une rencontre chez lui permettra peut-être de briser la glace. »

Zack avait découvert que Nick avait commencé sa carrière comme chanteur country à Nashville. Il avait dégoté un vieux CD de lui et disait qu'il avait une voix magnifique. Mais l'acteur ne chanterait pas dans la série. Pour lui, c'était de l'histoire ancienne.

Sa vie personnelle demeurait un mystère, et son agent les avait informés que les choses devaient rester ainsi. Personne ne savait donc s'il avait une compagne ou des maîtresses, ni quels étaient ses hobbys ou occupations quand il ne tournait pas. On ne lui connaissait qu'une passion : les chevaux. D'où sa présence à certaines grandes ventes équines qu'il fréquentait pour acheter des champions. Les chevaux qu'il entraînait comptaient parmi les meilleurs du pays.

Zack avait envoyé à Kait les coordonnées de Nick, mais celle-ci n'avait rien promis. Elle n'avait pas l'intention de sacrifier la moindre minute avec ses enfants à des rendez-vous de travail.

Tous volaient séparément vers Jackson Hole : elle-même à partir de New York via Denver, Candace de Londres via Chicago, Stephanie et Frank depuis San Francisco par un vol direct ; quant à Tommy et les siens, ils prendraient le jet privé de Hank Starr. L'idée était de se retrouver tous rapidement au ranch et, à partir de là, de passer du bon temps ensemble. Ils avaient prévu de monter à cheval et Kait avait déjà programmé des pique-niques en montagne, ainsi qu'une excursion de pêche avec un guide pour les hommes. Elle voulait aussi les emmener à un rodéo, car il y en avait apparemment un super, fréquenté aussi bien par les gens du coin que par les touristes. Il avait lieu tous les mercredis soir et elle avait demandé à l'hôtel de leur prendre des places.

Kait finit sa chronique du mois dans l'avion. À l'approche de Jackson Hole, elle contempla la chaîne montagneuse du Grand Teton qui se dressait dans toute sa majesté. Une merveille. Elle expliquait à elle seule le nombre impressionnant de jets privés stationnés sur le tarmac. L'endroit était un point de ralliement pour les milliardaires et les célébrités qui évitaient les lieux trop jet-set, comme Aspen ou la Sun Valley.

Kait récupéra ses bagages et repéra aisément le chauffeur de l'hôtel. En chemin, il l'informa que Tommy était arrivé une heure plus tôt et que la famille était en train de s'installer. Ils logeaient tous dans le même groupe de cottages, doté d'une piscine, et se verraient attribuer des chevaux pour la durée de leur séjour, selon le niveau de chacun. Comme les filles de Tommy avaient leurs propres poneys, cadeaux de leur grand-père, elles savaient déjà monter et leur mère était une cavalière émérite. Tom et ses sœurs avaient quant à eux appris dans leur enfance, sans avoir trop l'occasion de pratiquer puisqu'ils avaient grandi à New York, mais ils avaient assez d'assiette pour apprécier l'activité. Elle leur avait donc réservé une promenade au coucher du soleil pour le soir même.

Tommy, Maribeth et les filles l'attendaient dans le hall d'entrée. Merrie se jeta à son cou et la serra très fort, tandis que Lucie Anne lui expliquait qu'elle allait chevaucher une jument plus grande que son poney, laquelle jument s'appelait Rosie et avait un caractère très doux.

— Tu vas monter avec nous, toi aussi ? demanda-t-elle à sa grand-mère.

Elle portait ses bottes de cow-boy roses, ainsi qu'un short de la même couleur et un tee-shirt arborant la carte du Texas. Tommy remercia sa mère pour le cottage, qui était fantastique... Une heure plus tard, ce fut au tour de Stephanie et Frank de se montrer, se tenant par la main, reconnaissables à leurs habituels vêtements de randonnée qu'ils portaient en toute occasion, travail y compris. Après les retrouvailles, Stephanie glissa à l'oreille de sa mère que Frank avait peur des chevaux, mais n'avait rien dit car il voulait faire bonne figure.

— Je suis sûre qu'ils lui donneront un cheval tout gentil, pour débutants. Tu penses s'ils doivent avoir l'habitude ici ! Assure-toi juste de leur signaler ce détail à l'écurie. Mais, surtout, il faut que Frank se sente libre de venir ou non.

Kait voulait que chacun passe un bon moment,

sans obligation aucune de participer à tout. Elle parla d'ailleurs à Frank et à Tom de l'excursion de pêche prévue pour eux le lendemain. Son fils fut ravi, il adorait ça. Dès qu'il le pouvait, il accompagnait son beau-père en haute mer dans le golfe du Mexique. Pêcher dans un torrent ou un lac était plus plan-plan, mais c'était amusant aussi, et puis il aimait bien Frank. Ce serait une bonne occasion d'être avec lui.

Il était quatre heures de l'après-midi quand Candace se présenta enfin, pâle et fatiguée, mais ravie de tous les revoir. Elle portait un chemisier à manches longues qui cachait ses pansements et protégeait ses bras, car il ne fallait en aucun cas qu'elle expose ses brûlures et ses cicatrices au soleil. Sa mère remarqua qu'elle avait perdu du poids mais ne fit aucun commentaire. Après ce que Candace avait traversé, ces vacances en famille allaient lui faire le plus grand bien.

À six heures tapantes, ils se retrouvèrent tous à l'écurie principale. On leur donna des bombes et on leur montra leurs montures. Les deux petites étaient à croquer, assises à califourchon sur des animaux très placides. Frank s'en vit attribuer un tout aussi tranquille. Leur guide étudiait en dernière année à l'université du Wyoming et travaillait chaque année dans ce ranch hôtel. Elle les mena par un chemin de randonnée à travers les collines et les champs de fleurs sauvages, leur désignant les points de repère intéressants. Elle était originaire de Cheyenne, la capitale du Wyoming, et leur parla des Indiens qui avaient vécu dans la région autrefois. Elle les encouragea aussi à assister au rodéo du mercredi soir.

— Le ranch organise le sien les vendredis soir, donc vous venez de le manquer. Mais vous pouvez vous inscrire pour le prochain. Qui sait ? Vous gagnerez peut-être un ruban, ajouta-t-elle à l'intention des fillettes.

Ils rentrèrent de leur promenade juste à temps pour le dîner dans la maison principale du ranch. Une table leur était réservée, où ils prirent place, les petites ravies de s'asseoir à côté de leurs tantes.

— Mon papa, il a dit que tu avais sauté et que tu t'étais fait mal aux bras, dit Merrie avec sérieux à Candace.

— On peut dire ça, oui, mais ça va mieux maintenant.

Tous les soirs, il y avait barbecue et buffet, puis deux palefreniers, s'accompagnant à la guitare, entonnaient autour d'un feu de camp des chansons populaires que tout le monde reprenait en chœur. C'était exactement tel que Kait se l'était imaginé.

— Tu as l'air heureuse, maman, lui dit Tommy.

— Toujours, quand je suis avec vous tous.

C'était un plaisir rare. Elle leur était extrêmement reconnaissante d'avoir fait l'effort de se libérer toute une semaine pour qu'ils puissent passer des vacances ensemble.

Stephanie et Frank furent les premiers à quitter le feu de camp pour aller se coucher. Maribeth et Tom se retirèrent à leur tour quand Merrie commença à bâiller – Lucie Anne dormait déjà dans le giron de son père depuis belle lurette. Candace et Kait restèrent donc toutes les deux, à écouter encore un peu les chants, avant d'aller prendre un dernier verre au bar. Candace taquina sa mère sur les regards appuyés que lui lançaient certains cow-boys. Kait aussi avait remarqué qu'on la dévisageait, mais elle avait supposé qu'ils étaient juste curieux, pas qu'elle les attirait.

— Tu es une belle femme, maman. Tu devrais sortir plus. Ta petite incursion dans le monde de la production télévisuelle t'offrira certainement des chances à saisir.

— Détrompe-toi, ma chérie. Mon rôle sur le plateau consistera à m'occuper des acteurs et du scénario, pas à lever des hommes.

— Certes, mais ce sont eux qui te feront du rentre-dedans ! répliqua Candace en souriant.

Elle ne l'admettrait pas, mais sa mère lui avait manqué après son départ de Londres. Même si elle n'aimait pas être couvée, ça faisait du bien de savoir que quelqu'un se souciait d'elle.

— Et toi ? demanda Kait. Tu avais une petite mine à ton arrivée.

— Le vol a été long. Et je m'emmerde à Londres. Travailler derrière un bureau, ce n'est vraiment pas mon truc ! J'espère qu'ils vont m'envoyer quelque part le mois prochain. Et puis, il y a les pansements. C'est chiant, il faut les changer tout le temps. C'est presque cicatrisé maintenant, mais ça a mis plus de temps que je ne pensais.

— J'aimerais tellement que tu réfléchisses à d'autres options professionnelles. Des univers de travail où rouler sur une mine ne fait pas partie des risques du métier. Tu aurais pu y rester...

— Ça n'arrive quasiment jamais, maman, répondit Candace avant de prendre une gorgée de vin.

— Il suffit d'une fois, répliqua sa mère d'un air entendu.

Candace eut un petit rire.

— C'est vrai... Mais là, je ne sais pas ce qui s'est passé. Nous avions un guide nul.

— Tu vois ! Fais-moi plaisir : réfléchis bien avant de te précipiter à nouveau Dieu sait où.

Candace hocha la tête, sans rien promettre.

— Ça n'a pas été évident de trouver ma voie entre Stephanie, qui a toujours été cette espèce de geek surdouée, et Tommy, qui sera bientôt le roi du fast-food texan. Pour moi, il est impensable de revenir à New York si c'est pour me retrouver derrière un bureau. J'ai toujours voulu contribuer à rendre le monde meilleur, plus juste. Mais, aujourd'hui, je ne sais plus comment y parvenir. On voit des choses terribles quand on est sur la route, et on peut si peu pour les changer. Ce qu'on fait avec les documentaires ressemble à une goutte d'eau dans l'océan. Et trop souvent, les femmes qui coopèrent avec nous et nous laissent les interviewer sont sévèrement punies ensuite, ce qui rend les choses encore pires. » Elle, l'idéaliste qui rêvait de combattre la cruauté des hommes, se heurtait à la réalité, et la pilule était amère. « Je me sens tellement coupable quand je reste assise à me tourner les pouces à Londres ou à New York, où la vie est facile et confortable. Et que dire d'un lieu comme ce ranch... Il est vraiment super, maman, mais pendant qu'on savoure des côtes de bœuf, qu'on monte à cheval et qu'on chante autour du feu, il y a des enfants qui meurent de faim en Afrique, qui meurent à même le trottoir en Inde. Partout, les gens s'entre-tuent pour un ensemble de raisons sur lesquelles nous n'avons aucune prise.

La découverte de son impuissance était à la fois déprimante et frustrante.

— Peut-être que mûrir consiste justement à accepter nos limites, Candy.

Sa mère ne l'avait pas appelée comme ça depuis l'enfance. Candace sourit.

» Tu t'es fixé une noble tâche, mais, si tu meurs, ça n'aura en rien aidé ta cause, et tu ne seras qu'une perte de plus dans leurs guerres.

Une perte qui me briserait le cœur, ajouta Kait dans un murmure.

Candace se pencha et lui prit la main. Il y avait un lien spécial entre elles.

» S'il te plaît, reprit sa mère. Fais attention, je t'aime.

— Moi aussi, je t'aime, maman. Mais je dois faire ce que je pense être juste. D'autant que je ne le ferai pas *ad vitam aeternam*. Un jour, je me poserai.

Kait en doutait. Sa cadette avait une âme agitée. Depuis toujours, Candace était en quête. De quoi, elle ne le savait pas, mais, visiblement, elle n'avait pas encore trouvé. Et tant qu'elle ne serait pas en paix avec ça, elle continuerait à arpenter le monde en essayant de faire son possible pour aider autrui.

— J'aimerais parfois que tu sois plus égoïste et que tu ne croies pas devoir guérir tous les maux à toi toute seule.

— Peut-être suis-je née pour ça, maman. Nous avons chacun un chemin à suivre.

— Le mien serait donc de faire une série télé ? dit Kait avec un sourire triste.

— Attends, ta rubrique a sauvé un nombre incroyable de gens et tu as été formidable avec nous. Tu peux bien t'amuser un peu maintenant !

Elles finirent leur verre, puis retournèrent à leurs luxueux cottages, si joliment décorés. Le cadre était enchanteur. Au loin, les montagnes dominaient, mystérieuses dans la nuit étoilée.

» Je suis contente d'être avec vous tous, dit Candace en l'embrassant pour la nuit.

— Moi aussi, répondit Kait. Je t'aime, ma chérie.

Elles se séparèrent, chacune perdue dans ses pensées.

À l'exception de Tom et Frank, partis tôt à la pêche, toute la famille se retrouva le lendemain matin à la table du petit déjeuner. Le buffet qui s'offrait à elles était pantagruélique : pancakes, gaufres, œufs en tout genre. Le repas fut joyeux. Le temps qu'elles finissent leurs assiettes, Tom et Frank étaient de retour après avoir confié leurs poissons au personnel du ranch qui les leur serviraient, s'ils le désiraient, au dîner.

Après la leçon d'équitation des filles dans le corral, les femmes allèrent flâner à Jackson Hole tandis que les hommes gardaient un œil sur les petites à la piscine. Ils se retrouvèrent tous pour un déjeuner généreux.

— Je vais prendre cinq kilos pendant ces vacances, gémit Maribeth tout en se servant une part de tarte aux pommes.

Candace, qui s'était contentée jusque-là d'une salade – depuis sa mésaventure, elle n'avait pas beaucoup d'appétit –, prit en dessert un cheesecake pour faire plaisir à sa mère. La cuisine était vraiment excellente. Une promenade s'imposa l'après-midi afin de compenser les effets de ces agapes. Pendant ce temps, Merrie et Lucie assistaient à un atelier d'art manuel avec des enfants de leur âge. Elles en revinrent avec des paniers et des bracelets qu'elles avaient confectionnés elles-mêmes, ainsi qu'un porte-clés pour leur grand-mère. Celle-ci leur promit de l'utiliser tout le temps. Pour passer plus de temps encore avec elles, elle proposa de les garder pour la nuit, ce qui offrirait une pause bienvenue à leurs parents.

Les jours passaient trop vite. Le mercredi, c'est avec excitation qu'ils se préparèrent pour le rodéo et prirent la direction de Jackson Hole en fin d'après-midi. C'était un grand événement, même s'il avait lieu toutes les semaines. Il y avait des démonstrations de capture de bétail au lasso, du dressage de mustangs, des clowns pour empêcher les taureaux d'attaquer les cavaliers, des trophées, de la musique country et des spectateurs de tous les âges. Ils prirent place juste avant l'hymne national et, à son grand étonnement, Kait entendit annoncer le nom de Nick Brooke pour l'interpréter. L'acteur avait une voix puissante et émouvante. Cela lui rappela qu'elle ne l'avait pas contacté, malgré la suggestion de Zack. Elle passait de tellement bons moments avec ses enfants… Mais, puisque le hasard lui offrait une occasion en or, elle décida de la saisir. Après l'hymne, elle se leva dans l'intention d'intercepter Nick au moment où il quitterait l'arène.

Finalement, elle l'aperçut à côté d'un enclos à taureaux, son cheval attaché à la barrière. Il discutait avec des connaissances. On aurait dit un vrai cow-boy avec sa chemise bleue, son chapeau bien tanné et ses jambières. Elle attendit sur le côté, ne voulant pas l'interrompre. Il la remarqua au bout de quelques minutes et lui lança un regard interrogateur tandis qu'elle approchait.

— Je ne voulais pas vous déranger. Vous ne vous souvenez sans doute pas de moi, je m'appelle Kait Whittier et je suis productrice exécutive sur *Les Femmes Wilder*. Nous nous sommes rencontrés à L.A., avec Zack Winter.

Il eut un large sourire et lui tendit la main.

— Bien sûr que si, je me souviens, je n'oublie jamais les jolies femmes – je ne suis pas encore un vieux croulant. Comment avance la série ?

Ses yeux bleus pétillaient. Il se montrait bien plus amical et détendu qu'à L.A., à la fois décontracté et chaleureux. C'est que, ici, on était chez lui.

— Le tournage démarre dans deux semaines, expliqua Kait. Tout le monde est sur des charbons ardents, d'autant que l'accueil des médias a été très positif. Il faut dire que le casting est prometteur, avec tous ces grands noms qui y figurent. Nous sommes tellement heureux que vous nous ayez rejoints, Nick. Grâce à vous, la saison deux sera sensationnelle.

— Vous savez, l'expérience est nouvelle pour moi. Je n'ai jamais fait de télé avant. C'est mon agent qui m'a fortement recommandé de ne pas laisser passer cette chance ; selon lui, le média est devenu incontournable... Quoi qu'il en soit, vingt-deux épisodes par saison, ça paraît beaucoup.

Kait serait déjà heureuse qu'il y ait une saison deux à tourner, car rien n'était jamais acquis dans la vie, et encore moins à la télé si le public n'était pas au rendez-vous. Des séries aussi bonnes que la leur s'étaient arrêtées pour des raisons inconnues.

» Je préférerais être ici, lui confessa Nick Brooke. J'ai vécu dix ans à L.A., mais, à la base, je suis un cow-boy.

Quelqu'un non loin d'eux lui fit signe et il hocha la tête.

» À présent, vous allez me voir me ridiculiser.

Son sourire s'élargit tandis qu'il vissait davantage son chapeau sur sa tête et grimpait sur la clôture de l'enclos.

— Mais que faites-vous ?

Il éclata de rire devant sa surprise.

— Toutes les semaines, je m'essaie au rodéo. Ça m'aide à rester humble.

Kait se remémora alors la clause existant dans les contrats des têtes d'affiche, laquelle leur interdisait de faire du parachute en chute libre ou de pratiquer des sports dangereux. Le rodéo n'en faisait pas partie. Elle lui rendit son sourire.

— Je ne dirai rien. Et je sais ce que c'est :

j'ai une fille qui n'est jamais contente si elle ne risque pas sa peau.

— Je ne tourne pas avant août ou septembre, ça donnera le temps aux fractures de se remettre !

— Vous êtes fou.

Il éclata à nouveau de rire. Il n'était ni fou ni stupide. Il aimait juste faire ce qu'il voulait, et la vie qu'il menait lui convenait. Kait comprenait ça.

» Au fait, je comptais vous appeler, mais je ne voulais pas vous déranger, lui dit-elle.

— Passez dîner à mon ranch, proposa-t-il.

Et il sauta de la clôture, atterrissant dans un étroit passage où une petite échelle lui permit d'atteindre l'endroit d'où il enfourcherait le cheval sauvage. Elle le regarda faire, fascinée, et surprise par le sentiment de familiarité qu'elle éprouvait après une si brève conversation. Un instant plus tard, le nom de Nick Brooke retentit sur la piste et sa monture jaillit de la stalle. L'acteur tint en selle quatre minutes pleines avant d'être éjecté. Trois clowns se mirent alors à danser autour de lui pendant que des hommes l'aidaient à se relever et le conduisaient hors de l'arène. Imperturbable, il se dirigea vers elle avec un sourire en coin, tout en remettant son chapeau.

» Vous voyez ce que je veux dire ? Il n'y a pas l'équivalent à L.A., lança-t-il enchanté.

Kait secoua la tête, perplexe. Deux femmes se précipitèrent vers lui pour lui demander un autographe, ayant compris qu'il s'agissait du vrai Nick Brooke, et non d'un cavalier lambda.

— Ça va ? Vous ne vous êtes pas fait mal ? demanda-t-elle après qu'il eut signé et se fut gentiment prêté au jeu des photos.

— Bien sûr. C'est comme ça tous les mercredis.

— Peut-être devriez-vous passer votre tour pendant le tournage, suggéra-t-elle d'un ton taquin.

— Je n'ai vu aucun rodéo dans le synopsis.

— En effet, admit-elle.

— Vous viendrez dîner ?

Il ne la quitta pas du regard le temps qu'elle réponde. Elle hésitait.

— J'aimerais beaucoup, mais nous sommes trop nombreux. J'ai mes enfants et leurs conjoints avec moi, et mon fils a deux petites filles.

— Mais vous n'avez pas l'âge d'être grand-mère ! s'exclama-t-il en balayant du regard sa fine silhouette.

— Si c'est un compliment, je vous remercie. Pour en revenir au dîner, je vous épargne le souci de tous nous régaler. Par contre, vous êtes le bienvenu à l'hôtel.

— Je trouverai bien une ou deux petites choses à accommoder pour vous tous, ne vous inquiétez pas. On dit demain, à sept heures ?

Ne voulant pas se montrer grossière en déclinant son offre, elle hocha la tête.

» Au Circle Four Ranch. Votre hôtel vous indiquera où c'est. Vous êtes descendus où ?

— Au Ranch Grand Teton.

— Très bonne adresse, dit-il sur un ton approbateur. On se voit donc demain. Venez en jean, ce sera simple. Les enfants pourront profiter de la piscine pendant que nous dînerons. Et les adultes aussi, après tout.

— Vous êtes sûr ?

Ça l'embarrassait d'envahir la maison de Nick avec toute sa famille.

— Ai-je l'air d'un indécis ou d'un homme qui craint les enfants ? la taquina-t-il.

— Non, c'est vrai. Merci beaucoup, Nick.

Il la salua de la main et s'éloigna, non sans se retourner une fois pour la regarder. Kait songea qu'il était terriblement séduisant ; il possédait un charme magnétique... Elle se houspilla tout en retournant s'asseoir dans les gradins : c'était une star de cinéma, bon sang ! Bien sûr qu'il était charmant. Elle n'avait vraiment pas besoin de se ridiculiser en flirtant avec lui ou en tombant à la renverse parce qu'il avait chevauché un pur-sang sauvage et était craquant en cow-boy.

Elle s'excusa auprès des autres.

— Désolée. Je devais parler au type qui a chanté l'hymne national.

— Tu crois qu'on ne sait pas qui c'est, maman ? lâcha Tommy d'une voix rieuse. C'est Nick Brooke, l'acteur. Alors comme ça, tu le connais ?

Il avait l'air surpris. Elle menait à présent une vie qui échappait à ses enfants.

— C'est notre tête d'affiche pour la saison deux, si nous durons jusque-là. Il nous a invités à dîner demain soir ; je ne savais pas comment m'en dépatouiller.

— T'en « dépatouiller » ? Mais je veux faire sa connaissance, moi ! s'exclama Tommy.

Nick était son acteur préféré.

— Rencontrer qui ? demanda Maribeth en essuyant le visage de ses filles qui étaient couvertes de barbe à papa et s'amusaient comme des folles.

— Maman connaît Nick Brooke. On dîne chez lui demain.

— Oh, mon Dieu ! Et moi qui n'ai rien à me mettre !

Candace se pencha à son tour.

— Moi non plus. Pourquoi ? On va où ?

— Dîner avec une star de ciné ! lança Tommy.

— Pas de souci, Candace, je te prêterai quelque chose, proposa Stephanie, ce qui provoqua un éclat de rire général.

Comme tous les soirs, celle-ci portait un jean troué et des baskets en lambeaux.

— J'emprunterai plutôt un truc à maman, si ça ne te dérange pas...

— Il a dit de venir en jean, expliqua Kait. Et précisé qu'il y avait une piscine. Au fait, le dernier cow-boy sur le cheval sauvage, c'était lui. Vous l'aviez reconnu ?

Tommy eut l'air impressionné.

— Ça, c'est un vrai mec, dit-il avec admiration.

— Il doit être fou, commenta Frank. J'en étais malade rien que de regarder.

— Moi aussi, dit Kait. Et s'il se tue, nous n'avons plus de vedette masculine pour la saison deux...

Sur le chemin du retour, ils étaient encore tout excités à l'idée de rencontrer Nick, et ils n'en revenaient toujours pas que Kait le connaisse.

— Ta vie est devenue carrément passionnante, maman, dit Tommy.

— Je crois que oui, reconnut-elle avec un petit rire.

Prise par le temps, elle n'y avait pas vraiment réfléchi, mais, de fait, ces quatre derniers mois, elle avait croisé beaucoup d'acteurs importants et même noué une amitié avec Maeve. Avec Nick Brooke, ils n'avaient échangé qu'une poignée de main, et voilà qu'ils étaient tous conviés chez lui. Il ne fallait rien y voir de plus, elle le savait, mais, au moins, ça impressionnait ses enfants. C'était toujours ça.

Le réceptionniste de l'hôtel leur indiqua la route à suivre pour arriver au ranch de Nick. Ils arboraient tous une chemise, un jean et des bottes de cow-boy – Candace et Kait en avaient acheté une paire quelques jours plus tôt à Jackson Hole –, excepté Stephanie et Frank qui portaient leurs éternelles Converse. Ils avaient fière allure en se présentant au portail du ranch, doté d'un interphone. Ils sonnèrent, et les battants s'ouvrirent automatiquement. Ils parcoururent ce qui leur sembla être des kilomètres de prairies, où paissaient des chevaux. L'endroit donnait une impression de paix et d'immensité. Enfin, ils aperçurent la maison. Juchée au sommet d'une colline, la gigantesque demeure agrémentée d'un grand patio partait dans tous les sens. À proximité se dressait une grange colossale, où Nick gardait ses meilleurs chevaux.

L'acteur les attendait et leur offrit à boire, des sodas pour les petites, de la bière pour les adultes. Depuis le patio, ils avaient une vue dégagée sur ses terres, le panorama allant aussi loin que le regard pouvait porter. Kait s'imaginait sans peine rester là pendant des heures, à contempler l'horizon. Il y avait une immense piscine, avec des tables, des fauteuils et des parasols tout autour. Ça ressemblait à un petit hôtel plus qu'à une maison.

— Je passe beaucoup de temps ici, expliqua-t-il. C'est chez moi.

Très à l'aise, il échangea quelques mots avec Frank et Tom, plaisanta avec les fillettes et invita tout le monde à s'asseoir. Un chef cuisinier s'affairait devant le barbecue, pendant qu'un employé en jean et chemise à carreaux leur proposait en hors-d'œuvre des bouchées de croque-monsieur. Comme Nick demandait s'il y avait des végétariens dans le groupe, Stephanie leva la main. Elle aurait un menu adéquat, la maison avait tout prévu. Ils restèrent là une heure à bavarder tranquillement. Nick évoqua sa passion pour les chevaux et ils purent admirer un magnifique coucher de soleil. À la demande de Tom, la star les emmena voir la grange principale, où tout était de haute technologie et les chevaux, à l'évidence des pur-sang.

— Mon beau-père a des chevaux de course, mais moi, je n'y connais rien, dit Tom.

Nick répondit de bonne grâce à toutes les questions que lui posa le jeune homme. Ils retournèrent ensuite à la maison : le dîner les attendait. Le menu se composait de plats populaires : pain de viande, poulet frit du Sud, côtes de porc au barbecue, épis de maïs, pommes de terre écrasées, haricots verts et une énorme salade, ainsi qu'un plat végétarien pour Stephanie. En dessert, il y eut de la tarte aux pêches, que Nick dit avoir préparée lui-même avec les pêches de son verger. Il avait placé Kait à côté de lui et discutait avec elle, tout en veillant à s'adresser aussi aux autres. Tom et lui accrochèrent bien – en tant que Texan, Nick situa très bien le père de Maribeth quand Tom précisa son nom.

— Et vous, vous êtes celle qui aime flirter avec le danger ? demanda-t-il à Candace en la regardant droit dans les yeux.

Elle rit.

— On pourrait dire ça. Ou du moins, c'est

ainsi que ma mère le voit. Je fais juste mon boulot.

— Et quel est ce boulot ?

Nick semblait très intéressé, et Kait le soupçonna d'être attiré par sa fille, bien qu'il ait vingt ans de plus. Il n'y avait cependant rien de lascif dans son regard. Il appréciait simplement les jolies femmes, et Candace était une vraie beauté. Kait ne se rendait pas compte que c'était à elle qu'il portait en réalité le plus d'attention...

— Je réalise des documentaires pour la BBC, répondit Candace, et quelquefois nous sommes amenés à travailler dans des endroits difficiles.

— Elle a sauté sur une mine près de Mombasa, il y a trois mois, intervint Tom pour mettre les choses au clair.

Nick hocha la tête.

— En effet, on peut appeler ça « difficile ». Et ça va, maintenant ?

Merrie acheva de lui dresser le tableau :

— Ses bras ont pris feu et elle doit se mettre tout un tas de pansements.

Candace lui lança un regard noir.

— Tout va bien, je vous assure. Maman est venue à Londres pour s'occuper de moi, dit-elle sur un ton laissant entendre qu'il n'y avait pas pour elle événement plus normal.

— Et vous n'attendez qu'une chose, y retourner, n'est-ce pas ? lui lança Nick.

Elle rit et hocha la tête.

» Hum. Vous êtes aussi folle que moi, qui

monte des chevaux sauvages chaque semaine – les taureaux, j'ai laissé tomber maintenant. Cependant, c'est différent : dans l'arène, il n'y a pas de mines. Vous jouez gros, là, dit l'acteur sans mâcher ses mots.

Candace haussa les épaules et il n'ajouta rien. Apparemment, il visait aussi juste avec les mots qu'avec un pistolet. Nick était plus qu'un simple cow-boy. Il parlait bien et avait l'art de communiquer sa passion des chevaux et de l'élevage.

» Quelques-uns des meilleurs chevaux du pays sortent d'ici, dit-il avec fierté.

Après le dîner, les jeunes allèrent piquer une tête dans la piscine. Nick et Kait s'assirent dans le patio et causèrent paisiblement pendant qu'elle admirait la vue. Il lui sourit.

— J'aime votre famille, Kait. Votre fils est quelqu'un de bien et vos filles aussi. C'est rare de nos jours. Vous avez dû passer beaucoup de temps avec eux pour qu'ils soient comme ça.

— Quand ils étaient petits, oui. Maintenant, ils sont tous éparpillés de par le monde et je ne les vois pas beaucoup. Jamais assez à mon goût.

Elle n'en dit pas davantage, l'heure n'étant pas à la mélancolie, d'autant plus qu'elle passait de fantastiques vacances avec eux. Cette soirée avec Nick était la cerise sur le gâteau, l'occasion d'apprendre à le connaître.

» Vous avez des enfants ? demanda-t-elle sans vouloir paraître trop indiscrète.

Parfois, les gens gardaient jalousement ce

genre d'informations pour eux. Cependant, s'il était d'un naturel réservé, Nick ne donnait pas l'impression de dissimuler quoi que ce soit.

— Non, répondit-il. Et je ne suis pas sûr que j'aurais été un bon père. Quand j'étais jeune, je n'en voulais pas. Aujourd'hui, je ne serais pas contre l'idée, mais je me sens trop vieux pour ça. J'aime ma vie comme elle est, je suis libre de faire ce que je veux. Pour avoir des enfants, il faut être capable de se décentrer. Or le métier d'acteur est un métier exigeant qui demande beaucoup d'investissement personnel et de temps, si on le fait bien. Au début de ma carrière, j'y ai mis énormément d'énergie, moyennant quoi, aujourd'hui, je peux me montrer plus sélectif. Tout cela ne laisse pas beaucoup de place pour les enfants, ou n'en aurait pas laissé à l'époque où ils en auraient eu besoin. Il n'y a rien de pire que des parents négligents, et je ne voulais pas en être un. J'avais eu mon compte. Jusqu'à mes douze ans, j'ai grandi dans un ranch. Mon père a été tué lors d'une rixe dans un bar, et je n'ai jamais connu ma mère. Après ça, j'ai vécu en famille d'accueil pendant quatre ans. À seize ans, je suis parti pour Nashville pour être chanteur country, mais cette vie-là ne m'a pas plu. Les coulisses étaient pleines de minables qui ne cherchaient qu'à profiter des petits jeunes. Pendant un an, je n'ai pas vu la lumière du jour. Puis je me suis retrouvé à L.A., où j'ai décroché par hasard un rôle. Le reste est connu : quelques belles occasions à saisir, des cours de théâtre, l'université en cours du soir, un travail de chaque instant, la gloire, l'argent, puis le retour à la vraie vie, ici, dans ce ranch. Me voilà aujourd'hui, enfin heureux. Si j'avais entraîné un enfant avec moi dans tout ça, il aurait fini en vrac. Je ne regrette donc pas mon choix.

— Il n'est pas trop tard, dit-elle en lui souriant.

Il avait deux ans de moins qu'elle.

— Non. Ce n'est pas mon genre. Je ne veux pas être le vieux qui a une femme de vingt ans et un gosse. Ça m'a pris un certain temps pour mûrir. Je n'ai plus besoin de prouver quoi que ce soit à qui que ce soit, et encore moins de m'afficher avec une nana assez jeune pour être ma petite-fille. En plus, elle s'enfuirait quelques années plus tard en me brisant le cœur. Non. J'aime ma vie telle qu'elle est. Un bon rôle dans un film de temps en temps, des gens sympathiques autour de moi, de vrais amis. Je mène une existence parfaite ici. Le grand barnum de L.A., ce n'est pas mon truc. Ça ne l'a jamais été.

— Vous avez été marié ?

— Oui, il y a longtemps. C'était comme dans une chanson country : adultère et rêves brisés. J'étais très jeune et naïf. Elle, elle était beaucoup plus intelligente que moi. Elle a volé mon cœur, ma carte de crédit, et vidé mon compte en banque avant de partir avec mon meilleur ami. C'est là que j'ai quitté Nashville pour L.A.

Après ça, je me suis concentré sur ma carrière, et j'ai réussi.

— On peut dire ça, en effet, dit-elle en riant.

— Non, ce n'est pas ce que vous croyez, répliqua-t-il en la regardant à nouveau droit dans les yeux. C'est super de remporter un oscar quand on s'est donné à fond, je ne dis pas le contraire. Mais la réussite, c'est ça – et il désigna de la main les collines environnantes et les montagnes au-delà. C'est là où je vis et qui je suis.

Nick Brooke était un honnête homme, sans artifices ni prétentions, qui se connaissait et savait ce qu'il voulait. Il avait travaillé dur pour en arriver là. À présent, il en profitait pleinement.

» Et vous, êtes-vous mariée ?

Lui aussi se montrait curieux.

— Je l'ai été. Deux fois. Deux erreurs d'aiguillage. La première, j'étais moi aussi trop jeune. Il n'a pas volé ma carte de crédit, mais il n'a jamais mûri et il est parti. Les enfants ont donc grandi avec moi, sans figure paternelle. La seconde fois, j'étais plus âgée et j'aurais dû voir venir. Il y a eu maldonne et cela s'est terminé très vite quand il l'a clairement exprimé.

Nick hocha la tête, intrigué.

— Une autre femme ?

— Un autre homme.

Ce fut dit sans colère ni amertume, de manière factuelle.

» J'ai été bête de ne pas le voir.

— Parfois, on l'est tous et c'est même

souhaitable dans certaines situations. Pour pouvoir encaisser. On ne peut pas être clairvoyant en permanence, ça demande beaucoup d'énergie, dit-il avec une sagesse que Kait ne put qu'approuver.

Les autres, cependant, avaient fini de se baigner. Ils revenaient vers eux et souhaitaient remercier Nick pour cette merveilleuse soirée, qui se prolongea encore un peu jusqu'à ce que le signal du départ soit donné.

— Voulez-vous vous joindre à nous pour le dîner demain soir ? lui proposa Kait avant de monter en voiture avec les autres.

— J'aurais adoré, dit-il avec une authentique sincérité, mais je me rends à Laramie à une vente de chevaux. Je reviens dimanche.

— Malheureusement, nous partons ce jour-là, lâcha-t-elle avec regret. Merci pour tout, Nick, nous avons passé une soirée délicieuse.

— Moi aussi. » Il lui sourit. « Bonne chance avec la série. Je viendrai à New York pour voir comment se passe le tournage, histoire de prendre le pouls avant de débarquer en *teaser* au dernier épisode.

Sa façon de présenter les choses la fit rire.

— On se verra à ce moment-là alors.

Elle monta en voiture, et il agita la main tandis que le véhicule s'éloignait. Dans le rétroviseur, ils le virent rentrer dans la maison.

— Quel type super ! s'exclama Tommy.

— Il t'aime bien, maman, dit Stephanie avec une perspicacité qui ne lui était pas habituelle.

Frank et elle avaient été impressionnés par l'installation informatique très sophistiquée du bureau de Nick, les autres, par sa collection d'art.

— Steph a raison, appuya Candace avec un regard entendu à Kait.

— Je l'aime bien, moi aussi, dit celle-ci. Il est gentil, et c'était normal que nous fassions plus ample connaissance, car nous allons travailler ensemble.

Ses enfants se récrièrent.

— Il serait parfait pour toi, maman ! lança Tommy.

— Ne sois pas idiot. C'est une star de cinéma. Il peut avoir qui il veut, et je parierais qu'il sort avec des femmes deux fois plus jeunes que moi.

Il lui avait pourtant laissé entendre le contraire... Mais elle ne voulait pas s'aventurer sur ce terrain. Si elle commençait à en pincer pour lui, elle allait au-devant de gros problèmes avec la série. Tout ça devait rester professionnel, et rien que professionnel. Hors de question de fantasmer ou bien de tomber amoureuse de vedettes comme Nick Brooke. Ce serait du dernier des ridicules !

— Tu as notre totale et unanime approbation si tu veux l'épouser, maman, la taquina Candace.

Kait l'ignora et regarda par la fenêtre, s'efforçant de ne pas penser à Nick Brooke. Il était hors de sa portée, mais cela n'y changeait rien : elle avait passé une soirée fantastique.

11

La fin des vacances arriva trop vite. Tom, Maribeth et les filles partirent les premiers, dans la matinée, à bord de l'avion de Hank. Tout s'était passé comme Kait l'avait espéré et elle avait les larmes aux yeux en serrant chacun d'eux contre son cœur. Les petites étaient en larmes. Ensuite, comme Kait et ses filles avaient chacune des vols à une heure d'intervalle, elles attendirent ensemble à l'aéroport.

Stephanie partit la première. Puis ce fut le tour de Candace. Kait la prit dans ses bras. Elles se contemplèrent pendant une longue minute.

— Sois prudente, s'il te plaît, pas de bêtises, la supplia Kait tout en la serrant contre elle une dernière fois.

— Promis, murmura Candace.

Elle ne dit pas à sa mère qu'elle avait reçu un texto de la BBC le matin même. On l'envoyait au Moyen-Orient, dans un secteur reculé où des femmes avaient été massacrées pour avoir désobéi à un chef religieux. Leur meurtre, brutal, tenait lieu d'avertissement à toutes leurs semblables. Le drame viendrait s'intégrer dans un documentaire plus vaste sur lequel elle travaillait depuis des mois. Elle voulait absolument y aller.

» Je t'aime, maman, chuchota Candace avec une certaine intensité. Merci pour ces super-vacances. » Afin d'alléger l'instant, elle ajouta : « Et ne lâche pas Nick Brooke, c'est un type génial !

— Ne sois pas ridicule.

Kait agita la main tandis que sa fille courait pour attraper son avion à destination de New York. Voilà des vacances dont ils se souviendraient tous longtemps. Avant qu'ils se séparent, Kait avait suggéré de réitérer l'expérience, et ses enfants avaient accepté avec enthousiasme. Ils avaient vieilli, et cela avait un avantage : désormais, ils appréciaient ces moments familiaux, qui renforçaient leurs liens. La difficulté n'était plus de s'entendre, mais de coordonner les agendas.

Ce soir-là, seule dans son appartement new-yorkais, Kait ressentit cruellement leur absence. Tommy l'avait avertie par texto de leur arrivée à Dallas. Candace survolait l'Atlantique. Et Stephanie avait appelé un peu plus tôt pour la remercier une énième fois de cette semaine enchantée.

Le lendemain, ce fut le dur retour à la réalité. Maeve l'appela à sept heures et demie du matin avec une voix beaucoup moins enjouée que d'habitude.

— Ian a attrapé un méchant rhume, il a

les poumons pris. Si ça vire à la pneumonie, ça pourrait le tuer, il ne peut pas expectorer, expliqua l'actrice.

— Je peux faire quelque chose ?

— Rien. Simplement, s'il est malade comme ça, il sera impossible pour moi de tourner dans deux semaines.

— Laissons venir, Maeve. Nous organiserons le tournage en fonction de vos contraintes.

Kait ne rappela pas à son amie qu'elle jouait dans presque toutes les scènes, à l'exception des séquences montrant Loch sur le front. Au besoin, ils tourneraient celles-ci en premier.

— Je suis vraiment désolée, reprit Maeve. Mais je voulais vous prévenir. On l'hospitalise aujourd'hui.

— Comment vont Tamra et Thalia ?

— Elles tiennent le coup... Et vous ? Ces vacances ? Je déteste vous embêter avec tout ça le jour de votre retour.

— Laissons venir, répéta Kait.

Maeve promit de la tenir informée. Après avoir raccroché, Kait appela Zack. Il eut la même réaction qu'elle : tout d'abord, ne pas céder à la panique. Ce type de contretemps était prévisible, Maeve ne leur avait jamais caché ses priorités et la gravité de la maladie de son mari.

— Au fait, avez-vous appelé Nick Brooke ? demanda Zack.

— Je n'ai pas eu besoin : nous nous sommes rencontrés à un rodéo. C'est lui qui chantait l'hymne et je suis allée le saluer. Il nous a tous invités à dîner chez lui. C'est un type fantastique. J'ai idée qu'il apportera beaucoup au personnage.

— Oui, une belle gueule et un grand nom, ça ne fait jamais de mal !

Kait n'en dit pas plus. Elle avait hâte de revoir l'acteur, mais elle se sentait carrément idiote d'avoir à son âge le béguin pour une star de cinéma. Une fois qu'ils travailleraient ensemble, elle était sûre que cette tocade se dissiperait d'elle-même, que les choses se passeraient comme avec Zack. Elle aurait très bien pu s'enticher du producteur, mais ils avaient préféré l'amitié. Elle n'en demandait pas plus avec Nick Brooke. Il n'était pas question qu'elle en rajoute dans les histoires de cœur inaccessibles ou de fesses quand ils avaient déjà sur le plateau un Dan Delaney et une Charlotte Manning qui couchaient avec tout ce qui bougeait.

Les trois jours qui suivirent, l'état de Ian continua à se dégrader, puis, à la fin de la semaine, le mouvement s'inversa miraculeusement au point qu'il put revenir à la maison. Les voyants n'étaient plus au rouge. Par ailleurs, Maeve pouvait compter sur la présence et le soutien efficace de ses filles.

Dans l'intervalle, Kait avait pris des nouvelles d'Agnes. L'actrice tenait une forme olympique. En plus de ses réunions aux AA, elle s'était mise au yoga et au pilates. Elle n'attendait qu'une chose : se mettre au travail. La vieille femme, recluse et alcoolique, rencontrée quelques mois plus tôt avait disparu. Un miracle. Agnes en attribuait tout le mérite à Kait qui, chaque fois, ne manquait jamais de lui rappeler que ce changement provenait d'elle et d'elle seule. Personne n'avait cheminé à sa place.

Les derniers jours de juin, Kait travailla en étroite collaboration avec Becca sur les scénarios. Ceux-ci collaient dorénavant – à sa plus grande satisfaction – au synopsis de départ. Les textes étaient forts, merveilleusement écrits. Zack avait eu raison sur toute la ligne au sujet de Becca, ce que Kait reconnaissait volontiers, notamment auprès de la jeune scénariste.

La chef costumière avait terminé sa partie et la distribution au complet avait fait les essayages de costumes, de maquillage mais aussi de coiffure, les perruques et autres pièces de cheveux étant essentielles dans une reconstitution historique. Comme toujours, Maeve et Agnes s'étaient présentées à l'heure, tout comme Abaya Jones. Seule Charlotte Manning avait exigé qu'on vienne chez elle avec les postiches, ou bien avait annulé des rendez-vous. En outre, elle oubliait son texte durant les répétitions, ce qui rendait fou tout le monde. Gloire émergente, plastique irréprochable ou pas, c'était une emmerdeuse. Et Dan Delaney ne valait guère mieux. Il avait déjà fait des avances à la costumière durant les essayages, au grand amusement de la Britannique.

« Juste pour t'épargner beaucoup d'énergie et pas mal d'ennuis, lui avait expliqué Lally avec calme, je suis gay, ma partenaire est merveilleuse et plus mec que toi, et elle porte notre enfant. Alors, contiens tes ardeurs, l'étalon, et occupons-nous plutôt de ce costume. Comment va la veste ? Elle n'est pas trop serrée sous les bras ? Tu peux bouger ?

— Désolé, je ne savais pas. »

Tout le monde avait éclaté de rire quand il avait quitté le plateau alors qu'elle raccrochait la veste. Celle-ci était à reprendre aux aisselles et dans le dos.

« Belle carrure, mais petit cerveau et énorme ego, avait-elle dit en riant, trop habituée aux avances d'hommes comme Dan pour s'effaroucher.

— Ça, c'est envoyé ! » s'était exclamé un ingénieur du son.

Le jour J, tout le monde était prêt. Le tournage commençait sur le terrain d'aviation loué à Long Island avec les avions d'époque. Toutes les scènes s'y rapportant seraient réalisées en premier, puis ils investiraient la maison retenue dans le nord de l'État. Assises sur le côté, Kait et Becca assistaient aux prises et suivaient les répliques sur les scripts. La première scène rassemblait Maeve, Dan Delaney et Phillip Green, *alias* Loch Wilder, parfait dans son jeu alors que le jeune premier faisait perdre son temps à toute l'équipe en se trompant dans son texte – la beauté ne faisait décidément pas tout. Quant à Maeve, stimulée par la direction de Nancy Haskell, elle éclipsa en émotion ses partenaires. Kait avait les larmes aux yeux quand Nancy ordonna à la caméra de couper.

Vu la chaleur torride ce jour-là, le camion-cantine avait servi des litres d'eau et distribué sur le plateau sodas frais, thé glacé et limonade. À la pause déjeuner, Nancy paraissait contente : Dan avait fini par débiter son texte correctement et ils avaient déjà deux scènes dans la boîte.

Kait alla voir Maeve et la complimenta pour son jeu si sensible. Elle alla également saluer Agnes, qui avait passé la matinée dans sa propre loge à regarder la télé en attendant de tourner l'après-midi. En perruque et robe de chambre de satin, l'actrice semblait très à l'aise. Tout en elle respirait la star.

Pendant trois jours, le tournage se déroula sans encombre, jusqu'au moment où Charlotte piqua une crise à cause de sa perruque qu'elle n'aimait pas. Furieuse, elle la jeta par terre, refusant de jouer tant qu'on ne la lui aurait pas changée. Imperturbable, Nancy Haskell modifia le planning et tourna une autre scène. Après quoi, elle rejoignit Charlotte qui boudait encore dans sa loge tout en surveillant les deux coiffeuses en train de travailler frénétiquement à sa perruque. L'une d'elles, en larmes, menaçait de rendre son tablier. Elle avait un hématome au bras, là où la canette de Coca lancée par Charlotte l'avait atteinte. C'était un classique de la jeune actrice, et l'une des raisons pour lesquelles on la détestait sur les plateaux.

La réalisatrice entra, ferma la porte d'une main ferme et alla se camper devant Charlotte, toute surprise de cette intrusion. Nancy prit la parole, d'une voix si douce qu'elle en devenait intimidante :

— C'est à ton tour de jouer et, pour ma part, je m'en fous si tu te présentes chauve, mais tu as intérêt à bouger ton cul de là. Et si jamais tu jettes à nouveau le moindre objet sur quelqu'un sur mon plateau, j'appelle le service juridique. Il n'est pas trop tard pour t'éjecter de la série. C'est clair ?

Sans voix, Charlotte hocha la tête. Personne ne lui avait jamais parlé comme ça auparavant. Dix minutes plus tard, à l'étonnement général, elle sortit de sa loge aussi douce qu'un agneau, avec la perruque sur la tête, et elle joua sans oublier un seul mot. Nancy fit un clin d'œil à Kait tandis qu'ils passaient à la scène suivante, impliquant Agnes et Maeve. Ces deux-là faisaient le bonheur du plateau. Le soir, ils visionnèrent les prises de la journée, qui donnèrent toute satisfaction. Comme Zack était resté à L.A. afin de développer d'autres projets, Kait l'appela pour lui rendre compte de leurs avancées et de l'ambiance qui régnait sur le tournage. Elle l'informa aussi que l'état de santé de Ian semblait s'être stabilisé et qu'il n'était plus en danger dans l'immédiat. Le producteur s'en réjouit.

Quant à Abaya, elle dépassait leurs espérances. Son professionnalisme et son talent leur démontraient chaque jour qu'ils avaient bien fait de la choisir malgré son manque d'expérience. En outre, Maeve lui apprenait des petits trucs du métier. Finalement, la seule ombre au tableau pour elle, c'était Dan Delaney, qui la poursuivait de ses assiduités. Un jour, il avait débarqué sans crier gare dans sa loge alors qu'elle sortait de sa douche.

« Sors immédiatement d'ici ! avait-elle hurlé en se couvrant d'une serviette.

— Compliqué quand on a ma trique, avait-il dit avec un geste vers son entrejambe.

— Non mais, tu te crois où, Dan ? Au collège ? Et ça se croit craquant... »

Le trouvant grossier et insultant, elle avait repoussé toutes ses avances. Depuis, il avait jeté son dévolu sur une coiffeuse, puis sur une figurante. Cette dernière le trouvait sexy et avait couché avec lui dans sa caravane, lors d'une pause déjeuner. Il s'en était vanté à tout le plateau.

« Soit il est accro au sexe, soit il n'a pas de quéquette et il essaie de prouver quelque chose », avait déclaré, dégoûtée, Abaya à Maeve.

La jeune actrice redoutait les scènes à venir avec Dan, se félicitant déjà de ne pas avoir à subir son contact physique puisque leurs personnages étaient frère et sœur. Elle ne lui reprochait pas son jeu, tout à fait honorable, mais c'était un type glauque et elle ne le supportait pas. Les conflits de ce genre étaient monnaie courante sur les plateaux de télévision, les mésententes, les rivalités, sans parler des coucheries – la moitié des acteurs s'en donnaient à cœur joie –, expliqua Maeve à Kait.

Le jour où ils tournèrent les dernières scènes en extérieur du premier épisode fut un moment spécial pour toute l'équipe. Kait n'aurait pu rêver mieux. Maeve fut fabuleuse, Agnes, brillante dans le rôle de la grand-mère, et Phillip Green, impeccable en Loch Wilder. Brad Evers – qui jouait le rôle de Greg, le jeune garçon de la famille – n'avait posé aucun problème malgré sa jeunesse, et Dan Delaney s'était repris, gardant son pantalon boutonné assez longtemps pour fournir une performance potable. Enfin, dans la dernière scène où Maggie pilotait avec son père, Abaya volait la vedette à tous ses partenaires. Tout le monde applaudit à la fin de la prise, et Kait en pleura presque de bonheur. Vraiment, ce premier épisode promettait d'être parfait. Il ne restait plus qu'à y adjoindre les scènes d'intérieur qui seraient tournées dans le nord de l'État.

Kait était sur un petit nuage quand elle rentra chez elle ce soir-là. Mais son euphorie retomba bien vite lorsque Candace l'appela de Londres pour lui annoncer qu'elle s'envolait le soir même pour un nouveau reportage dangereux. Kait tombait des nues et son cœur se serra.

— Combien de temps vas-tu encore faire ça ? Tu nargues le destin. La dernière fois ne t'a pas suffi ?

— Ça ne durera pas éternellement, maman. C'est promis. Là, j'en ai besoin pour évacuer une bonne fois pour toutes. Et puis, ces documentaires ouvrent les yeux des gens sur ce qui se passe dans le monde.

— Super. Laisse donc quelqu'un d'autre s'en charger. Je ne veux pas te perdre. Tu comprends ça ? dit Kait, en colère.

— Oui, je comprends. Mais j'ai vingt-neuf ans et je veux que ma vie ait un sens. Je ne vais pas accepter un job qui m'ennuie à mourir sous prétexte que ça te rassure. Il ne va rien m'arriver, répliqua-t-elle, se montrant tout aussi inflexible que sa mère.

— Ça, tu n'en sais rien, lâcha celle-ci tandis que ses larmes coulaient. Rien n'est garanti dans la vie. Tu te jettes dans la gueule du loup.

— Arrête de t'inquiéter pour moi. Ça me met trop de pression. Laisse-moi simplement faire mon boulot.

Kait était à court d'arguments et savait de toute façon qu'elle ne parviendrait pas à convaincre sa fille. C'était un combat perdu d'avance.

— Fais juste attention à toi et appelle-moi quand tu peux. Je t'aime. C'est tout ce que je peux dire, souffla Kait, accablée.

— Je t'aime aussi, maman. Prends bien soin de toi surtout.

Toutes deux raccrochèrent, frustrées et malheureuses. En pleurs et sous le choc, Kait s'assit une minute avant d'appeler Maeve.

— Candace repart ! Dans un nouveau trou paumé, où n'importe qui peut la tuer, n'importe quand. Elle est une vraie cible ambulante et elle ne s'en rend même pas compte. Parfois, je hais ma fille, à la hauteur de ce que je l'aime.

Maeve comprenait et compatissait.

— Je suis certaine que tout ira bien, Kait. Il y a un ange gardien spécialement dédié à la protection des enfants idiots, dit-elle pour réconforter son amie.

— Il n'est pas toujours là... Candace n'en fait vraiment qu'à sa tête. Elle est obnubilée par son désir de sauver le monde.

— Elle finira par s'en lasser, fit Maeve, consciente de la déception et du choc que Kait devait ressentir à la suite de ce départ si rapide.

— J'espère que vous avez raison et qu'elle vivra assez longtemps pour ça.

— Bien sûr qu'elle vivra assez longtemps, répliqua l'actrice d'un ton catégorique.

Elles discutèrent ensuite du tournage de la journée, qui avait été idyllique. Ils avaient envoyé les premières scènes par Internet à Zack, qui appela Kait plus tard ce soir-là, absolument enthousiasmé.

— Mais pourquoi êtes-vous si sombre ? Les premières prises sont fantastiques, vous avez fait un travail remarquable, lui dit-il.

— Désolée. Ce n'est rien. Des affaires de famille. Quelquefois, mes enfants me rendent folle.

— C'est grave ?

Sa sollicitude la toucha.

— Pas encore...

— Ce n'est pas pour changer de sujet, mais qu'est-ce que vous avez fait à Nick Brooke ? Il m'a appelé aujourd'hui et n'a pas arrêté de parler

216

de vous, il vous trouve formidable. Vous l'avez ensorcelé.

— Courtisé comme il l'est, c'est peu probable, répondit-elle sans prendre la chose au sérieux, mais flattée. Nous avons passé une excellente soirée chez lui. C'est vraiment quelqu'un de super.

— Eh bien, il pense la même chose de vous. Il a dit qu'il arriverait plus tôt que prévu pour suivre le tournage et prendre un peu la température. Mais, entre nous, il vient pour vous.

— Ne dites pas de bêtises.

— Je suis jaloux...

Kait ne le crut pas : selon les derniers potins, Zack sortait en toute discrétion avec une actrice très connue, ce dont elle se réjouissait pour lui.

Ils reparlèrent du premier épisode. Selon Zack, la chaîne allait devenir dingue quand elle verrait la qualité des prises. Cela dit, le contraire eût été étonnant avec deux pointures comme Maeve et Agnes, qui reléguaient presque leurs partenaires au rôle de figurants. Quant à Nancy, elle savait à merveille combiner les prestations de chacun pour créer la magie recherchée.

Malgré ses efforts pour garder tous ces points positifs à l'esprit, Kait ne put s'empêcher de se mettre au lit avec la pensée de Candace en train de courir vers le danger. L'idée lui était insupportable, tout comme son impuissance. Mais, pour rien au monde, elle n'aurait voulu s'épargner ces moments-là, qui lui révélaient dans leur difficulté même la beauté d'être mère.

12

Lorsque, la troisième semaine, ils déménagèrent dans le nord de l'État pour tourner en intérieur, une terrible vague de chaleur s'abattit sur la région. Cette canicule mit la résistance de chacun à rude épreuve. Les gens étaient grincheux et irascibles, même Maeve, d'habitude d'un professionnalisme irréprochable, ou Abaya, d'ordinaire si facile. Tout le monde avait chaud et se sentait oppressé. Charlotte commença à vomir dès leur installation sur place. Elle ne cessait d'accuser le camion-cantine, soupçonnant une rupture dans la chaîne du froid. Elle se plaignit même à son agent et insista pour que la production appelle un médecin, persuadée d'avoir attrapé la salmonellose.

— C'est quoi son problème, maintenant ? s'exclama Zack quand Kait l'eut au téléphone.

— Elle se croit empoisonnée... Nous avons dans les quarante-trois degrés ici, et la maison n'est pas climatisée.

Les acteurs restaient jusqu'au dernier moment dans leurs caravanes pour éviter la fournaise du plateau.

— C'est moi qui aimerais bien l'empoisonner, lâcha Zack, exaspéré. Y a-t-il quelqu'un d'autre qui a les mêmes symptômes ?

— Pas une âme, confirma Kait, qui s'était tenue informée, même si elle avait confié Charlotte aux bons soins de l'assistante de production.

— Alors quel est le problème d'après vous ?

Le producteur avait une grande confiance en son jugement sur les gens – elle avait beaucoup d'intuition.

— Aucune idée. Plus d'argent, plus de congés, une meilleure caravane, attirer l'attention ? Qui sait avec elle ?

— Mais est-elle vraiment malade ? s'inquiéta Zack, car Charlotte intervenait dans beaucoup de scènes et le tournage pouvait s'en trouver ralenti.

Kait prit le temps de la réflexion avant de répondre.

— Elle peut très bien avoir réellement un dérangement intestinal ou avoir chopé une bactérie. J'écarte l'intoxication alimentaire, sinon nous serions tous sur le flanc. Peut-être que c'est la chaleur. Nous avons appelé un médecin. Il passera tout à l'heure. En tout cas, elle n'a pas de fièvre, j'ai vérifié.

— On dirait que vous dirigez une colonie de vacances pour filles rebelles ! lança Zack en riant.

— C'est aussi mon impression, sauf qu'il n'y a qu'une seule vacancière.

— Quelle chance que vous ayez eu des enfants ; vous savez vous y prendre… Appelez-moi après le passage du médecin. J'espère juste qu'il ne lui prescrira pas deux semaines de congés. Jusqu'à maintenant, on a tenu les délais. Ce serait dommage qu'elle flanque tout par terre.

— Je suis bien d'accord.

Kait retourna voir Charlotte. Celle-ci était allongée dans sa loge avec un linge mouillé sur le front. Elle avait à nouveau rendu tripes et boyaux.

— Que penses-tu avoir attrapé ? lui demanda Kait en s'asseyant à son chevet et en lui prenant la main avec gentillesse.

Pour toute réponse, Charlotte lui lança un regard embué de larmes et d'effroi, qui fit oublier à Kait le côté insupportable de la comédienne.

— C'est peut-être juste la chaleur, suggéra-t-elle.

La jeune femme secoua la tête, puis se leva pour aller vomir. Ça ne se présentait pas bien… Charlotte pleurait toujours quand elle revint cinq minutes plus tard et s'assit face à Kait.

— Je ne sais pas comment c'est arrivé, dit-elle d'une petite voix. Je crois que je suis enceinte.

Les sanglots l'étouffèrent tandis qu'elle s'abandonnait dans le giron d'une Kait pétrifiée par ce qu'elle venait d'entendre.

— Tu crois ou tu es sûre ?

Charlotte hocha la tête et s'essuya le nez dans le mouchoir en papier que lui tendait Kait.

— Je suis sûre.

— Et le père...

— C'est le batteur d'un groupe avec qui j'ai traîné de temps à autre, avoua la jolie starlette.

— Tu es sûre ?

— Presque. C'est le seul avec qui j'ai couché ces derniers mois, du moins dans mon souvenir. Si je papillonne pas mal, je ne saute le pas qu'avec des types que je connais, et deux d'entre eux étaient à L.A. récemment.

Pour sa part, Kait trouvait cela moyennement rassurant, mais ce « presque » ne semblait pas perturber Charlotte.

— Tu sais ce que tu aimerais en faire ?

— Aucune idée. Je crois que j'aimerais l'avoir. Ça ne me paraît pas bien de m'en débarrasser, hein ?

Kait en aurait presque gémi. Quoi qu'il en soit, cette tête de linotte ne songeait pas une seconde à son rôle dans la série, alors que c'était primordial, pour elle comme pour la production. Zack allait piquer une sacrée crise.

— La décision t'appartient, répondit-elle avec calme.

Sur ces entrefaites, le médecin arriva et Kait les laissa pour retourner dans sa caravane. Assise à son bureau, elle se prit la tête entre les mains et n'entendit pas Agnes entrer.

— Ça sent mauvais, dit la vieille actrice, faisant sursauter Kait.

— En effet, confirma celle-ci avec un sourire.

— Je peux faire quelque chose ?

— Non, mais merci quand même. Je trouverai une solution.

À cet instant précis, l'assistante de Charlotte vint la chercher pour la conduire auprès de la malade. Le médecin avait confirmé le résultat du test de grossesse que Charlotte avait fait le matin même. La jeune actrice leva sur Kait de grands yeux innocents.

— Je vais le garder, dit-elle. Je ne veux pas d'un autre avortement.

— Et concernant la série ? interrogea Kait, que le reste ne regardait pas.

— Je veux continuer. C'est possible ? demanda Charlotte, dont les yeux se remplirent de larmes. C'est une occasion en or pour moi !

En effet, c'en était une. Kait ne put que hocher la tête. Mais qu'allaient-ils faire d'elle ?

— Tu es enceinte de combien ?

— Environ trois mois, je crois. Ça ne se verra pas pendant encore un moment. La dernière fois, on n'avait rien vu avant le cinquième mois.

— Tu as des enfants ? fit Kait, presque choquée.

— Je suis tombée enceinte au lycée, quand j'avais quinze ans. Le bébé a été adopté. Depuis, j'ai subi deux avortements et je n'ai pas envie d'en refaire un. J'ai vingt-trois ans maintenant, c'est assez âgé pour avoir un bébé, non ?

— Ça dépend si l'on est prêt à en assumer la responsabilité, répondit Kait avec sérieux.

— Ma mère pourra certainement m'aider.

Quel foutoir ! Et ce père potentiel, batteur de son état, qui n'était même pas son petit ami à plein temps mais juste un type avec lequel elle traînait, comme elle disait... Kait en avait le vertige.

— Je dois parler à Zack, dit-elle, stressée.

Elle retourna à sa caravane pour l'appeler. Il s'apprêtait à partir déjeuner.

— Nous avons un problème, Zack.

— Ah. Elle est vraiment intoxiquée ?

— Non, elle est enceinte. De trois mois. Et elle veut le garder tout en continuant la série.

— Bon sang ! Vous rigolez, Kait ?

Celle-ci fit un rapide calcul.

— Cela veut dire qu'elle accouchera en janvier, pendant la phase de préproduction de la saison deux. Pour l'instant, elle peut continuer à jouer, car elle dit qu'on ne verra rien pendant deux mois encore, ce qui nous donne jusqu'à fin septembre. D'ici là, le tournage sera bouclé. De toute façon, on pourrait, par précaution, avancer ses scènes pour les tourner maintenant, avant que son ventre ne pointe. Et elle reviendra après l'accouchement, pour la saison deux – si elle le souhaite et si vous la voulez toujours après ça. Autre option, on la remplace dès aujourd'hui.

Kait réfléchissait à voix haute aux meilleures combinaisons possibles pour sauver la série, tandis que Zack accusait le coup.

— Qui est le père, elle le sait au moins ?

— Elle n'est pas très sûre, cette idiote. Mais

Zack, j'y pense, on pourrait peut-être intégrer le bébé dans le scénario ! Puisque Chrystal Wilder est une allumeuse, ça colle. Une fille-mère qui décide de garder son enfant dans les années 1940, ce serait très courageux pour l'époque, et bien dans l'esprit de la série. Il faudrait dans ce cas embaucher un acteur pour jouer son petit ami, dit Kait, dont le cerveau fonctionnait à toute allure.

— Inutile. Chrystal pourrait ignorer l'identité du père, mais garder l'enfant quoi qu'il en soit, ça, ce serait encore plus courageux, sans compter que les bébés font toujours grimper l'Audimat. Puisqu'on est coincés, autant en tirer parti. Je préfère procéder ainsi plutôt que de la virer. Même si elle nous fait tourner en bourrique, son nom à l'affiche ne fait pas de mal. Mettez Becca sur le coup aussi vite que possible. Tournez toutes les scènes qui précèdent la grossesse de Chrystal dans le mois qui vient et, ensuite, on tournera celles où le gros ventre commence à se voir.

Ils étaient sur la même longueur d'onde. Kait acquiesça avant que Zack ajoute :

» Je vous préviens que j'étripe cette gamine la prochaine fois que je la vois : il faut maintenant que j'annonce aux assurances que nous avons une femme enceinte sur le plateau.

— Qu'est-ce que je dis à Charlotte ?

— Qu'elle a de la chance et que nous la gardons. Toute cette histoire pourrait au final tourner à notre avantage, mais je ne l'aurais jamais embauchée en la sachant enceinte. Et, par bonheur, ça colle avec le scénario. C'est le genre de choses qui arrive aux jeunes filles légères, comme Chrystal. Cette dernière peut très bien avoir un petit ami irresponsable qui prend la tangente et qu'on ne reverra jamais plus. Ce sera plus facile pour Becca et pour vous.

— On se débrouillera.

— Bien. Je suis en retard pour mon déjeuner. Je vous rappelle plus tard, Kait. Que Charlotte fasse son boulot, sans chicaneries ni pleurnicheries. Elle est jeune et en bonne santé. Dites-lui de se remettre au travail.

— Très bien. Je vais lui annoncer la nouvelle.

Kait retourna voir l'actrice, qui avait repris quelques couleurs.

— Alors ? Qu'est-ce qu'il a dit ? demanda-t-elle avec nervosité.

Elle était presque certaine qu'ils allaient la virer.

— Si tu veux rester, il est possible d'intégrer ta grossesse dans la série.

— Je reste ! Et je ne vous poserai aucun problème, je vous assure. Je n'étais pas malade la dernière fois. Ça doit être la chaleur. Je viens d'appeler mon agent et je lui ai dit ce qui se passait.

— Bien. On va faire en sorte que ça fonctionne, la rassura Kait. Dès que possible, nous allons tourner toutes les scènes dans lesquelles Chrystal n'est pas enceinte. Ensuite, quand ta grossesse sera visible, nous l'inclurons dans le scénario. Becca et moi allons y travailler. Comment te sens-tu ? Tu es prête à retourner sur le plateau ?

Charlotte hocha la tête, pleine de gratitude envers Zack et Kait.

— Merci de ne pas m'avoir renvoyée.

— Plus de caprices, d'accord ?

— Promis. Je ferai tout ce que vous me direz de faire.

— Passe donc au maquillage et à la coiffure ; on tourne dans une demi-heure.

À un moment, il faudrait aussi penser à ajuster les costumes. Kait avait l'impression que son cerveau allait exploser tandis qu'elle partait à la recherche de Becca pour l'avertir de ce qui se préparait : quelques longues nuits blanches en perspective, pour adapter le scénario et intégrer le bâtard de Chrystal à l'histoire. En chemin, elle tomba sur Maeve.

— Comment va la princesse ? demanda celle-ci avec un regard de dégoût en direction de la loge de Charlotte – d'après elle, la jeune starlette créait plus de problèmes qu'elle n'en valait la peine.

— Beaucoup de complications à venir...

— Merde. Quoi encore ? Elle veut une pédicure avant de retourner sur le plateau ?

— Madame Wilder, j'ai le regret de vous annoncer que votre fille Chrystal de quatorze ans est enceinte. Elle va accoucher au début de la saison deux et veut garder l'enfant. L'identité du père n'est pas encore connue.

Il fallut une minute à Maeve pour comprendre. Elle posa alors sur Kait un regard ébahi.

— Sans blague, elle est en cloque ? Qu'en pense Zack ?

— Il est d'accord pour la garder et adapter la série. J'y pense, on pourrait même tourner une scène d'accouchement : c'est vous et Agnes qui l'aideriez à mettre son gosse au monde.

Maeve éclata de rire à cette idée.

— Voilà qui devrait être intéressant. J'ai hâte que vous en informiez Agnes. Je ne suis pas certaine qu'elle s'imaginait en sage-femme.

— On devra aussi avancer certaines scènes. Le planning va être un peu bousculé, mais je pense qu'on peut le faire sans prendre de retard. Becca et moi avons du pain sur la planche, ajouta Kait en apercevant la scénariste, à qui elle fit un signe de la main. Encore désolée pour la mauvaise nouvelle à propos de votre traînée de fille, madame Wilder.

Maeve rit à nouveau et partit à la recherche d'Agnes pour lui annoncer la nouvelle, laquelle se propagea à la vitesse de l'éclair.

Sur le plateau, Charlotte avait l'air légèrement embarrassée. Certains la félicitèrent et la chef costumière lui dit que son propre enfant devait naître en septembre.

Quant à Becca et Kait, elles se remirent au travail d'arrache-pied. Elles avaient acquis pas mal d'endurance, toutes les deux. Becca commença par ajuster les scripts pour les scènes impliquant Charlotte. Il faudrait aussi qu'elle écrive un nouveau scénario dans lequel Chrystal annoncerait à sa mère qu'elle était enceinte. Bien sûr, ils auraient besoin d'un bébé pour la saison deux, mais ils avaient le temps de le trouver. De son côté, Kait réfléchissait à la suite tout en se félicitant que Charlotte ne soit pas sa fille. Dire qu'à vingt-trois ans celle-ci en était à sa quatrième grossesse !

Mais peu importait. Cet incident leur offrait une bonne occasion de développer une nouvelle facette du courage féminin. Car garder son bébé, même si c'était en accord avec sa mère, faisait de Chrystal une héroïne dans les années 1940, à une époque où ce genre d'événement rimait avec honte et déshonneur. Hannabel aurait du grain à moudre ! Agnes s'en réjouissait à l'avance et fit d'ailleurs quelques suggestions, qu'elle avait hâte de tester. Anne et sa mère pourraient ainsi avoir une ou deux bonnes disputes au sujet de Chrystal et du bébé. Loch n'apprendrait l'état de sa fille qu'à son retour d'Angleterre et serait choqué par le soutien apporté par sa femme à leur cadette – dans le contexte de l'époque, plus aucun homme ne voudrait l'épouser.

Cet après-midi-là, le comportement de Charlotte sur le plateau fut exemplaire. Finies, les plaintes au sujet de sa perruque, de sa robe, ou du maquillage. Elle ne disait pas un mot de trop. Et quand elle alla vomir, ce qui ne se produisit qu'une seule fois, elle revint sur le plateau juste après.

— On dirait bien que c'est ce qui pouvait nous arriver de mieux... Ça l'a calmée, souffla Maeve à Kait.

Charlotte était tellement reconnaissante de toujours faire partie de la distribution qu'elle ne causa aucun problème pendant une semaine au moins, son record jusque-là. Quant aux scénarios de Becca incorporant le bébé, ils comptaient parmi ses meilleurs. Cette grossesse surprise prenait bel et bien des allures de bénédiction déguisée pour eux tous, et peut-être pour Charlotte – on le lui souhaitait.

Kait avait été tellement occupée par cette histoire et le script à retravailler qu'elle fut la dernière à remarquer que Dan entrait et sortait de la loge d'Abaya tous les jours. C'est Agnes qui le lui signala avec un regard amusé. Kait s'en inquiéta immédiatement, au point d'aller rendre visite à la jeune actrice dans sa loge.

— Il y a quelque chose entre vous ? demanda-t-elle d'un ton qu'elle voulut léger.

— Pas vraiment, dit d'abord Abaya. Enfin, peut-être... En quelque sorte. Nous avons dîné ensemble deux fois cette semaine.

— Et qu'en est-il de son addiction au sexe, de sa perversion ? Qu'est-ce qui t'a fait changer d'avis aussi vite ?

— Il dit qu'il n'a jamais rencontré quelqu'un comme moi et qu'il est fou de moi, Kait. Il n'arrête pas de m'offrir des fleurs, et il a eu une enfance vraiment difficile.

Le beau visage d'Abaya irradiait de confiance et d'innocence. Kait en eut le cœur serré.

— Dan est très sollicité, tu le sais bien, argua-t-elle, faisant allusion à la demi-douzaine de femmes avec lesquelles il avait déjà couché depuis le début du tournage.

Kait ne voulait pas qu'Abaya soit la prochaine sur le tableau de chasse de l'acteur et s'en trouve blessée. Elle essayait de lui faire passer le message aussi délicatement que possible.

— Je peux dire que c'est différent, là. Il me respecte.

Kait en frémit intérieurement. Elle aurait bien secoué la jeune femme comme un prunier, mais elle n'avait pas le droit d'interférer. Après l'avoir mise une dernière fois en garde, elle sortit et croisa justement Dan, qu'elle fusilla du regard.

— Si jamais tu lui fais du mal, tu auras affaire à moi, je te le garantis. C'est une fille adorable et une belle personne, si cela a la moindre valeur à tes yeux.

— Hé ! Je suis en train de tomber amoureux, répliqua-t-il d'un air presque outragé.

Kait n'en crut pas un mot.

— Je suis sérieuse, Dan. Ne joue pas avec Abaya. Ne couche pas avec elle juste pour le plaisir.

— Occupez-vous de vos affaires, Kait, lança-t-il avec rudesse.

Et il la dépassa pour entrer dans la caravane d'Abaya. Kait fulminait quand elle rejoignit Maeve et Agnes, qui buvaient un thé glacé en attendant qu'on les maquille et qu'on les coiffe pour leur prochaine scène.

— Je hais ce type, lâcha Kait en prenant place à côté d'elles – les trois femmes étaient devenues des amies proches.

— Qui ça ? demanda Maeve, étonnée par la véhémence peu habituelle de Kait.

— Dan. Il va briser le cœur d'Abaya, alors qu'il se fout d'elle comme de sa première chemise. Il veut juste la conquérir parce qu'elle l'a repoussé.

— Il n'y a pire enragé qu'un acteur narcissique éconduit, dit avec sagesse Agnes.

Maeve acquiesça. Elles avaient vu le scénario se répéter des centaines de fois au fil des tournages.

— Elle croit qu'il est en train de tomber amoureux d'elle et qu'il la « respecte », ajouta Kait, persuadée que Dan tromperait la jeune femme en l'espace de quelques jours, si ce n'était pas déjà fait.

Contre toute attente, et en dépit de la grossesse de Charlotte ou de l'idylle naissante entre Dan et Abaya, le tournage avançait tranquillement. Ils avaient même de l'avance sur le planning, à la grande joie de Zack !

Le jeu de Maeve et d'Agnes était d'une puissance stupéfiante, et les scripts de Becca fonctionnaient bien. À la mi-août, ils avaient fini de tourner les scènes de Chrystal avant sa grossesse et Charlotte se portait comme un charme. De son côté, Abaya rayonnait littéralement – Dan et elle étaient devenus inséparables, sur le plateau comme à la ville. Plus que deux semaines, et le tournage se transporterait à nouveau sur le terrain d'aviation de Long Island, pour le plus grand bonheur de toute l'équipe, car il avait fait une chaleur de dingue dans cette partie de l'État.

Un matin cependant, Agnes ne se montra pas sur le plateau. Surprise, Kait se dirigea vers sa caravane. L'actrice n'y était pas non plus. Sa coiffeuse et sa maquilleuse ne l'avaient pas vue. C'était son premier retard, et Kait craignit que quelque chose ne lui soit arrivé. Elle prit donc sa voiture et parcourut à toute allure les quelques kilomètres jusqu'au motel d'Agnes, un endroit lugubre. Après avoir frappé en vain à la porte de son amie, elle demanda une clé à l'accueil pour accéder à la chambre, qu'elle ouvrit. Agnes gisait ivre morte sur le sol, à côté d'une bouteille de bourbon. À la vue de Kait, elle tenta de s'asseoir, sans y parvenir. Kait la tira jusqu'à son lit, où elle la hissa tandis qu'Agnes marmonnait des paroles sans suite. Elle ne cessait de parler d'un certain Johnny York. Kait envoya un texto à Maeve, pour qu'elle la rejoigne. Vingt minutes plus tard, toutes deux portaient Agnes tout habillée jusqu'à la douche, dont elle ressortit à peine dégrisée.

Elles l'allongèrent ensuite sur son lit pour lui enfiler des vêtements secs. Petit à petit, Agnes reprenait ses esprits. Elle s'assit finalement et les contempla d'un regard peu amène.

— Retournez sur le plateau, je prends ma journée, lâcha-t-elle d'un ton cassant tout en cherchant à tâtons la bouteille presque vide dont Kait s'était déjà débarrassée.

— Allons prendre l'air, dit Maeve.

Les deux femmes traînèrent l'actrice dehors, mais la chaleur était si pesante que cela n'aida guère. Elles rentrèrent.

» Vous savez quel jour on est, non ? Il faisait du bateau, ce jour-là. Ce n'est pas la faute de Roberto. Il y a eu une tempête.

Ses deux amies échangèrent un regard sans faire de commentaires.

» Laissez-moi seule, dit Agnes d'une voix autoritaire.

Elles sortirent une minute pour faire le point.

— Qui est Johnny York ? chuchota Kait.

— Roberto et elle avaient un fils, Johnny York. Ils étaient très discrets à son propos. À l'époque, le scandale aurait été énorme et aurait pu coûter sa carrière à Agnes. Je ne connais pas les détails, mais Roberto l'avait emmené à bord de son voilier. Il y a eu un mauvais grain et le bateau s'est retourné. L'enfant s'est noyé. Il avait huit ans. C'est probablement le jour anniversaire de sa mort aujourd'hui. Et c'est à cette époque-là qu'elle a commencé à boire. Elle a disparu des plateaux pendant deux ans. D'après Ian, Roberto s'en est toujours voulu. Et elle, elle n'a jamais plus été la même, sans pour autant évoquer davantage son fils ni raconter qu'il était mort. Tout ce que j'en sais, c'est Ian qui me l'a dit. Ça a été l'un des deux grands drames de la vie d'Agnes, l'autre étant la perte de Roberto.

Le cœur de Kait se serra. Elle aurait aimé savoir tout ça plus tôt. Peut-être aurait-elle pu faire quelque chose. Maeve retourna à l'intérieur tandis qu'elle allait à la réception pour s'enquérir d'une réunion locale des AA. Il y en avait une tous les soirs à l'église du bout de la rue. C'était à un kilomètre et demi. Elle remercia et revint trouver Maeve.

— Vas-y, tu tournes avec Abaya ce matin, lui dit-elle. Je reste avec Agnes. Ils peuvent se passer de moi pendant une journée.

Maeve hocha la tête.

— Je reviens dès que le tournage est fini. Pour le moment, il n'y a plus qu'à la laisser cuver.

— Je l'emmènerai à la réunion des AA ce soir. Il y en a une au bout de la rue.

— Elle ne voudra peut-être pas.

— Ce ne sera pas négociable. En attendant, qu'elle cuve, comme tu dis. J'essaierai de lui faire avaler un morceau quand elle se réveillera. Dis à Nancy de décaler sa scène à demain. Elle a de quoi s'occuper aujourd'hui avec Abaya et toi. Quant à Dan, il n'a qu'à apprendre son texte pour demain.

— Ne t'inquiète pas pour ça.

Les deux femmes échangèrent un regard entendu et, une minute plus tard, Maeve retournait sur le plateau.

Agnes n'émergea pas avant cinq heures. Quand elle ouvrit les yeux, elle vit Kait tranquillement assise dans un fauteuil, posé dans le coin de la pièce, et qui la regardait.

— Désolée d'avoir rechuté, lâcha-t-elle dans un croassement enroué.

Elle avait l'air vieille et défaite, comme la première fois qu'elles s'étaient vues. Kait ne lui demanda pas pourquoi c'était arrivé, elle en savait déjà assez.

— C'est comme ça. Mais tu vas rebondir, Agnes. Veux-tu manger quelque chose ?

Elle vint s'asseoir sur le rebord du lit.

— Peut-être plus tard. Merci pour ta bienveillance, Kait. Tu ne me juges pas, tu ne me regardes pas comme une perdante.

— Tu n'es pas une perdante, Agnes. Je suis sûre que tu as tes raisons.

L'actrice resta allongée pendant un long moment, à regarder le plafond et à se souvenir.

— Roberto et moi avions un fils. Il s'est noyé dans un accident de bateau avec Roberto. Il avait huit ans. Aujourd'hui, c'est l'anniversaire du naufrage.

Kait ne lui dit pas qu'elle savait déjà tout ça. Elle se contenta de lui tapoter gentiment la main.

— Je suis désolée. Il n'y a rien de pire que

de perdre un enfant. Ça a dû être terrible pour vous deux.

— J'ai bien cru que Roberto allait se suicider – il était toujours si théâtral. Avant l'accident, il avait essayé de divorcer pour que nous puissions nous marier, malgré l'opposition de sa femme et de l'Église. Il avait même demandé l'annulation de leur union. Mais, après ça, il a laissé tomber, laissé tomber beaucoup de choses. Il n'a plus jamais été le même. Très bon dans son travail, mais pas si bon pour nous deux. On buvait beaucoup ensemble, c'était la seule chose qui nous permettait de surmonter la douleur. Lui a fini par arrêter, grâce aux AA. Moi, jamais vraiment. J'arrêtais pendant un temps, puis je reprenais. Cette date anniversaire de la mort de mon fils est toujours une journée horrible. La pire de l'année pour moi.

— Tu aurais dû me le dire.

— Pourquoi ? Rien de ce que tu pourrais faire n'y changerait quelque chose, dit-elle d'une voix chargée de désespoir. Je les ai perdus tous les deux.

— J'aurais pu passer la nuit ici, avec toi.

Agnes secoua la tête. Quelques minutes plus tard, elle se levait et s'activait dans la chambre.

— Allons avaler un morceau, tu veux bien ? dit Kait.

De l'autre côté de la rue, il y avait un café et une épicerie. Kait mourait de faim – elle n'avait rien avalé de la journée, n'ayant pas osé laisser Agnes seule.

— Allons prendre un verre plutôt, répondit Agnes, à moitié sérieuse.

— À sept heures, on va à une réunion des AA, dit Kait avec fermeté.

— Il y en a ici ?

— Oui, il y en a. Je t'accompagnerai, mais j'ai besoin de dîner avant.

Agnes alla se donner un coup de peigne et se passer le visage à l'eau. Quand elle ressortit de la salle de bains, elle portait un pantalon noir, un chemisier blanc et des sandales, mais elle avait toujours l'air aussi hanté.

Kait commanda une salade et Agnes, du café noir et des œufs brouillés, lesquels semblèrent la revigorer un peu malgré sa grande tristesse et son mutisme. À sept heures moins le quart, elles montèrent en voiture pour se rendre comme prévu aux AA.

La réunion avait lieu dans le sous-sol de l'église et Agnes demanda à Kait de venir avec elle. Ce fut très émouvant. Elle parla de la mort de son fils et avoua qu'elle venait de fiche en l'air cinq mois d'abstinence. Ce récit lui arracha des larmes, mais la séance parut lui faire du bien et, à la fin, elles restèrent pour papoter avec les autres. Tous lui exprimaient maintenant leur sympathie – durant la prise de parole, personne n'est autorisé à parler.

Kait reconduisit Agnes au motel et la suivit

237

jusqu'à sa chambre, où Maeve les rejoignit peu après. Les trois femmes discutèrent pendant un moment, puis Agnes alluma la télé en disant que tout allait bien désormais. Or Kait savait qu'elle n'avait que la rue à traverser pour s'acheter une bouteille à l'épicerie. Elle ne comptait pas laisser cela se produire.

— Que ça te plaise ou non, je passe la nuit ici, dit-elle.

— Ça ira, je t'assure. Demain, je serai sur le plateau.

— Je reste, insista Kait.

Agnes lui sourit.

— Tu ne me fais pas confiance.

— En effet.

Toutes trois éclatèrent de rire.

— Très bien. Si tu veux la jouer comme ça, pas de problème, répondit Agnes.

Mais elle lui était extrêmement reconnaissante de ce geste.

Une demi-heure plus tard, Maeve se leva pour retourner à l'hôtel où Kait et elle étaient descendues – comme il n'y avait pas de complexe assez grand dans les parages pour tous les loger, l'équipe s'était éparpillée un peu partout dans de petits hôtels miteux.

Kait la raccompagnait à sa voiture lorsqu'elles entendirent des voix en provenance d'une autre chambre, dont la porte s'ouvrait. Un couple en sortait. Les deux femmes s'immobilisèrent. L'erreur n'était pas possible. C'était Dan avec l'une de ses précédentes conquêtes, la coiffeuse. Lui aussi eut un choc quand il les reconnut, puis il jeta à Kait un regard de défi et de peur à la fois. Après quoi, il fila vers sa voiture sans demander son reste.

— C'est ce que je craignais, dit Maeve avec tristesse. Je savais qu'il la tromperait, ce sale rat.

— Moi aussi. Je hais ce type. Elle ne mérite pas ça.

— Tu vas lui dire ?

Kait ne répondit pas tout de suite.

— Et toi ? Tu lui dirais ? finit-elle par demander, peu certaine de la marche à suivre.

Maeve secoua la tête.

— Elle le découvrira bien assez tôt. Quelqu'un le lui dira, ou elle le surprendra. Ce salaud ne tournait pas aujourd'hui, il a probablement passé l'après-midi ici.

— Oui, quel salaud, ce type.

Kait retourna lentement vers la chambre d'Agnes, tandis que la voiture de Maeve disparaissait au coin de la rue. Tout cela lui donnait la nausée. Dan ne méritait pas qu'on le couvre, mais le dire à Abaya serait pire encore. Le jeune acteur était vraiment un moins-que-rien, et elle regrettait de l'avoir engagé pour la série. Malheureusement, quoi qu'ils fassent à ce stade, Abaya allait être blessée, et ça ferait un mal de chien.

13

Grâce aux AA, Agnes remonta assez vite en selle, attestant de sa force de caractère. Elle remercia chaleureusement Kait de l'avoir sauvée, mais ne lui reparla pas de son fils.

Il était temps de retourner à New York, cependant. Ils avaient tous besoin d'une pause. La fournaise devenait oppressante, le coin n'offrait aucune distraction intéressante et les acteurs commençaient à se taper mutuellement sur les nerfs, ce qui n'était guère surprenant dans ce vase clos irrespirable. Pour couronner le tout, Nancy les poussait dans leurs ultimes retranchements. Bref, tout le monde n'aspirait qu'à changer d'air. Ils voulaient voir d'autres têtes, retrouver un paysage urbain, dormir dans leurs draps – pour ceux d'entre eux qui habitaient New York...

Une semaine avant qu'ils ne quittent le nord de l'État, Maeve reçut un appel du médecin de Ian : le traitement ne fonctionnait pas aussi bien qu'espéré et il était possible que l'état de son mari se dégrade à nouveau rapidement. Maeve accusa le coup, mais de savoir leurs filles et les infirmières auprès de lui la rassura suffisamment pour qu'elle accepte de continuer le tournage. Cela ajouta une tension supplémentaire sur le plateau, même si rien ne transparaissait dans le jeu de Maeve. Elle faisait son métier jusqu'au bout et s'adaptait avec facilité aux modifications de scripts. Dans la nouvelle version, Chrystal annonçait à Anne qu'elle était enceinte et que le garçon de seize ans qu'elle supposait être le père s'était enfui. Lors d'une scène déchirante, elle décidait de garder le bébé, Anne lui promettant de la soutenir envers et contre tout.

Il y avait une autre scène brillante, cette fois entre la grand-mère, la mère et la petite-fille. Hannabel suppliait Anne de ne pas laisser Chrystal les détruire, disant qu'il fallait l'éloigner le temps qu'elle ait son bébé. Mais Anne refusait. Le scénario de Becca mettait en exergue le talent de chacune, si bien qu'elles fournirent de loin leur meilleure performance de l'été. Et Nancy les dirigeait comme un orchestre d'instruments finement accordés.

Kait était en train de régler quelques menus détails, quand un assistant de production vint lui dire que son fils cherchait à la joindre. Elle fut surprise qu'il l'appelle, étant donné qu'ils s'étaient parlé deux jours plus tôt. Elle avait même eu Maribeth et les filles au bout du fil. Elle rappela Tom depuis un téléphone fixe, ayant laissé le sien dans la caravane de Maeve.

— Allô ? Tout va bien ? Je suis désolée, j'ai oublié mon portable dans une loge.

Pendant un instant, son fils ne répondit rien. Puis elle l'entendit pleurer.

» Tommy, que se passe-t-il ? Ce sont les filles ?

Le cœur de Kait s'était arrêté de battre à l'idée qu'il ait pu arriver quelque chose aux petites.

— Non, dit-il en essayant de se maîtriser. C'est... Candy. Maman, je ne sais pas comment t'annoncer ça... Elle a été tuée la nuit dernière... une bombe dans le restaurant où elle se trouvait. L'attentat a fait trente morts. Je viens juste d'avoir son chef à la BBC... C'est dingue. Ils rentraient aujourd'hui.

Kait eut l'impression de recevoir une balle à bout portant. Maeve, qui entrait à ce moment-là dans la caravane avec le portable de son amie, se figea en voyant ses traits déformés par la douleur.

— Je... Mais Tommy... tu es sûr ? Elle n'est pas juste blessée ?

Kait se raccrochait à de faux espoirs. Maeve vint à elle et la prit par les épaules.

— Non, maman. Elle est morte. Ils rapatrient son corps en Angleterre. J'y vais avec l'avion de Hank pour la ramener chez nous.

Kait était privée de voix ; la douleur la déchirait comme une lame de couteau. Puis elle éclata en sanglots tandis que Maeve resserrait son étreinte.

» Ça va prendre quelques jours avant que je rentre. Je dois m'occuper des formalités, ajouta Tom, en pleurs lui aussi.

— Je pars pour Londres sur-le-champ, lâcha Kait, comme si cela pouvait faire une différence.

Mais non, cette fois, cela ne changerait rien. Le pire était survenu. Sa chance avait tourné.

— Ne viens pas, maman. Ça ne servirait à rien. On se verra à New York. Maribeth m'accompagne.

Kait hocha la tête.

» Tu entends, maman ? On se verra à New York dans quelques jours.

— Oh, Tom. Je t'aime… Je n'arrêtais pas de lui dire d'arrêter de faire ce foutu métier, mais elle n'écoutait pas.

— Candacc n'envisageait pas de vivre sa vie autrement, maman. Elle voulait faire quelque chose d'utile, et elle l'a sûrement été bien plus que nous tous… Elle avait le droit de faire ce choix.

— Pas au prix de sa vie, murmura Kait dans un souffle. Tu as appelé Steph ?

— Oui. Je viens de le faire. Elle sera à la maison dès que possible. À mon retour de Londres, je vous aiderai à tout préparer.

Kait promena un regard perdu autour d'elle.

— Merci de m'avoir prévenue, mon Tom.

— Je t'aime, maman. Je suis tellement désolé. Pour nous tous. Et si heureux qu'on ait passé ces vacances ensemble, avec Candace.

— Moi aussi…

Ils raccrochèrent, et Kait tomba dans les bras de Maeve en sanglotant.

» Il y a eu un attentat à la bombe dans le

restaurant où elle était. Ils rentraient à Londres aujourd'hui.

Maeve ne lui demanda pas dans quel pays ça s'était passé, ni qui étaient les terroristes. Ça n'avait pas d'importance. L'assistante de Kait passa une tête par la porte de la caravane et... disparut aussitôt. Après un long moment, Maeve sortit à son tour et alla trouver Agnes pour lui annoncer la nouvelle. En quelques minutes, tout le plateau fut au courant. Ils arrêtèrent le tournage.

Maeve retourna voir Kait, accompagnée d'Agnes. Nancy les rejoignit. Puis Abaya peu après. Les quatre femmes faisaient ce qu'elles pouvaient pour la réconforter, lui disant combien elles étaient désolées. Kait pleurait en silence et hochait la tête. Elle ne pensait qu'à une chose : Candace, sa fille si belle, tellement adorable quand elle était petite. C'était impensable, inimaginable.

Les autres avaient depuis longtemps quitté le plateau lorsque Kait accepta de sortir de sa caravane. Ses quatre amies la raccompagnèrent en voiture jusqu'à son hôtel. Kait avait pensé retourner à New York immédiatement, mais rien ne l'attendait là-bas, sauf son appartement vide. Elle serait mieux ici avec ses amies, jusqu'à ce que Tom soit rentré. Kait appela Stephanie, et les autres la laissèrent seule un moment pour qu'elles puissent parler et pleurer en toute intimité. Stephanie arriverait dans deux jours. Ce soir-là, ce fut Agnes qui resta dormir avec elle.

— C'est un prêté pour un rendu : tu te venges

de moi pour t'avoir obligée à rester sobre, murmura Kait à travers ses larmes.

Agnes sourit.

— Non. C'est juste que ton hôtel est mieux que le mien, et la télé, plus grande.

Toutes les quatre restèrent cependant avec Kait bien après minuit. Elle avait l'impression d'être entourée par sa famille. Zack l'appela et elle prit la communication, sans pouvoir se souvenir après avoir raccroché d'un traître mot de leur conversation. Elle savait juste qu'il était désolé et qu'il pleurait. Tout se passait pour elle dans une sorte de brouillard. Elle finit par s'endormir à l'aube, veillée par Agnes.

Le lendemain, le tournage fut annulé. Zack avait dit à Nancy qu'il se fichait éperdument de ce que ça leur coûterait. Ils pouvaient se permettre de lever le pied une journée. Kait ne quitta pas sa chambre d'hôtel. Ses amies les plus proches se succédèrent à ses côtés tout au long de la journée. Tom l'informa qu'il était bien arrivé à Londres et qu'il serait à New York dans les quarante-huit heures.

Lorsque Kait partit, deux jours plus tard, toute la distribution se rassembla autour d'elle en silence. Certains pleuraient. Kait avait prévu de poser une semaine de congés après l'enterrement, mais Zack lui enjoignit de prendre tout le temps qu'il faudrait.

Retourner travailler sans Kait fut difficile pour les acteurs. Son absence était cruellement ressentie et sa peine pesait sur eux. Bizarrement, leurs performances s'en trouvèrent magnifiées. Tout ce qu'ils éprouvaient pour Kait transparaissait dans leur jeu. Maeve et Agnes, en particulier, se surpassèrent.

Depuis son appartement, Kait appela les pompes funèbres et commença à prendre les dispositions nécessaires. L'office aurait lieu dans une petite chapelle près de la maison. Elle travaillait à la notice nécrologique quand Stephanie sonna. Elle se précipita dans les bras de sa mère et éclata en sanglots.

Tommy atterrit à minuit ce soir-là, avec le corps de Candace – ou ce qu'il en restait – dans un cercueil. Ils avaient décidé de l'enterrer dans l'intimité la plus stricte. Kait ne se voyait pas affronter ni ses amis ni les amis d'enfance de sa fille. Tommy et Maribeth arrivèrent à l'appartement à une heure du matin. Ils s'assirent avec Kait et Stephanie autour de la table de la cuisine, communiant en silence dans une même douleur. À quatre heures, chacun se retira dans sa chambre, mais Kait ne put trouver le sommeil, pas plus que Stephanie. Celle-ci vint finalement dans le lit de sa mère, et elles comptèrent ensemble les heures jusqu'à l'aube.

Dans la matinée, Kait envoya la nécrologie au *New York Times*. La BBC, qui s'occupait de la presse britannique, avait prévu de diffuser une notice avec un hommage touchant pour Candace, qu'ils adressèrent par mail à Kait.

L'office ne fut qu'une brève agonie comparée à

tout le reste... Kait, Stephanie, Tom et Maribeth passèrent le week-end ensemble, puis chacun dut repartir chez soi, laissant les autres seuls avec leur douleur. Kait se retrouva assise dans son salon, déboussolée, avec l'impression que sa vie était finie.

Entre-temps, l'équipe de film était revenue à New York, et la production prévoyait de reprendre le tournage à Long Island le mercredi. Mais Kait se sentait encore trop désorientée pour leur parler ou retourner travailler. Son amie Carmen et Paula Stein, de *Woman's Life*, l'avaient appelée quand elles avaient vu la notice nécrologique. Elles étaient effondrées pour elle. Jessica et Sam Hartley lui avaient envoyé des fleurs. Tout comme Maeve, Agnes et Nancy. Zack avait fait livrer une énorme composition d'orchidées blanches au funérarium, de sa part et de celle de toute l'équipe.

Kait avait la sensation qu'une partie d'elle-même était morte avec sa fille. Tommy s'était arrangé pour que les affaires de Candace soient emballées à Londres et envoyées à New York chez sa mère. Mais l'idée de les regarder et de les trier lui était en cette minute insupportable. Chaque parcelle de son âme était brisée. Cette bombe n'avait pas seulement réduit la vie de Candace en morceaux, mais la sienne aussi.

Agnes et Maeve l'appelèrent dès le lundi, sachant que les autres enfants de Kait étaient rentrés chez eux. Elles proposèrent chacune de passer la voir, mais Kait leur avoua préférer être seule. Voir du monde était au-dessus de ses forces. Tout paraissait futile, excepté Candace.

Deux jours plus tard, elle était assise dans sa cuisine, en train de penser à ses amis du tournage quand, soudain, l'envie d'être avec eux la saisit. Ils étaient sa seconde famille. Elle sauta dans un jean, enfila un tee-shirt, ne s'embarrassa pas de maquillage, se donna un coup de brosse, chaussa une paire de sandales, et fila en voiture vers Long Island. Ce jour-là, ils tournaient la scène finale de Phillip Green en Loch. En la voyant descendre de voiture, tout le monde fut d'abord tétanisé, puis ils se précipitèrent vers elle en un mouvement spontané. Kait avait l'impression de ne pas les avoir vus depuis des mois, alors que cela faisait à peine une semaine que Candace était partie.

Après que chacun fut retourné à son poste, Agnes s'avança vers elle et lui sourit.

— Bravo, Kait. Je savais que tu reviendrais. Nous avons besoin de toi. Et ce bâtard trompe toujours Abaya, dit-elle, ramenant par ces mots son amie au présent.

Kait lâcha un petit rire, mais, dans son cœur, c'était le désert. Un trou, comme si une partie d'elle-même avait été arrachée, là où Candace avait laissé un vide. Autour, son corps ne formait plus qu'une coquille vide. Malgré tout, c'était mieux d'être avec eux. Elle avait apporté un sac de façon à résider dans un hôtel à proximité, au cas où elle n'aurait pas envie de retourner chez elle le soir même. Après avoir regardé la dernière performance de Phillip Green, elle le félicita avant qu'il parte.

— Nick Brooke sera là demain, lui rappela Maeve tandis qu'elles marchaient le long de la piste d'atterrissage pendant une pause.

— Merde, j'avais oublié.

Leur rencontre semblait si loin désormais.

— Il vient pour deux jours, pour tourner dans le dernier épisode.

— Et comment se débrouille Charlotte ? demanda Kait, inquiète.

— Toujours pestouille, mais sa maternité prochaine l'a un peu calmée, répondit Maeve avec un grand sourire.

Elle ne l'aimait toujours pas, tout en lui reconnaissant un jeu potable. C'était un mal nécessaire pour la série, tout comme Dan.

— Agnes m'a dit que Dan trompait à nouveau Abaya. Avec qui cette fois ? s'enquit Kait.

— L'une des assistantes de Lally. Celle avec les seins comme des obus.

— Et Abaya ne soupçonne rien ?

Quel soulagement pour elle de parler des problèmes de l'équipe au lieu de penser nuit et jour à Candace.

— Pas encore. Elle est convaincue qu'il a changé et elle est toujours folle amoureuse de lui. Ça va sacrément la secouer quand elle découvrira le pot aux roses.

Le soir, Maeve rentra chez elle pour être auprès

de Ian – c'était l'avantage de tourner sur Long Island. Elle était également contente de pouvoir soulager un peu ses filles, de manière qu'elles puissent sortir et voir leurs amis. Agnes et Nancy dînèrent donc avec Kait à l'hôtel, sans mentionner une seule fois sa fille afin de ne pas ajouter à son tourment. Kait n'avait pas encore retrouvé son équilibre.

Tôt le lendemain matin, elle sortit faire une longue promenade seule sur la plage. À son retour, une petite foule entourait une voiture d'où émergeait un homme en chapeau de cow-boy. Un instant plus tard, comme les gens s'écartaient pour ménager un chemin au conducteur, elle aperçut Nick Brooke. Il sourit en la repérant en lisière du groupe, et s'approcha d'elle. Puis il attendit que les autres leur laissent un peu d'espace.

— Je suis tellement désolé pour votre fille, Kait. J'ai appris la nouvelle par le *New York Times*, lui dit-il d'une voix grave. Je suis heureux de l'avoir rencontrée. C'était une jeune femme formidable.

Kait hocha la tête, les larmes aux yeux, incapable de lui répondre. Il lui toucha gentiment l'épaule.

— Merci, Nick, fut tout ce qu'elle parvint à prononcer.

Elle l'accompagna à sa loge pour qu'il y laisse quelques affaires.

— Je voudrais écrire à Tom et à Stephanie, reprit-il. Pourrez-vous me donner leurs adresses ?

Kait se contenta d'opiner du chef, tandis qu'il

jetait un coup d'œil autour de lui. Il parut satisfait, mais il avait surtout hâte de voir les vieux avions. Ils cheminèrent en silence jusqu'au hangar où ils étaient stationnés. Quand il aperçut les appareils, il poussa un cri de joie.

» J'aime presque autant les avions que les chevaux ! s'exclama-t-il.

Il les examina un par un et ils restèrent là pendant un bon moment. Elle avait recouvré son sang-froid et goûtait l'instant : elle avait le sentiment d'avoir retrouvé un vieil ami. Ça représentait beaucoup pour elle qu'il ait rencontré Candace pendant leur séjour dans le Wyoming. Kait sourit en se souvenant que sa fille avait voulu les coller ensemble. Elle n'en dit rien à Nick, tout en constatant que l'aisance et la simplicité de relation qu'ils avaient connues à Jackson Hole se prolongeaient à Long Island.

Elle lui présenta ensuite toute l'équipe. Maeve et lui discutèrent quelques minutes, Nick dit à Agnes combien il était honoré de faire sa connaissance, apprécia Abaya immédiatement et eut un mot pour chacun. Au déjeuner, quand Kait raconta à tout le monde qu'elle l'avait vu chevaucher un mustang sauvage dans un rodéo, il éclata de rire.

— Il y en a un qui ne m'a pas raté il y a deux semaines ! Je crois que j'ai une côte fêlée, dit-il en la désignant d'un doigt précautionneux. Dieu merci, je n'ai pas de scène d'amour à tourner dans cet épisode. Je me serais évanoui si Maeve m'avait touché.

Celle-ci s'esclaffa – elle était de bonne humeur, car Ian allait mieux.

Lally monta et cousut le costume de Nick en un tournemain. À une heure de l'après-midi, après avoir éclairé la scène, ils étaient prêts à tourner. Nick et Maeve furent époustouflants. Dans l'histoire, Anne Wilder le rencontrait pour la première fois ; il venait la voir en tant qu'ami de son défunt mari et pour lui demander du travail. Il voulait piloter pour elle. Un silence de cathédrale régnait sur le plateau. Les deux acteurs avaient ensorcelé l'équipe. L'envoûtement cessa brutalement lorsque Nancy fit signe de couper, mais opéra de nouveau à la prise suivante. C'était fascinant de les voir travailler. Kait n'avait jamais vu meilleures performances, à l'exception de celles d'Agnes, qui laissaient tout le monde pantois chaque fois. Ce jour-là, cependant, toute l'action se jouait entre Nick et Maeve. Ils travaillèrent sans relâche jusqu'à six heures du soir, ne s'octroyant qu'une courte pause. Becca et Kait étaient assises sur le côté et suivaient le script : aucun des deux ne sauta jamais une ligne.

— Ils sont incroyables, souffla Becca à Kait.

Celle-ci approuva de la tête, se demandant presque s'ils n'avaient pas eu une amorce de béguin dans la vraie vie, tant ils étaient convaincants dans leurs rôles. L'alchimie qui passait entre eux était palpable. C'était un plaisir de les regarder pendant qu'ils donnaient vie à leurs personnages.

— Bravo. Ça a été une excellente journée, les complimenta Nancy.

Maeve allait se retirer dans sa loge pour se démaquiller quand le chef de la production accourut en criant qu'il avait une annonce importante à faire. Tout le monde se figea et attendit.

— Zack vient d'appeler de L.A. On a le feu vert pour neuf épisodes supplémentaires ! lança-t-il triomphalement.

Cela signifiait que la chaîne aimait leur travail et jugeait que le programme serait un succès. Le contrat initial était parti sur treize épisodes. Les neuf suivants les amenaient à une saison complète.

» Félicitations à tous ! ajouta-t-il.

Il y eut un brouhaha général. Kait en était tout électrisée. Au moins, la série avançait bien, même si elle-même avait l'impression d'avoir reçu un boulet de démolition sur la tête.

Le soir, ils dînèrent ensemble dans un restaurant de fruits de mer tout proche et burent une bonne dose de vin, sauf Agnes et Kait. La première, pour des raisons évidentes, et la seconde car elle ne tiendrait pas l'alcool dans son état de fragilité émotionnelle. Assis à ses côtés, Nick garda un œil sur elle toute la soirée. Après, il accorda son pas au sien pour la raccompagner à l'hôtel – tous deux avaient réservé dans le même établissement. Certains de leur petit groupe avaient pris de l'avance, tandis que d'autres traînaient derrière eux. Ils se retrouvèrent à marcher seuls.

— J'ai beaucoup pensé à vous depuis votre passage à Jackson Hole, dit-il d'une voix posée. Ce dîner avec votre famille et vous a été formidable.

— Nous aussi, nous avons passé un beau moment, répondit-elle, se rappelant quel hôte délicat il était.

— Ce sera bientôt la période de relâche. Vous devriez revenir dans le Wyoming. L'automne y est magnifique...

Mais Kait n'avait pas la tête à voyager. Elle ne voulait pas s'éloigner de chez elle. Et elle avait promis de rendre visite à Stephanie à San Francisco, ainsi qu'à Tom à Dallas.

» J'aimerais vous revoir, Kait. Et pas seulement dans le cadre du boulot, reprit-il en lui marquant très clairement son intérêt. En plus, nous serons tous bien occupés quand le tournage reprendra. Pourquoi ne prenez-vous pas des congés maintenant ?

— Je me sens totalement perdue, Nick, répondit-elle avec franchise. Comme si tout était brisé à l'intérieur de moi.

Il l'enveloppa d'un regard plein de gentillesse :

— Cela prendra du temps, c'est certain.

Elle se demanda combien de temps, vraiment, il lui faudrait, quand on savait qu'Agnes avait toujours le cœur en miettes d'avoir perdu son fils, quarante ans après sa mort. Kait pressentait qu'il lui manquerait toujours une partie d'elle-même, désormais. Sa fille.

» J'ai parfois à faire dans le coin. Essayons de passer un peu de temps ensemble, vous voulez bien ? suggéra Nick.

Les autres, cependant, les avaient rattrapés. Dan marchait, un bras sur les épaules d'Abaya.

— C'est quoi, ce type ? Sa tête ne me revient pas. Il a l'air aussi faux qu'un billet de trois dollars, dit Nick à voix basse.

— Tout juste, souffla-t-elle. Il trompe Abaya, et elle est la seule à ne pas le savoir. Elle en est folle amoureuse.

— Elle ne le restera pas longtemps...

Cela rappela à Kait la déconvenue amoureuse dont Nick avait souffert autrefois. Comme quoi, cela arrivait à presque tout le monde au moins une fois. Et pas plus, espérait-on.

Nick la raccompagna jusqu'au seuil de sa chambre. Là, il lui souhaita bonne nuit avec un sourire chaleureux. Mais la nuit serait interminable et sans repos, Kait le savait – comme toutes ses nuits depuis la mort de Candace.

» On se fait une promenade sur la plage au petit matin ? lui proposa-t-il. Ça me vide l'esprit avant le travail.

Elle approuva d'un signe de tête et disparut dans sa chambre. Elle ne parvint à s'endormir que quelques heures avant l'aube. Très tôt, il l'appela pour lui rappeler leur promenade et, dix minutes plus tard, elle l'attendait dehors.

— Mauvaise nuit ? demanda-t-il.

Elle hocha la tête. Il n'était pas surpris.

» Kait, j'aimerais vous poser une question… Vous sentez-vous coupable, comme s'il y avait quelque chose que vous auriez pu faire pour l'arrêter ?

— Non, pas vraiment. Je suis triste, c'est tout. Elle vivait la vie qu'elle voulait et elle en connaissait les risques. C'est juste qu'à mes yeux sa vie n'a pas été assez longue. Mais je ne crois pas qu'elle aurait laissé tomber son travail, même si elle en avait connu l'issue. J'y ai beaucoup réfléchi, et Tom a raison : elle a fait un choix, simplement ce n'est pas celui que j'aurais aimé. Les enfants sont tels qu'ils sont, à la minute où ils naissent. Toute sa vie, Candace a voulu changer le monde.

— C'est ça que vous voulez faire aussi, avec la série ? J'ai lu les scripts, c'est du lourd.

— Merci, Nick. Je veux juste rendre hommage au courage des femmes, à leur combat difficile pour faire valoir leurs droits dans un monde qui ne les comprend pas, ou ne veut pas d'elles là où elles sont.

— Finalement, n'est-ce pas ce que Candace faisait, elle aussi ? Elle se battait pour imposer ses choix, pour vivre sa vie comme elle l'entendait, remarqua-t-il d'une voix douce.

— Je n'avais jamais vu les choses sous cet

angle, répondit-elle pensivement. Ma grand-mère était comme ça.

— Et vous aussi, vous êtes comme ça. Les femmes doivent se battre pour obtenir ce qu'elles veulent. Plus que les hommes. Ce n'est pas juste, mais ainsi va le monde. Vous devez forcer les portes et ensuite avoir les tripes d'entrer. Par beaucoup d'aspects, notre terre reste un monde d'hommes, même si la plupart refusent de le reconnaître. Je lis votre « Courrier du cœur ». Vous donnez de sacrément bons conseils aux autres. Et à vos proches aussi, sans vous en rendre compte, peut-être. Vous avez élevé une famille super, Kait.

Sauf que, désormais, il en manquait un membre. Candace ne serait plus jamais là. Et cela faisait si mal. Elle ne reviendrait jamais. Elle avait mené ses combats au loin et elle était morte en luttant.

» Votre histoire sur les femmes Wilder, c'est la volonté de gagner quand personne ne vous laisse même jouer.

Elle aimait bien la façon dont il présentait les choses.

— Oui... Ma grand-mère s'est battue pour sauver sa famille, et, ce faisant, elle nous a fait un incroyable cadeau. Je ne parle pas de l'argent, même si ça facilite la vie, mais de son refus d'abdiquer devant l'adversité. En ne baissant pas les bras, elle a sauvé trois générations ! Cependant, elle n'a pas eu de chance avec ses enfants...

— La vie est pleine de mystères et de para-doxes, répondit-il alors qu'ils faisaient demi-tour – il était attendu au maquillage et à la coiffure. En tout cas, vous n'avez pas eu cette décon-venue. Vos enfants sont super. Tous. Candace l'était aussi.

Ils marchèrent sans plus parler jusqu'à l'hôtel. Puis Nick reprit :

» Merci de m'avoir choisi pour ce beau projet, Kait.

Elle lui sourit.

— Merci à vous d'avoir accepté.

— J'ai failli refuser. Mais quelque chose m'a arrêté. Peut-être l'intuition.

Ils montèrent chercher dans leurs chambres ce dont ils avaient besoin pour la journée et se ren-dirent sur le tournage dans la voiture que Nick avait louée. Elle le laissa aux mains des maquil-leuses et des coiffeuses, puis gagna sa caravane, où elle eut la surprise de trouver Abaya en pleurs. Kait se douta de la suite.

— Il me trompe ! Hier soir, j'ai trouvé de la lingerie rouge dans sa voiture ! Il a fait l'innocent, il me prend pour une idiote !

— Peut-être que ce sous-vêtement était là depuis longtemps et que tu n'y avais pas prêté attention.

Kait ne voulait pas confirmer ou infirmer quoi que ce soit. C'était à Abaya de tirer les conclu-sions qui s'imposaient et, dans le cas présent, la preuve était patente.

— Un string rouge ? Tu crois que je n'aurais pas remarqué ça à mes pieds ? C'est cette salope de la coiffure avec qui il couchait avant. Dan est un menteur.

— En effet...

— Que dois-je faire, Kait ?

Abaya avait l'air aussi perdue qu'elle-même.

— Ouvre les yeux et les oreilles. Observe-le. Cela vaut tous les mots. Ne lui fais pas aveuglément confiance et songe que tu le perçois tel que tu veux qu'il soit. Regarde plutôt qui il est vraiment.

Abaya hocha la tête et partit peu après en direction de la caravane coiffure-maquillage afin de confronter la fille qu'elle détestait avec les faits. Celle-ci finissait de s'occuper de Nick. Abaya attendit le départ de l'acteur pour sortir le string rouge de sa poche et le tendre à la coupable.

— Ça t'appartient ?

La fille parut d'abord nerveuse, puis elle haussa les épaules. Il ne servait à rien de nier. Dan n'était pas marié, après tout.

— Ouais. Je l'ai laissé dans la voiture de ton petit copain.

Le cœur d'Abaya battait à se rompre.

— Récemment ?

— Hier, quand tu tournais.

Abaya manqua s'évanouir, mais se reprit et tourna les talons avec superbe. Cette fille était aussi glauque que lui. Dix minutes plus tard, Dan surgissait dans la loge d'Abaya, paniqué. Il avait eu vent de sa confrontation avec sa maîtresse.

— Sors d'ici, dit la jeune femme d'un ton sans appel. Je n'ai plus rien à te dire.

Elle avait enfin retrouvé le sens commun.

— Attends, laisse-moi t'expliquer.

— Il n'y a rien à expliquer. Vous avez couché ensemble hier. J'avais vu juste depuis le début.

— Je suis amoureux de toi, Abaya.

— Arrête ton char, Dan. En plus, tu m'as ridiculisée. Dehors !

— On tourne ensemble dans une heure. On ne peut pas en rester là…

— Oh que si ! À présent, sors d'ici, tout de suite, et sors de ma vie !

Comme elle donnait l'impression de pouvoir lui jeter à la figure le premier objet qui lui tomberait sous la main, il obéit. Le souffle lui manquait tandis qu'il s'éloignait. Il comprenait qu'il s'était comporté comme un idiot. Abaya était la seule femme pour qui il valait la peine de se battre et il avait tout gâché. Par habitude. Comme toujours. Il faut dire que les femmes ne lui facilitaient pas la tâche en se jetant à son cou…

En chemin vers sa loge, il croisa Becca, qui lui jeta un regard de dégoût.

— Connard, dit-elle entre ses dents.

Il ne répondit pas, entra dans sa caravane, ferma la porte à clé et fondit en larmes.

Nick et Maeve tournaient une nouvelle scène du dernier épisode. La magie opérait sous les yeux de Kait. Leur jeu était si puissant et convaincant, si profondément émouvant, que tout le monde était hypnotisé. Kait avait à l'esprit les choses qu'il lui avait dites le matin même sur la plage, à propos d'elle et de Candace. Il comprenait la vie, il comprenait les gens. Il y avait en lui quelque chose d'incroyablement authentique, sans artifices, ce qui expliquait pourquoi le personnage qu'il incarnait sonnait si juste. Nick et Maeve bouclèrent la scène en trois prises, laissant chacun avec la larme à l'œil.

Il ne leur restait désormais plus qu'une scène à jouer, et la saison serait dans la boîte. Kait se surprit à le regretter. Il lui faudrait maintenant attendre la saison deux pour connaître à nouveau ces instants suspendus. Et puis... elle aurait bien aimé qu'il reste plus longtemps.

En quittant le plateau, Nick s'arrêta près de son fauteuil et la regarda.

— Vous en pensez quoi ? C'est OK, pour vous ?

— C'est parfait, répondit-elle avec le sourire.

— Bien. Je n'envisage pas les choses autrement. C'est OK pour moi aussi.

Kait ne savait pas s'il parlait d'eux ou de la scène qu'il venait de tourner avec Maeve. Il avait joué sur l'ambiguïté. Et elle aussi.

14

Tout le plateau regrettait que Nick doive les quitter à l'issue de ses deux jours de prises. Comme chaque fois, il s'était attiré la sympathie générale. Il mettait en effet un point d'honneur à aller voir tous les ingénieurs du son et les éclairagistes, pour échanger un mot ou deux, une poignée de main, une tape amicale sur l'épaule. Agnes disait que c'était un gentleman – ne lui avait-il pas rendu hommage avant même qu'ils tournent ensemble ? Pour l'instant, il avait seulement donné la réplique à Maeve, et une fois à Abaya.

Au soir du deuxième jour, Nick dîna avec Kait. Il devait ensuite retourner à New York pour rencontrer un agent littéraire auprès de qui il voulait acquérir les droits d'un livre qu'il avait l'intention d'adapter au cinéma et de produire lui-même. Tous les acteurs comptaient sur la période de relâche entre les tournages pour mener d'autres projets ou diversifier leurs rôles. Ils ne souhaitaient pas, en effet, être identifiés à un seul personnage, ce qui était le risque quand ils jouaient trop longtemps dans une série. Paradoxalement, c'était tout le mal qu'on pouvait leur souhaiter – et qu'ils espéraient aussi.

Le dîner fut tranquille et simple. Ils ne parlèrent pas beaucoup. Kait se sentait vidée, méchamment secouée par la perte de Candace. Si elle était retournée travailler rapidement, elle n'était toujours pas dans son état normal et se demandait même si elle le serait à nouveau un jour. Déjà, elle était en permanence fatiguée, du fait qu'elle ne dormait pas la nuit. Les souvenirs de sa fille la hantaient, comme la question de savoir si elle aurait dû la retenir et insister davantage pour qu'elle démissionne de son poste à Londres. Il était trop tard pour changer quoi que ce soit, mais Kait se repassait le film encore et encore dans sa tête. Candace aurait-elle vécu si elle avait procédé autrement avec elle ?

Nick pouvait voir le tourment dans ses yeux et ne s'attendait pas à ce qu'elle soit d'humeur bavarde. Être simplement avec elle lui suffisait. Quant à Kait, la présence de Nick la réconfortait. Il respectait son envie de silence et dégageait une aura apaisante qui lui donnait l'impression d'être protégée, sans trop savoir de quoi – puisque le pire était déjà survenu.

Ils parlèrent un peu de la série et des futurs épisodes.

— Est-ce que grand-maman Hannabel m'aime bien ? demanda-t-il d'un ton taquin.

Il avait hâte de travailler avec Agnes, simplement pour pouvoir dire qu'il avait joué avec elle – il la trouvait remarquable. Pour lui, c'était une grande dame du cinéma.

— Au début, non, répondit Kait. Mais vous avez une énorme dispute avec elle, qui change la donne. Becca vient juste de réécrire la scène du troisième épisode. Après ça, Hannabel devient fan. Au départ, elle vous trouve arrogant. Dans la série, s'entend. Et parfois votre personnage l'est. Mais vous êtes là pour soutenir sa fille, et pour la protéger des types qui essaient de couler son entreprise. Tout change après votre arrivée. Vous l'aidez à en faire une réussite et Hannabel s'en rend compte, à temps.

Il hocha la tête. Il était fou du rôle, des acteurs avec qui il allait jouer, et des avions. La série avait tout pour lui plaire.

— Je me demande s'il n'y a pas moyen de glisser un cheval par-ci par-là dans le scénario, plaisanta-t-il, lui arrachant un petit rire.

— J'y travaillerai, je vous le promets. Mais les vieux avions, c'est déjà pas mal sexy, et ceux qui les pilotent aussi.

— Ça, c'est vrai, confirma-t-il avant de redevenir sérieux. Je vous revois quand, en dehors du tournage ?

Il y avait un lien inexplicable entre eux, comme s'ils se connaissaient depuis longtemps. Il comprenait instinctivement ses pensées et ses réactions. Sa douleur, son inquiétude pour ses autres enfants. Et il ressentait le besoin irrépressible de la protéger.

C'était le genre de femme avec qui il aurait aimé avoir des enfants, s'il l'avait rencontrée à temps. Celles qui avaient croisé son chemin auparavant n'étaient pas vraiment du style bonnes mères, étant plutôt sur le modèle de la sienne ou de celle de Kait, qui s'était enfuie. Il n'entretenait aucun regret et ne désirait pas d'enfants sur le tard ou pour rattraper le temps perdu. Ce qu'il voulait, c'était une femme bien à ses côtés, quelqu'un avec qui discuter, partager les bons comme les mauvais moments. Ce qu'était Kait, même si elle n'avait pas l'air de souhaiter d'homme dans sa vie. C'était d'ailleurs la seule incertitude de Nick : Kait le laisserait-elle entrer dans sa sphère intime ? Elle semblait ne pas le savoir elle-même, et elle était si bouleversée en ce moment. Mais il ne voulait pas attendre des mois pour la revoir, et encore moins le prochain tournage.

Concernant la série, ils connaîtraient les réactions du public en novembre et décembre et découvriraient alors s'ils avaient décroché le jackpot. Ils étaient tous sur des charbons ardents.

— Je ne sais pas quand on se reverra, Nick, répondit Kait – le Wyoming n'était pas sur la liste de ses projets immédiats. Déjà, je vais aller rendre visite à Tom, puis Stephanie. Ensuite, à quel point est-ce que je serai occupée en postproduction ? Je n'en ai aucune idée. Tout ça est nouveau pour moi. Je songe d'ailleurs à abandonner ma rubrique au *Woman's Life Magazine*. C'est trop difficile de la tenir à jour. Il y a toujours un incendie à éteindre sur le plateau. Tourner une série, ce n'est pas qu'un agenda à gérer comme je l'avais cru au début.

— Jamais quand le facteur humain entre en jeu, commenta-t-il avec un sourire.

— Charlotte nous a mis dans un sacré pétrin avec son bébé. Comme elle compte le nourrir au sein, elle va le garder avec elle sur le plateau. Ça nous ralentira sans doute.

Elle le regarda d'un air d'excuse, mais ce contretemps le laissait de marbre. Il avait déjà travaillé avec des mamans qui allaitaient et géré bien d'autres situations encore.

» Bon, il y a aussi Ian, le mari de Maeve, reprit-elle. S'il commence à descendre la pente, ça va devenir difficile pour elle de rester mobilisée.

— En effet, ça sera très dur, acquiesça-t-il avec sympathie.

Comme cela l'était pour elle, depuis la mort de Candace. Les drames survenaient aussi dans la vraie vie.

Kait appréciait de pouvoir discuter de la série avec Nick, même si elle échangeait déjà beaucoup sur ce sujet avec Zack. Depuis que le tournage avait commencé, le producteur était resté principalement à L.A. pour travailler sur d'autres projets ainsi qu'à la promotion des *Femmes Wilder*, en accord avec la chaîne.

La grande campagne de publicité de septembre venait de vraiment commencer. Ce n'est qu'en fin de saison que Nick ferait son apparition sur les affiches et dans les spots publicitaires, aux côtés de Maeve. Les photos avaient été prises pendant ces deux derniers jours. Ils étaient superbes. Zack avait vraiment eu du nez de le recruter pour jouer le nouvel amour d'Anne.

Tandis que Nick était là, assis en face d'elle, elle avait comme un avant-goût de ce à quoi pouvait ressembler la vie commune avec la bonne personne – à l'instar ce que vivaient Maeve et Ian. Elle n'avait jamais connu ça et avait cru, ces dernières années, qu'il était trop tard. Désormais, elle se posait la question. Ou bien était-ce juste une illusion, parce que Nick était une star de cinéma, et beau de surcroît ? Elle ne le connaissait pas encore assez bien pour trancher. Or c'était précisément ce qu'il lui offrait : qu'ils passent du temps ensemble pour apprendre à se connaître et découvrir s'il y avait là matière à construire pour eux ou pas.

— Candace trouvait qu'on aurait dû sortir ensemble, dit-elle timidement. Et Steph le pense aussi, ajouta-t-elle dans un sourire. Quant à Tom, qui est cerné par les femmes depuis toujours, il préférerait vous avoir pour lui tout seul. Une mère, deux sœurs, maintenant une épouse et deux filles. Vous pensez s'il rêve d'un beau-père !

— Je connais Hank, le père de Maribeth. Je l'ai croisé plusieurs fois à des ventes de chevaux. C'est un type bien. Mais, nous concernant, tous les deux, peut-être devrions-nous respecter l'injonction de Candace…

Il prononça ces mots avec beaucoup de douceur, soucieux de ne pas la heurter tant ce terrain était douloureux. Elle n'en fut pas offensée. Un signe de tête suffit à indiquer son assentiment. Elle sentait bien que Nick ne voulait pas lui imposer quoi que ce soit, ni la brusquer. Il agissait comme s'ils avaient tout le temps devant eux.

Après le dîner, elle le raccompagna à sa voiture. Il retournait le soir même à New York.

— Notre promenade sur la plage va me manquer, lui dit-il.

C'était si agréable de contempler le lever de soleil ensemble et de marcher pieds nus sur le sable, garde et défenses baissées, avant que la journée de travail commence.

» J'aime chevaucher dans les collines au petit matin, ajouta-t-il. Ça procure les mêmes sensations que l'océan. On réalise alors combien on est petit. On a beau planifier tout un tas de choses, Dieu a toujours des projets plus grands que nous. C'est Lui qui tient le gouvernail.

Quelle avait été l'idée de Dieu avec la mort de Candace ? Kait s'interrogeait encore. Sa disparition n'avait aucun sens à ses yeux. Mais peut-être fallait-il arrêter d'en chercher un et accepter les choses telles qu'elles étaient. Sa fille ne reviendrait pas ; elle ne la reverrait plus. Kait leva des yeux remplis de désespoir vers Nick.

» Kait, je suis là si vous avez besoin de moi. Je ne suis qu'à un téléphone ou à un mail de distance. Et j'accourrai aussitôt si vous m'appelez, sans aucune obligation en retour.

Personne ne lui avait jamais dit ça jusque-là, et elle éprouva le même genre de bien-être qu'avec sa grand-mère, quand elle était petite. Quelqu'un en qui elle avait confiance était là pour la protéger.

— Ça va, répondit-elle d'une voix bravache.

— Je sais, Kait. Mais ça ne fait jamais de mal d'avoir un ami qui vous soutienne ou qui joue dans la même équipe.

Nick la contemplait avec intensité. Il lui toucha la main, puis monta dans sa voiture et s'éloigna en agitant le bras. Elle retourna à l'hôtel, l'esprit et le corps tout remplis de cette soirée avec lui. Quand elle se coucha dans son lit, toutefois, Candace envahit à nouveau ses pensées, et elle passa une longue et solitaire nuit sans sommeil. Le lendemain matin, à l'aube, elle marcha seule sur la plage.

Sur le plateau, tout le monde parlait de Nick. Il faisait l'unanimité, mais comment ne pas l'apprécier ? Nancy disait que c'était un sacré acteur, très facile à diriger, à l'instar d'Agnes et de Maeve. Elle se sentait privilégiée de travailler avec pareils talents. Le lendemain, Abaya et Dan tournèrent ensemble une scène, qui vira au cauchemar. Les deux jeunes comédiens eurent une énorme dispute en direct, si bien que la réalisatrice dut leur dire d'aller régler leurs comptes pendant leur temps libre, car ils coûtaient de l'argent à la chaîne. À la pause déjeuner, Dan suivit Abaya jusqu'à sa loge, mais elle lui bloqua l'entrée.

— Je te l'ai déjà dit, Dan, c'est fini. Le coup de la maîtresse du jour, très peu pour moi. J'aurais dû m'en tenir à ma première impression. Tu n'es qu'un connard puant. Prends ton putain de string rouge et fous le camp !

Devant sa détermination, Dan comprit sa monumentale erreur : Abaya refusait de lui donner une seconde chance. Or plus elle le repoussait, plus il s'affolait, car il l'aimait. Mais il était trop tard. Elle ne le croyait plus et ne voulait plus entendre parler de lui.

» J'ai mieux à faire de ma vie que de me faire humilier par un salaud de ton espèce ! lui lança-t-elle.

Abaya était quelqu'un d'entier, qui se respectait.

— Je ne sais pas ce qui s'est passé, tenta-t-il de faire valoir. Je suis vraiment tombé amoureux de toi. Et je sais, je me suis mal, très mal conduit.

— Tu recommenceras à la première occasion.

Elle en était sûre désormais, et c'était vrai.

— Je te jure que non. Donne-moi une

deuxième chance. Si je foire tout à nouveau, je partirai de moi-même.

Elle secoua la tête et lui claqua la porte au nez.

Leur performance de l'après-midi sur le plateau fut légèrement meilleure, mais rien d'extraordinaire... Tous les deux étaient fatigués et émotionnellement ébranlés. Abaya n'avait qu'une hâte : que le tournage prenne fin. Comme le personnage de Dan mourait à la fin de la saison un, ils ne se reverraient plus, et c'était tout ce qu'elle souhaitait. Le jeune acteur avait prévu d'aller skier en Europe, après quoi il devait défiler durant la semaine de la mode à Paris puis enchaîner sur un film. Quant à Abaya, elle rentrait dans sa famille, dans le Vermont. Elle aussi irait skier et elle comptait passer du temps avec ses parents et ses frères et sœurs. Elle en avait soupé pour un bon moment du comportement des stars de Hollywood, Dan en tête.

Quoique peu enthousiasmée par les prises de l'après-midi, Nancy n'insista pas, sachant qu'elle n'obtiendrait pas mieux de la part de ses acteurs pour l'instant. Heureusement, ce n'était pas une scène cruciale.

Le lendemain, Maeve appela pour dire que Ian avait de la fièvre et qu'elle souhaitait reporter la scène dans laquelle elle devait jouer. Ils replanifièrent de manière à tourner avec Brad et Charlotte. À cinq mois, la grossesse de celle-ci était visible. Dans les prises de vues, ils camouflaient la chose autant que possible, et Lally avait apporté quelques retouches ingénieuses aux costumes. Mais, surtout, ils filmaient dorénavant les épisodes avec les nouveaux scripts, ceux dans lesquels Chrystal et sa famille assumaient son déshonneur. Dans la vraie vie, la jeune actrice avait fait la une de la presse à scandale avec son batteur, le père potentiel, lequel avait demandé un test ADN. Il payait déjà une pension pour deux autres gosses qu'il avait eus avec des femmes différentes – elles avaient lancé des poursuites en reconnaissance de paternité contre lui –, et il ne courait pas après un troisième enfant, surtout quand Charlotte ne pouvait assurer qu'il était bien le père. Cela n'empêchait pas la jeune femme d'avoir le moral. Les premiers mois de grossesse ne l'avaient pas ralentie dans son travail, et Kait la trouvait très en beauté. Ils auditionnaient régulièrement des bébés pour choisir celui qui apparaîtrait dans la saison deux. Tout le monde gâtifiait quand ces petits bouts débarquaient sur le plateau. Pour des raisons pratiques et techniques, ils ne castaient que des vrais jumeaux, comme cela se faisait habituellement, afin de gagner du temps. Ils pourraient tourner plus longtemps, disposant d'une doublure en cas de maladie.

Ils tournèrent la dernière scène de la saison en septembre, par une belle journée d'été indien. C'était une scène émouvante entre les trois personnages féminins principaux. Sur le plateau, il manquait Lally. La veille, dans l'après-midi, elle avait reçu un appel de sa conjointe qui lui annonçait qu'elle perdait les eaux. Le grand moment était arrivé ! Lally s'était précipitée. Cela faisait des jours qu'elle rentrait à Brooklyn tous les soirs au cas où cela arriverait la nuit. Elles avaient décidé de ne pas demander le sexe de l'enfant, pour se ménager la surprise. Et, à six heures ce matin-là, Lally avait envoyé un texto au producteur associé mentionnant seulement que le bébé était né et qu'il pesait quatre kilos cinq. Rien sur le sexe...

— Waouh ! s'exclama Maeve quand elle entendit la nouvelle. Dieu merci, mes filles étaient minuscules ! Je suis restée allongée pendant sept mois et Thalia est née avec deux mois d'avance. Elle pesait un kilo trois.

— Stephanie était plutôt du type gros bébé, comme celui-là, intervint Kait.

Soudain, la tristesse voila son visage. Tout la ramenait à Candace. Les premières étapes du deuil étaient si douloureuses. Heureusement qu'elle avait la série pour la distraire de son chagrin. Sans cela, elle serait partie à la dérive. Et d'ailleurs, Kait redoutait la période de relâche. L'inactivité qui s'ensuivrait laisserait le champ libre aux souvenirs douloureux.

Elle n'avait aucun plan arrêté pour les mois à venir. Ses deux enfants semblaient finalement trop occupés dans l'immédiat pour recevoir sa visite. Tommy négociait l'achat d'une autre chaîne de restaurants pour son beau-père et même ses petites-filles avaient des millions d'occupations ! Personne n'avait de temps. Kait avait donc décidé qu'elle irait au théâtre avec Agnes. Les deux amies voulaient rattraper tout ce qu'elles avaient manqué à Broadway. De son côté, Maeve resterait auprès de Ian. Son mari n'allait pas bien et avait entamé une lente descente aux enfers...

Lally arriva à l'heure du déjeuner. Elle jubilait.

— C'est un garçon ! hurla-t-elle.

Elle distribua des cigares à tous les acteurs et à toute l'équipe technique. Cela toucha Kait de la voir ; elle se souvenait comme si c'était hier de la naissance de ses enfants. Les jours les plus heureux de sa vie. Charlotte, quant à elle, était terrifiée à l'idée de mettre au monde un bébé de quatre kilos et demi par voie basse, et sans péridurale. Elle opterait pour une césarienne de manière à ne pas sentir le travail, ce que Kait trouvait bien pire. La jeune actrice prévoyait aussi une chirurgie mammaire après l'allaitement – hors de question qu'elle gâche sa silhouette ou sa poitrine parfaite.

— Franchement, il y a vraiment de quoi se poser des questions, dit Kait à Maeve alors qu'elles cheminaient ensemble.

— Les acteurs sont d'incorrigibles narcissiques, c'est vrai. Ça ne cessera jamais de m'étonner. Charlotte se soucie plus de ses lolos que de son bébé. Je ne l'imagine pas maman.

— Moi non plus.

— Au fait, où en sont Roméo et Juliette ?

— Abaya repart dans le Vermont d'ici quelques jours, une fois qu'elle aura fait des contrechamps. Elle dit qu'elle ne lui donnera pas de seconde chance.

— Il n'a que ce qu'il mérite. Tu l'as vu ? « Bonjour, c'est moi le seul habitant de la planète Dan. » Et Nick Brooke, au fait ? Tu as des nouvelles ?

Maeve ne voulait pas se montrer indiscrète, mais ils avaient tous remarqué combien l'acteur était épris de Kait et attentionné à son égard.

— Il est dans le Wyoming, en ce moment.

— Tu sais quoi, Kait ? Il serait parfait pour toi...

Bien sûr, le monde de Kait avait été bouleversé par la mort de sa fille. Mais, dans quelques mois, elle irait mieux et peut-être l'idée lui semblerait-elle moins saugrenue.

— Mes filles m'ont dit la même chose quand nous l'avons vu à Jackson Hole l'été dernier. Mais je ne sais pas... Je ne suis pas sûre d'avoir envie de me compliquer la vie. Par bien des aspects, être seule est plutôt confortable.

— Le confort n'est pas toujours une bonne chose. On a parfois besoin d'un coup de pied au derrière. Même si je me vois mal sortir avec quelqu'un quand Ian ne sera plus là. Jamais je ne retrouverai un homme comme lui.

— Me concernant, j'adopterais le proverbe

suivant : « Parfois, la vie maritale me manque, mais pas celles que j'ai connues précédemment. »

Les deux amies éclatèrent de rire, puis Maeve entra dans sa caravane pour la vider de ses affaires. Un peu plus tard, elle prit la route de New York avec Agnes, non sans avoir fait le tour du plateau pour dire au revoir à tout le monde. Toute triste de partir, Kait elle aussi rentra chez elle en voiture, mais seule. Ses journées allaient lui paraître bien vides sans ses amies. Pour les revoir au quotidien sur un plateau, il lui faudrait attendre que le tournage reprenne, ce qui dépendait de l'Audimat. Zack était certain que la série allait faire un tabac. Kait espérait qu'il voyait juste.

15

Kait mit un point final à sa chronique, puis elle compulsa une pile de papiers sur son bureau, exactement comme avant, à croire que les derniers mois n'avaient été qu'un rêve, surtout les trois mois de tournage. Son téléphone portable sonna. C'était Stephanie. Elle ne l'avait pas revue depuis l'enterrement de Candace, en août. La réalité du drame commençait à peine à prendre corps. Kait s'attendait toujours à ce que sa fille l'appelle de Londres, ou bien c'était elle qui composait son numéro... avant de se souvenir que cela ne servait à rien.

— Bonjour, ma chérie.

— Comment ça va, maman ?

— Ça va, répondit-elle d'une voix neutre.

— Tu dors mieux ?

— Ça m'arrive. L'avantage des insomnies, c'est que ça permet de se mettre à jour en toute tranquillité, dit-elle avec ironie.

Ses nuits continuaient d'être courtes et douloureuses. Rien que de très normal, disait-on, mais ça n'apaisait en rien la violence de la souffrance.

» Et toi ? Cette nouvelle promotion ?

— Correcte. Il s'agit davantage d'un ajustement de salaire, mais je ne crache pas sur l'argent. Et puis Frank et moi envisageons d'acheter une maison.

Kait fronça les sourcils. Elle se méfiait des investissements entre conjoints non mariés. La question ne s'était pas posée pour les deux autres. À vingt-neuf ans, Candace n'avait jamais eu de relations assez durables pour envisager de s'établir, quant à Tom et Maribeth, ils avaient reçu de Hank en cadeau de mariage une maison de neuf cent vingt mètres carrés sur sa propriété, à leurs deux noms…

Stephanie avait toujours un petit fonds de son arrière-grand-mère dans lequel elle avait déjà pioché pour financer ses études, très chères – l'excellence était à ce prix. Mais acheter une maison viderait complètement le compte, si les administrateurs de la banque le permettaient. Cela n'était pas du ressort de Kait, et Stephanie le savait. Elle voulait juste lui demander conseil, comme toujours quand elle devait prendre des décisions importantes.

— Tu sais ce que j'en pense. Investir dans une maison avec quelqu'un qui n'est pas légalement ton mari peut être problématique. Pourquoi ne pas investir seule ? Tu pourrais acheter un appartement.

— On veut une maison en dehors de la ville,

comme celle que nous louons en ce moment, et on pourra en acheter une plus grande si on s'y met à deux. Le père de Frank a dit qu'il nous aiderait.

Kait ne fit aucun commentaire. Frank était un chic type, Stephanie et lui étaient bien assortis, mais l'idée ne lui plaisait toujours pas : l'achat d'une maison à deux rendrait l'arrangement difficile à débrouiller en cas de rupture. Stephanie n'y pensait pas, mais on ne savait jamais, Kait l'avait appris à ses dépens. Bien qu'Adrian et elle se soient séparés en bons termes, elle avait quand même dû lui payer une pension alimentaire pendant un an, aussi bref qu'ait été leur mariage. On ne connaît jamais vraiment quelqu'un jusqu'à ce qu'on divorce ou qu'on rompe.

» Le père de Frank nous a dit à peu près la même chose que toi, reprit Stephanie. Alors nous en avons parlé et nous allons nous marier, maman. Je t'appelle pour te l'annoncer. En ce qui nous concerne, on y voit une décision logique dans le cadre d'un investissement bien pensé. Aucun de nous deux ne croit au mariage.

Kait était sous le choc.

— Ça paraît un peu sec, non ? Pas très romantique.

Kait était déçue pour elle.

— Pour nous, c'est une institution obsolète qui a soixante pour cent de chances de ne pas marcher. Statistiquement, ce n'est pas vendeur.

Kait ne pouvait contre-argumenter, mais, de

voir sa fille si blasée, négative, cela lui faisait de la peine.

» Toutefois, se marier est la chose à faire quand on veut acheter un bien immobilier, poursuivit Stephanie, l'esprit pratique.

— Tu veux l'épouser ?

— Bien sûr. Pourquoi pas ? Nous nous entendons vraiment bien.

Ils étaient ensemble depuis quatre ans.

» Nous établirons bien sûr un arrangement prénuptial et un contrat pour la maison. Et nous ne souhaitons pas de grand mariage.

— Pourquoi ça ? lui demanda Kait sur un ton désolé.

Sa fille était si terre à terre…

— Je me sentirais stupide dans une robe blanche à froufrous après avoir habité avec Frank pendant quatre ans. En plus, on déteste s'habiller. En fait, on avait juste l'intention de passer entre midi et deux à la mairie.

— Je pourrai venir ? hasarda Kait.

Ce plan lui semblait déprimant. Certes, elle n'avait pas l'esprit très à la fête ces temps-ci, mais elle aurait voulu que la seule fille qui lui reste ait un joli mariage. Encore que, concernant Stephanie, elle avait quitté New York depuis longtemps, elle ne voyait plus ses anciens amis et Frank et elle semblaient avoir une vie sociale plutôt restreinte à San Francisco, tournant essentiellement autour de leurs collègues de Google…

— Bien sûr que tu pourras venir, répondit sa

fille. On peut se marier à la mairie de New York si tu veux. À Thanksgiving.

Cette année, à la suite de la mort de Candace et pour leur mère, ils viendraient tous pour Thanksgiving ainsi que pour Noël. Ils savaient que les vacances seraient dures pour elle. L'idée venait de Tom.

» J'en parlerai à Frank, reprit Stephanie. Sinon, nous avons trouvé une maison qui nous plaît pendant une balade à vélo dimanche dernier. Le prix est correct et elle est plutôt en bon état.

Pour elle, tout se rapportait à la maison, le reste ne comptait pas et cela dérangeait vraiment Kait. Elle ne put s'empêcher de lui demander :

— Steph, est-ce que tu l'aimes ? Est-ce l'homme avec qui tu veux passer le reste de tes jours ? Avec qui tu veux des enfants ?

Tout cela était bien plus crucial qu'une maison.

— Bien sûr que je l'aime, maman, autrement je ne vivrais pas avec lui. Je ne vois simplement pas les choses comme toi : le mariage comme un idéal, la perfection, un contrat destiné à durer pour l'éternité. Et je ne veux pas d'enfants, de toute façon. De personne. Lui non plus. Notre travail passe avant tout.

Au moins, elle était franche ; elle l'avait toujours été à ce sujet. En plus, elle avait trouvé un homme qui partageait sa vision des choses.

» Un enfant, ça demande plus d'engagement que ce que je serai jamais prête à y mettre. C'est trop dévorant. Regarde-toi maintenant avec Candace, le crève-cœur que c'est.

Cette remarque choqua Kait.

— Mais… pas une seconde je ne regrette de vous avoir eus, Candace pas plus que toi ou ton frère.

— C'est gentil, mais ce n'est pas pour moi, ni pour Frank.

Kait savait que Candace avait eu les mêmes dispositions d'esprit. Elle s'était entièrement consacrée à ses documentaires bien plus qu'elle ne l'aurait pu à ses enfants. Kait était heureuse que Tom ait d'autres positions.

» À quoi penses-tu ? lui demanda Stephanie.

— Je me dis que vous êtes une génération complètement différente, vous voyez la vie sous un autre angle. Mais je t'aime et je veux ton bonheur.

— Je suis heureuse, maman. Et on adore cette maison.

— Sans la maison, tu l'épouserais ?

Stephanie réfléchit pendant quelques instants avant de répondre.

— Oui, je pense que oui. Mais pas cette année, peut-être plus vers mes trente ans.

Elle allait en avoir vingt-sept et Frank avait le même âge, ce qui paraissait jeune à Kait. Quoique… Scott et elle étaient même plus jeunes que ça quand ils s'étaient mariés et avaient eu Tom, mais c'était il y a longtemps et le monde avait changé depuis. Le mariage ne semblait plus avoir la même signification.

— Cela dit, je préfère acheter une maison quand les taux sont bas, surtout que nous en avons trouvé une qui nous plaît.

C'était une femme d'affaires avant tout, pas une romantique. Point final.

— J'indique le taux d'emprunt dans l'annonce matrimoniale ? la taquina Kait.

Déstabilisée, Stephanie hésita un quart de seconde avant de commencer à rire.

— Alors ? Que penses-tu de Thanksgiving, maman ? Ça irait pour toi ?

Kait songea que cela allégerait peut-être un peu la tristesse de cette fête sans Candace.

— Ce sera parfait. Les parents de Frank seront là ?

Kait ne les avait jamais rencontrés.

— Non, ils ne pourront pas. Ils organiseront une fête pour nous plus tard à San Francisco. Ils sont au courant et ils viendront en janvier.

Stephanie semblait contente de cet arrangement.

— Quid d'une robe ? Tu veux que je vienne pour que nous fassions un peu les boutiques à la recherche d'une tenue ?

Elle espérait que sa fille dirait oui ; cela ferait une bonne excuse pour la voir.

— Je n'ai pas le temps, maman, désolée. Le travail… On se verra à Thanksgiving et je trouverai bien quelque chose à me mettre. Je regarderai sur Internet. En tout cas, pas de robe blanche.

Le shopping et la mode n'intéressaient pas Stephanie.

Après avoir raccroché, Kait s'assit en silence pendant un moment, songeant à leur conversation. Ce n'était pas ce qu'elle aurait souhaité pour Stephanie, mais ses enfants devaient faire les choses à leur façon. Tout comme Candace l'avait fait, jusqu'au bout. C'était peut-être la morale de l'histoire : chacun devait mener sa barque selon ses idées et son style de vie. Kait aurait préféré qu'il y ait plus de romantisme dans la vie de sa fille, mais ça ne correspondait pas à la personnalité de Stephanie.

Celle-ci voulait juste passer Thanksgiving en famille et, le lendemain, se marier à la mairie, dans la tenue qu'elle aurait choisie, quelle qu'elle soit, avec la seule présence de sa famille. Tom et Maribeth avaient eu un grand mariage de huit cents invités, reçus par Hank sous une immense tente éclairée de lustres en cristal accrochés au plafond. Trois orchestres s'étaient succédé, et un chanteur était venu en avion de Las Vegas. À chacun son style. Maintenant, c'était au tour de Stephanie de faire à sa façon ; peu importait ce que Kait pensait et les rêves qu'elle avait caressés pour sa fille. Au moins, Stephanie l'avait appelée pour lui parler de leurs projets et elle voulait que sa mère soit présente à son mariage. Kait lui en était reconnaissante. Stephanie était une jeune femme très moderne, avec une personnalité bien affirmée. N'était-ce pas le thème même de sa série télé ? Des femmes modernes qui s'affranchissent des traditions et agissent suivant leurs convictions, à leur manière. Leur aïeule n'avait pas fait autrement, si ce n'est qu'elle avait agi par nécessité. Aujourd'hui, les femmes avaient le choix. Si elle croyait en cette vision de la vie, alors elle devait soutenir sa fille. Or elle ne voyait pas les choses autrement.

Kait appelait régulièrement Maeve pour prendre des nouvelles de Ian. Son état semblait empirer. Il avait été hospitalisé pour une infection pulmonaire. On lui avait donné des doses massives d'antibiotiques pour stopper la pneumonie et ils l'avaient placé sous assistance respiratoire. Puis il avait voulu rentrer chez lui, et Maeve avait tout organisé pour que ce soit possible : respirateur à domicile, gardes d'infirmières renforcées. Leur fille, que Kait avait eue en ligne, lui avait dit d'une voix stressée qu'il leur glissait entre les doigts. L'issue était inéluctable. Maeve ne quittait pas son chevet, de jour comme de nuit, essayant de passer la moindre seconde avec lui. Elle se préparait au pire et se réjouissait de ne pas tourner. C'était comme si Ian avait attendu qu'elle soit en vacances pour commencer à décliner.

Quelques jours après leur dernière conversation, Maeve appela à six heures du matin. Un sixième sens avertit Kait quand elle décrocha.

— Il est parti paisiblement il y a deux heures,

lui annonça son amie d'une voix étrangement calme.

Ayant perdu Candace, Kait n'imaginait que trop bien ce que Maeve traversait et ressentait. Même si elle avait eu le temps de se préparer à la mort de Ian, ça ne rendait pas la perte plus facile. Kait avait perdu Candace brutalement. Dans un cas comme dans l'autre, l'absence soudaine de l'être aimé restait la même. On ne pouvait concevoir qu'on ne le reverrait plus, ne lui parlerait plus. Sa voix, son rire, à jamais éteints. Maeve ne sentirait plus jamais ses bras autour d'elle.

Dans la matinée, les chaînes d'information diffusèrent la nouvelle de sa mort. Tous les journaux lui rendaient hommage, détaillant les étapes de son impressionnante carrière. La nécrologie signée par son attaché de presse indiquait que le service religieux et l'inhumation auraient lieu en privé, avec seulement sa famille proche, et qu'il était mort d'une longue maladie. Un esprit brillant s'en était allé, un metteur en scène de talent, un père et mari aimant. L'enterrement aurait lieu dans trois jours, pour leur laisser le temps de tout organiser. Ils ne révélèrent pas la localisation de la cérémonie afin d'éviter la foule des fans. Il serait incinéré, comme il le souhaitait puisque son corps l'avait trahi.

Dans la soirée, Nick appela Kait depuis le Wyoming après avoir parlé à Maeve. Elle l'avait invité à l'enterrement, au titre de sa longue amitié avec Ian. Elle avait également envoyé un mail à Kait pour lui dire qu'elle serait la bienvenue.

— Je prends un vol demain, lui dit Nick.

— Comment avez-vous trouvé Maeve ? demanda-t-elle, inquiète.

— C'est une femme incroyablement forte, mais ça va être très dur pour elle. Ils étaient fous l'un de l'autre. Ce sont les seules personnes que je connaisse qui m'ont fait regretter de ne pas être marié. J'ai proposé à Maeve de passer la prendre pour l'enterrement, mais Ian avait un frère aîné qui arrive par avion je ne sais d'où et qui s'en chargera. Voulez-vous y aller avec moi, Kait ?

Elle se donna une minute de réflexion. Oui, pourquoi pas ? C'était une bonne idée. Car la cérémonie serait éprouvante avec le souvenir si frais de l'enterrement de Candace. Toute seule, ce serait encore plus dur. Kait était profondément triste pour Maeve et ses filles. Son amie lui avait expliqué que la rapidité du déclin de Ian avait pris tout le monde de court. En un sens, cela lui avait épargné une lente et terrible déchéance : sous assistance respiratoire, prisonnier de son propre corps, mais en pleine possession de ses capacités intellectuelles. Kait ne pouvait imaginer pire façon de finir. Mais Maeve lui avait dit qu'il était mort paisiblement, dans ses bras. Kait n'avait pu retenir ses larmes.

Cette fois, Nick descendrait au Pierre, pas très loin de chez elle. Ensuite, il allait en Europe pour retrouver des amis en Angleterre et voir de près des chevaux qu'il voulait acheter. Il fut tenté de lui proposer de venir, mais n'osa pas, même si la mort de Ian leur rappelait à tous que la vie était courte et imprévisible.

Kait eut également Zack au téléphone. Il ne venait pas. Maeve ne l'avait pas invité. Ils n'étaient pas spécialement proches. Mais Agnes serait de la cérémonie.

Le lendemain, Nick appela Kait en fin d'après-midi, une fois installé dans sa suite. Des paparazzi l'avaient accueilli au pied de l'hôtel et il n'était pas content. Quelqu'un avait vendu la mèche après avoir vu sa réservation. Il avait néanmoins traversé leur barrage poliment et avait trouvé refuge dans sa chambre.

— Ça doit être pénible. Quand je déjeune au restaurant avec Maeve, des gens viennent tout le temps lui demander des autographes.

— On apprend à vivre avec, répondit-il avec simplicité. Je passe vous prendre à sept heures et demie. Nous dînons au Twenty One.

C'était son restaurant préféré à New York.

Pour l'occasion, Kait mit une robe bleu marine et un manteau assorti. Sur le tournage, elle avait passé des mois en jean et en tee-shirt, et elle se sentait enfin séduisante et à son avantage dans cette tenue. La robe était assez courte pour dévoiler ses jambes et elle portait des talons aiguilles.

Lui était en costume bleu et avait l'air d'un

banquier. Il sourit quand elle monta dans la voiture.

— Vous avez fait de sacrés efforts, Kait, la taquina-t-il.

Elle était belle avec ses longs cheveux roux détachés. Quand ils arrivèrent au restaurant, Nick eut droit au grand jeu. Ça rappela à Kait qu'elle se trouvait en présence d'une grande star de cinéma, ce qui était plus facile à oublier lors d'un rodéo ou même sur un plateau. Repensant à sa performance sur le cheval sauvage, elle sourit.

» Qu'est-ce qu'il y a ? demanda-t-il après avoir commandé deux *bull shots* – un cocktail à base de bouillon de bœuf et de vodka.

— Je vous revoyais sur le mustang, à Jackson Hole.

Il rit.

— Ah oui ! Mes côtes ont enfin oublié le dernier rodéo.

Il lui dit que Maeve lui avait demandé de chanter *Amazing Grace* le lendemain, l'hymne préféré de Ian. Il avait aussi été chanté à l'enterrement de Candace.

Le dîner fut paisible, savouré dans un coin reculé de la salle, à parler de certains de ses films, de ses enfants à elle, du magazine et de sa rubrique. Elle prévoyait de démissionner une fois qu'ils sauraient à quoi s'en tenir concernant l'audience de la série.

— Ça me manquera, mais j'ai eu du mal à mener ma chronique de front avec le tournage cet été. J'espère qu'ils trouveront quelqu'un d'autre. Je déteste laisser tomber les gens, et ils comptent sur cette page.

— Il y a un temps pour tout... Vous avez ouvert un nouveau chapitre de votre existence, Kait. Il vous faut continuer à l'écrire et être libre de le faire. Vous ne pouvez pas traîner le passé avec vous.

— La rédaction m'a demandé de finir l'année, mais je ne mesurais pas combien ce serait difficile. *Les Femmes Wilder* ont accaparé tout mon temps. La vie d'un plateau est tellement prenante.

Il hocha la tête en signe d'approbation. Il le savait bien.

— J'ai hâte de commencer à tourner la prochaine saison, dit-il en lui lançant un sourire chaleureux. Quand on attend, ça donne une idée de l'éternité. J'ai déjà le sentiment de faire partie de la série.

Ça avait l'air de lui plaire. Tant mieux, il était leur botte secrète. La très grande surprise réservée au public. Personne n'avait vendu la mèche jusqu'à présent. Aucune fuite dans la presse. Zack s'en réjouissait. Une fois la nouvelle lâchée, Maeve et Nick donneraient une conférence de presse, après celle de Charlotte, Dan et Abaya. Il y aurait à nouveau une grande campagne dans les médias, pour doper les audiences. Tout cela ramena Kait à *Downtown Abbey*. Ça faisait des mois qu'elle n'avait pas regardé sa série préférée. Elle confessa sa passion à Nick, qui éclata de rire.

— J'adore, moi aussi.

Il en mentionna trois autres dont il était fan, plus musclées et orientées public masculin : une série policière, une autre à propos d'un agent des Stups sous couverture et une de science-fiction. Des séries qui faisaient partie du top 10, et qui seraient leurs concurrents directs.

Nick la raccompagna chez elle après le dîner, mais elle ne lui proposa pas de monter. Tous deux étaient fatigués, et des jours pénibles les attendaient. Le lendemain matin, il voyait Maeve et avait prévu de l'emmener déjeuner pour la distraire un peu de l'organisation de l'enterrement.

— Voulez-vous venir dîner à la maison demain soir ? lui demanda-t-elle. Je suis nulle en cuisine, mais je trouverai bien quelque chose à vous servir. Je ne cuisine plus vraiment depuis le départ des enfants, sauf pour Thanksgiving et Noël.

— Ce serait parfait, dit-il avec un grand sourire.

Il la serra dans ses bras et l'embrassa sur la joue.

Le lendemain soir, il sonnait à sept heures précises. Kait avait disposé sur la table de la cuisine du poulet rôti, des légumes et une salade. Il retira sa veste, roula ses manches et prit place en face d'elle. Elle portait un pantalon et un pull. Il lui donna des nouvelles de Maeve.

— J'ai l'impression qu'elle est en pilote automatique, mais elle est remarquable. Les filles sont méchamment ébranlées. Cela dit, étant donné ce qui attendait Ian, cette mort rapide est plutôt une bénédiction.

— Oui, Maeve ne pensait pas que ça arriverait si vite.

Pendant le reste du dîner, Nick lui parla des chevaux qu'il allait acheter en Angleterre et d'un week-end de tir avec des amis anglais, une tradition qu'il adorait. Il menait finalement une existence très agréable quand il ne travaillait pas. Son ranch, notamment, lui offrait la vie dont il rêvait. Ça, au moins, c'était clair. Malgré Nashville, L.A., le Wyoming, et parfois New York, il restait au plus profond de lui un Texan. À un moment, il avoua avoir tenté Broadway, mais ce n'était pas pour lui : il préférait le cinéma au théâtre. Il trouvait le jeu de scène trop limité et guindé.

— Je ne dirai rien à Shakespeare, le taquina-t-elle.

Ils ne prolongèrent pas la soirée à cause de l'enterrement le lendemain matin. Nick vint la chercher en costume noir, cravate noire et chemise blanche. Kait portait un tailleur, des bas et des hauts talons noirs. En route, ils ne dirent pas grand-chose. Maeve avait choisi une petite église proche de chez elle et avait, par précaution, engagé des agents de sécurité. Le service religieux fut exactement tel que Ian l'avait désiré, dans l'intimité la plus stricte. Tamra et Thalia prirent toutes deux la parole. Comme promis,

Nick chanta *Amazing Grace*, ému aux larmes, mais sans trembler, d'une belle voix puissante. Ensuite, ils accompagnèrent l'urne dehors et regardèrent les employés des pompes funèbres la placer dans le corbillard, qu'ils suivirent en voiture jusqu'au cimetière, où elle fut enterrée. Maeve et les filles avaient choisi l'emplacement ensemble, dans un jardinet, sous un arbre, avec une petite barrière autour et assez d'espace pour elles un jour. En attendant, un ange en pierre veillerait sur Ian. Chacun laissa une rose blanche sur la tombe et Maeve lut son poème préféré.

Sur le chemin du retour, Kait resta songeuse. Elle ne pouvait pas prononcer un mot. Ça avait été trop bouleversant et trop poignant de voir Maeve et ses filles traverser ce qu'elle venait de connaître. L'absence de Candace était toujours aussi douloureuse pour elle et la blessure s'était rouverte. Nick comprenait. Ils étaient arrivés en bas de l'immeuble de Maeve, mais ils ne bougeaient pas, se tenant juste la main. Il lui communiquait sa force.

Ils restèrent deux heures chez Maeve, discutèrent un peu avec Agnes puis s'éclipsèrent. Maeve avait l'air épuisée ; il était inutile, voire cruel, de s'attarder davantage. Elle avait besoin de se retrouver seule ou avec ses filles. Nick ramena Kait chez elle. Celle-ci poussa un long soupir quand ils s'assirent dans le canapé. La journée avait été forte en émotions, ils étaient vidés. Nick dormirait dans l'avion pour Londres. Il s'envolait ce soir dans son jet privé.

Ils n'évoquèrent pas l'enterrement ; c'était trop pour Kait, et il le sentait. Ils discutèrent un peu, puis arriva le moment où il devait partir.

— Profitez bien de l'Angleterre, lui dit-elle.

Nick posa une main caressante sur sa joue.

— Prenez soin de vous, Kait. Et bonne chance avec la série.

Il ne restait plus qu'une semaine avant la diffusion du premier épisode, et toute l'équipe en était malade d'anxiété.

C'est alors qu'il se pencha et l'embrassa sur les lèvres. Surprise, elle noua cependant ses bras autour de son cou. C'était si bon.

» À suivre… Dans la saison deux, plaisanta-t-il.

— Hum… Je crois que tu m'as confondue avec Maeve, dit-elle, le regard taquin.

— Absolument pas, Miss Whittier. Je sais exactement qui tu es.

Sur ce, il appela l'ascenseur et disparut une minute plus tard. Kait referma la porte de son appartement, souriant aux anges.

16

Une semaine après l'enterrement de Ian, Kait, Maeve et Agnes se retrouvaient chez Kait pour regarder le premier épisode de la série. Très éprouvée, Maeve ne voulait voir personne d'autre que ses deux amies, et aucune d'entre elles n'avait voulu visionner l'épisode toute seule – ce serait bien plus drôle ensemble. *Les Femmes Wilder* passaient à vingt et une heures, et Kait avait prévu des petites choses à grignoter, notamment les biscuits « 4 KIDS » de sa grand-mère. Ils étaient un incontournable chez elle comme dans la plupart des foyers, et ses amies sourirent en voyant l'assiette. Elles étaient toutefois trop nerveuses et excitées pour avaler quoi que ce soit. Zack et Nick avaient tous les deux appelé Kait peu auparavant. Et Tom et Stephanie allaient regarder eux aussi.

À exactement vingt et une heures, toutes les trois fixaient avec intensité l'écran, sans dire un mot – l'heure était grave. Elles étaient à la fois galvanisées et terrifiées. Les sondages à l'issue de l'épisode donneraient déjà la tendance. Ces deux dernières semaines, le battage médiatique avait été massif, et les commentaires, positifs, grâce notamment à la brochette de stars dont ils pouvaient se prévaloir.

Plutôt que de commencer lentement, ils avaient tablé sur un premier épisode dramatique impliquant tous les personnages, de façon que les téléspectateurs les identifient. Tous les grands noms du casting étaient donc présents, à l'exception de Nick, gardé en réserve pour la fin de la saison.

Lorsque l'épisode commença, les trois femmes restèrent comme hynotisées par l'écran. On aurait dit qu'elles ne l'avaient jamais vu et en étaient les premières spectatrices. Il n'y eut pas un son dans le salon jusqu'à la première pause publicitaire.

— Mon Dieu, j'ai l'air d'avoir cent deux ans, lâcha Agnes. » Elle but une gorgée de Coca et prit un biscuit : « J'ai vraiment l'air aussi vieille ?

— Plus encore, la taquina Maeve.

Agnes s'esclaffa.

» En tout cas, ta perruque te va très bien, ton débit est impeccable, et ton timing aussi, la complimenta Maeve.

— Ta performance dans la seconde scène m'a arraché des larmes, la félicita Agnes en retour. Ça me fait mal de le reconnaître, mais Charlotte passe magnifiquement bien à l'écran. Pas étonnant que tous les hommes de la planète veuillent la mettre dans leur lit.

— Plus dernièrement, rétorqua Maeve d'un ton vif. Et puis, elle a vingt ans. Nous aussi, en notre temps, ils ont voulu nous mettre dans leur lit.

— Pourquoi, « en notre temps » ? À cette heure-ci, je te parie que tous les centenaires en maison de retraite fantasment sur moi.

Elles pouffèrent, mais retrouvèrent leur sérieux quand l'épisode reprit. Elles convinrent que le rythme et le montage étaient excellents et que le script de Becca était fantastique. La jeune femme l'avait poli jusqu'à ce qu'il scintille !

Regarder l'épisode à la télé en même temps que tout le pays leur faisait prendre conscience que la série possédait une certaine magie. L'épisode s'enchaînait sans heurt, sans aucun accroc du côté des acteurs. Tous les rôles étaient parfaitement incarnés. Kait jeta un coup d'œil à ses amies et sourit. Elle aurait bien voulu avoir une photo d'elles trois ce soir, en jean, les cheveux en bataille, sans maquillage, Agnes et elle-même portant leurs lunettes. Elles n'étaient pas glamour, non, mais plutôt à l'image des téléspectatrices d'âge moyen qui buvaient la moindre réplique de leur série préférée.

L'épisode s'acheva sur une note de suspense qui donnait envie de connaître la suite. Le générique venait à peine de commencer que le téléphone de Kait prit vie, tout comme celui de Maeve. C'étaient leurs enfants qui n'en revenaient pas. Agnes se resservit un Coca et des biscuits.

Tommy dit à sa mère combien il était fier. Maribeth était déjà accro. Lui-même trouvait

Charlotte incroyablement belle, et Abaya, étonnante pour une débutante. D'après lui, cette série allait lancer sa carrière, qu'il lui prédisait fulgurante. À peine avait-elle raccroché que Stephanie l'appelait : Frank et elles avaient adoré. C'était aussi le cas de Carmen – laquelle avait envoyé un texto. Quant à Zack, il pensait que c'était le succès assuré. Il attendait les résultats de l'Audimat et les critiques du lendemain.

Tout excitées, les trois amies analysèrent ensuite l'épisode dans ses moindres détails afin de réfléchir aux améliorations à apporter pour la prochaine saison. Dans l'ensemble cependant, ça leur paraissait bon, mais la concurrence était rude sur ce créneau horaire de la grille des programmes. Nick envoya un texto quelques minutes plus tard à Kait : il était de retour à son ranch après son saut de puce en Angleterre et disait sa fierté de participer à l'aventure. Il était certain que la série allait durer plusieurs années.

Nous allons vieillir avec les Femmes Wilder, écrivait-il.

Kait sourit quand elle lut ces lignes.

Finalement, Maeve et Agnes levèrent le camp. Elles étaient presque aussi nerveuses qu'à leur arrivée, puisqu'elles ne connaîtraient pas les résultats de l'Audimat ni les critiques avant le lendemain matin.

À neuf heures du matin, six heures sur la côte Ouest, Zack contacta Kait. Il ne prit même pas la peine de lui dire bonjour.

298

— Écoutez ça, Kait ! « En tête de liste pour la meilleure nouvelle série de l'année, *Les Femmes Wilder* ont explosé l'Audimat hier soir avec leur casting prestigieux composé de stars contemporaines ou mythiques : Maeve O'Hara, Agnes White, les belles gueules Dan Delaney et Charlotte Manning, et la toute nouvelle et éblouissante Abaya Jones, ainsi que Brad Evers et une brève apparition de Phillip Green. Une flopée de stars reconnues, un script aux petits oignons de Becca Roberts, une histoire percutante écrite par Kait Whittier, sur les femmes dans l'aviation durant la Seconde Guerre mondiale et après. On table sur sept saisons au moins, peut-être huit ou dix. Regardez un épisode et vous êtes accro. La concurrence est prévenue. Avec *Les Femmes Wilder*, chacun en a pour son argent ! » Alors, Kait ? Que dites-vous de notre première critique ? Hier soir, on a fait soixante-seize pour cent de part d'audience pendant la première demi-heure, et quatre-vingt-cinq pour cent pendant la seconde. La concurrence est au tapis !

Émue par ces bonnes nouvelles, Kait en eut les larmes aux yeux. Elle appela immédiatement ses amies pour les prévenir. Agnes gloussait de joie et Maeve avait à nouveau une voix humaine. Elle était triste que Ian ne soit pas là pour voir ça. Il avait cru en ce projet depuis le début et c'est lui qui l'avait convaincue de s'y associer.

Toute la journée, les amis de Kait appelèrent, dont Sam Hartley, qui l'avait présentée à Zack au réveillon du Nouvel An. Le lendemain, elle contacta Paula Stein au magazine.

— Je me doutais bien que j'aurais de tes nouvelles, répondit celle-ci sur un ton morose. J'ai regardé ta série, hier soir. Elle est fabuleuse. Je devine que *Woman's Life Magazine* n'est plus que de l'histoire ancienne pour toi, Kait, au bout de vingt ans.

— Cela restera une histoire très précieuse. Vous allez tous terriblement me manquer. Mais c'est trop difficile de tout mener de front pendant les tournages. Et je ne veux pas que la rubrique baisse en qualité.

Kait avait une longue période de relâche devant elle, mais elle avait pris sa décision et était prête à abandonner sa chronique.

— Je te remercie d'avoir essayé en tout cas, dit Paula. Quand veux-tu arrêter ?

— Je peux continuer jusqu'à la fin de l'année si vous voulez, comme promis. Jusqu'à Noël, disons. Une rubrique d'adieu avant les vacances.

— C'est plus que correct, répondit Paula avec gratitude.

Cela leur donnait deux mois pour se retourner.

— Que pensez-vous faire ?

Elle détestait l'idée que sa rubrique soit supprimée, mais c'était une possibilité.

— On se doutait que tu démissionnerais et nous avons décidé de l'arrêter. Il n'y a que toi qui pouvais écrire « Confiez-vous à Kait ». Ta chronique sera remplacée par celle que Carmen meurt d'envie d'écrire : « Carmen Beauté ».

— Elle sera super ! dit Kait avec sincérité, heureuse pour son amie.

— Et bonne chance avec la série. C'est un ticket gagnant ! On est fiers de toi, ici.

Kait sourit. Ces mots signifiaient beaucoup pour elle, elle avait pris un grand risque en écrivant ce synopsis. Zack avait cru en elle, ce qui avait rendu l'aventure possible.

Toute la semaine, elle surfa sur une vague de louanges et de critiques enflammées. Elle envoya un mail à Carmen pour lui annoncer sa démission et lui souhaiter bonne chance pour sa rubrique. Elles se promirent de déjeuner ensemble très bientôt, quand elles seraient moins prises. Repensant à tout ce qui s'était passé ces derniers mois, Kait songea qu'elle avait vraiment ouvert un nouveau chapitre de son existence, ainsi que Nick l'avait dit. Elle avait une nouvelle carrière, un nouveau talent à développer, une kyrielle de nouveaux amis, et soudain une vie très excitante. Et, au milieu de ce bouillonnement, il y avait la dure réalité. Elle avait perdu sa fille, drame majeur s'il en était. Mais les coups du sort allaient souvent de pair avec les joies, et, en la matière, Kait en recevait plus que sa part désormais. Si l'aigre-doux était un équilibre subtil, cette nouvelle page de sa vie penchait vers la douceur. Elle pensa avec un serrement au cœur que Candace aurait été fière d'elle.

17

Nick l'appelait presque tous les jours depuis la diffusion du premier épisode, dont les critiques positives avaient fait exploser l'Audimat du deuxième, qui ne cessait de grimper depuis, semaine après semaine. Mais, plus important encore, tout le pays en parlait, tout le pays adorait. La série faisait le buzz sur les réseaux sociaux.

Quand le téléphone sonna, Kait venait de caler son organisation de Thanksgiving. Elle avait fait signe à Agnes, qui n'avait nulle part où aller, ainsi qu'à Maeve et à ses filles, afin qu'elles ne restent pas seules à se morfondre chez elles, pour ce premier Thanksgiving sans Ian. Elle décida de demander à Nick s'il voulait se joindre à eux. Comme il avait l'air partant, elle l'informa qu'elle serait prise le lendemain de la fête car Stephanie et Frank se mariaient. L'événement était strictement familial.

— Mais puisqu'ils repartent le soir même en Californie, et Tom, Maribeth et les enfants, au Texas, je dispose de tout le week-end.

— Ça marche, Kait ! Je comptais aller skier à Aspen, mais je préfère passer ce temps-là avec toi. Ça ne gêne pas tes enfants si je viens ?

— Penses-tu ! Ils vont adorer l'idée.

D'autant que, pour eux aussi, cette fête serait difficile à vivre sans Candace. Voir de nouveaux visages autour de la table les distrairait de leur tristesse. Kait en était persuadée.

— Vérifie juste auprès d'eux, pour être sûre. Je ne veux froisser personne.

Plein de délicatesse, il veillait à ne pas s'imposer. Elle sonda donc ses enfants, qui validèrent spontanément l'idée.

— Plus on est de fous, plus on rit, fit remarquer Tom. Et, comme ça, on fêtera le succès de votre série. Ce sera plus amusant que de pleurer Candace.

Au final, ils seraient donc douze dans sa salle à manger, un nombre idéal. Kait commanda un traiteur pour le jeudi, puis elle réserva une table chez The Mark, le restaurant préféré de Stephanie à New York, pour le déjeuner de mariage du lendemain. Ces deux jours promettaient d'être intenses !

Dans l'intervalle, six épisodes des *Femmes Wilder* furent diffusés à la télévision, tous plébiscités par la critique. Ce succès plaçait la barre très haut et aiguillonnait Kait et Becca, qui travaillaient d'arrache-pied aux scripts de la saison deux. Car seuls les acteurs étaient au repos. L'auteur et la scénariste trimaient comme des esclaves et Zack suivait de près tous les aspects de la production.

Deux jours avant Thanksgiving, les meubles et les affaires de Candace arrivèrent enfin de Londres. Il avait fallu les faire empaqueter, attendre le fret maritime, la traversée, puis le passage en douane, toujours très lent. Tout cela expliquait le temps écoulé entre le décès de Candace et la livraison au garde-meubles. Pour Kait, ce moment fut une épreuve. Passer en revue ses vêtements, son bureau, ses livres, certains de ses ours en peluche qui dataient de son enfance, les boîtes avec les photos de ses voyages, les lettres que lui avait adressées Kait du temps où l'on s'écrivait encore... C'était dur. Mieux valait tout laisser là et faire le tri plus tard. C'était trop tôt. En plus, la tâche risquait de lui gâcher tout le week-end.

Comme Frank et Stephanie devaient récupérer leur certificat de mariage, ils atterrirent ce jour-là et dînèrent tranquillement avec Kait. Tom et sa famille arriveraient directement le lendemain dans la nuit. Quant à Nick, il avait son propre avion et avait prévu de descendre cette fois au Four Seasons. Les invités étaient attendus à quatre heures l'après-midi de Thanksgiving, pour un dîner à six heures. Kait adorait ces fêtes de famille. Ils étaient tous impeccables et élégants quand retentit la sonnette. La table resplendissait de cristal et d'argenterie, disposés sur l'une des nappes brodées de sa grand-mère que rehaussaient des fleurs couleur rouille en centre de table. Les fumets s'échappant de la cuisine mettaient l'eau à la bouche.

Maeve se présenta la première, accompagnée de Tamra et Thalia qui tombèrent instantanément sous le charme des filles de Tommy. Elles jouèrent avec les petites pendant que les autres conversaient et que le serveur proposait les hors-d'œuvre sur un plateau d'argent.

Très chic, Agnes arriva en robe Chanel de velours noir avec un col haut et des manchettes blanches. Nick sonna le dernier, les bras encombrés d'un énorme bouquet de roses aux couleurs automnales. Le traiteur aida Kait à les disposer dans un vase, qu'elle posa ensuite sur un guéridon tout en captant des bribes de conversation. À un moment donné, les hommes disparurent dans sa chambre pour regarder un match avant le dîner. C'était un vrai Thanksgiving. Quand finalement ils passèrent à table, Kait dit les grâces et mentionna Candace ainsi que Ian. Hormis cet instant d'émotion, en particulier pour Maeve et elle, le reste du repas fut très enlevé et chacun fit honneur à la dinde et à sa garniture.

Nick raconta son dernier voyage en Angleterre et Tom et Maribeth évoquèrent le safari-photo qu'ils envisageaient de faire en Afrique du Sud au printemps. C'est alors que Nick suggéra qu'ils viennent tous l'été prochain passer des vacances dans son ranch.

— Ce n'est pas aussi renommé que le Ranch

Grand Teton, dit-il à Kait avec un grand sourire. Mais je ferai de mon mieux pour vous distraire.

Tom hocha vigoureusement la tête à l'intention de sa mère, laquelle relaya le message.

— Excellente idée, Nick. Merci beaucoup.

Après le dîner, Maribeth alla coucher Merrie et Lucie Anne, et la soirée se prolongea bien après dix heures. Alourdis par trop d'agapes, les invités parvinrent finalement à se lever pour se retirer. Les embrassades se prolongèrent sur le seuil et le palier. Nick souhaita à Stephanie et Frank un beau mariage et une vie heureuse. Ils en furent très touchés. Kait avait remarqué qu'ils s'étaient tenu la main pendant presque tout le dîner et qu'au doigt de Stephanie brillait une bague de fiançailles ancienne. Sitôt rentrés à San Francisco, ils signeraient l'achat de leur maison. Lorsque les invités furent partis, Kait taquina le jeune couple.

— Attention, Frank, ce soir, vous devez aller vous coucher les yeux bandés et garder le bandeau jusqu'au petit déjeuner. Vous n'êtes pas censé voir la mariée avant la cérémonie.

— Pour de vrai ?

Frank jeta un regard paniqué à sa future femme, qui le rassura. C'était un peu trop pour lui qui venait de passer Thanksgiving avec une tablée de stars de cinéma, sa future belle-mère et la perspective d'un séjour chez Nick Brooke. Ce dernier avait aussi invité Maeve et ses filles, car son ranch ne manquait pas de place.

— Quelle belle soirée ! commenta Tom tout en se versant un brandy ainsi qu'à son futur beau-frère.

Bien que fatiguée, Kait était de son avis. Certes, Candace lui avait manqué, mais pas différemment que lors des autres Thanksgiving où elle était absente. C'était du moins ce qu'elle s'était efforcée de croire. Cependant, elle avait beau essayer de se mentir en prétendant que sa fille était à Londres, la vérité, cruelle, la rattrapait toujours. Et il en allait de même pour Maeve avec Ian. Plus d'une fois, les larmes avaient affleuré aux yeux de Kait pendant la soirée, mais elle les avait ravalées. Et elle avait pu compter sur Nick pour égayer l'assemblée avec ses anecdotes hilarantes. L'acteur avait tout fait pour que Kait passe un bon Thanksgiving, et il avait réussi.

Cette nuit-là, Nick l'appela alors qu'elle venait de se couler entre les draps.

— Merci pour l'invitation, Kait. J'ai adoré. On se voit samedi, alors ? J'ai loué une voiture. On pourrait passer la journée dans le Connecticut, si ça te dit... Je repars dimanche pour le Wyoming.

Dire qu'il était venu de si loin pour passer Thanksgiving avec eux. Elle en était très touchée.

Le lendemain matin, jour du mariage, l'air était glacial et le ciel, limpide. Avant même que la maison soit réveillée, Frank et Stephanie sortirent faire un jogging autour du réservoir de Central Park. Quand ils en revinrent rouges comme des tomates et bien revigorés, Kait versait du lait sur les céréales des deux fillettes. Les petites jouaient sur leurs iPads quand leur père fit son entrée d'un pas nonchalant, le *New York Times* sous le bras.

— À quelle heure est le mariage ? demanda-t-il d'un air dégagé, tandis que les deux sportifs se retiraient dans leur chambre avec un verre de jus d'orange.

— À onze heures et quart. On doit partir d'ici à dix heures et demie, répondit Kait.

Sans rien dire à Stephanie ni avoir vu sa robe de mariée – ce mariage n'était décidément pas commun –, elle avait commandé un bouquet d'orchidées papillons qui venait d'arriver.

À dix heures tapantes, la famille se rassembla dans le salon. Meredith et Lucie Anne avaient revêtu des robes à smocks de velours vert foncé, déjà mises la veille au soir, avec col en organdi, collants blancs et ballerines noires Mary Jane comme en portaient les enfants de Kait au même âge. Tommy, un manteau bleu marine sur le bras, avait opté pour un pantalon gris et un blazer. Maribeth portait un tailleur Chanel beige et Kait avait choisi le bleu marine, une couleur toujours très appropriée pour la mère de la mariée.

Cinq minutes plus tard, Stephanie faisait son entrée dans le salon, habillée d'un tailleur blanc en laine, plus traditionnel que tout ce que Kait lui avait vu porter depuis des années. Frank avait passé un costume sombre que Stephanie l'avait aidé à choisir et sa barbe était impeccablement coupée. Kait sortit le magnifique bouquet de sa boîte et le tendit à sa fille. Elle épingla ensuite un brin de muguet à la boutonnière de Frank et donna de minuscules bouquets roses à ses petites-filles. Ils avaient belle allure tandis qu'ils prenaient l'ascenseur puis montaient dans un S.U.V. avec chauffeur réservé pour l'occasion. Le véhicule prit la direction de la ville basse et arriva à l'heure à la mairie, où les futurs mariés avaient retiré leur certificat de mariage deux jours plus tôt, un document précieusement plié à cette minute-là dans la poche de Frank. Stephanie se tourna alors vers son frère.

— Tu me conduirais devant le maire ? demanda-t-elle, comme si l'idée venait de lui traverser l'esprit.

Touché, il hocha la tête et lui tapota l'épaule.

— Ça, je l'aurais fait il y a bien longtemps si maman m'avait laissé faire. Surtout quand tu étais ado.

Tous éclatèrent de rire et pénétrèrent dans l'hôtel de ville, Kait en tête, tenant ses petites-filles par la main, et les deux couples derrière elle.

À exactement onze heures et quart, Stephanie rejoignait Frank devant le fonctionnaire municipal, lequel reçut leurs consentements et les déclara mari et femme. Frank embrassa la mariée, ils échangèrent leurs alliances. La cérémonie était terminée. Déjà ! Ils avaient quand même eu le temps de prendre des photos, qu'ils envoyèrent immédiatement aux parents de Frank, avant de poser à nouveau sur les marches du perron. L'heure était venue de se rendre chez The Mark. Kait contemplait sa fille avec fierté. Cela avait été un mariage éclair, mais Stephanie était mariée et Kait ne pouvait s'empêcher d'en être émue aux larmes. Elle se moucha et son fils posa une main réconfortante sur son épaule.

Le déjeuner arrosé de champagne dura jusqu'à trois heures, dans une ambiance chaleureuse et animée. Les jeunes mariés étaient sur un nuage, et le reste de la famille aussi. Au moment de sortir de table, Tommy revint sur l'invitation de Nick.

— J'adorerais y aller cet été, maman. Tu penses qu'il était sérieux ?

— Ça m'en avait tout l'air.

Tous espéraient sincèrement que la proposition tiendrait toujours. Ils en discutaient encore en revenant à l'appartement. Sur le seuil, Stephanie lança son bouquet par-dessus son épaule. Ce fut Kait qui l'attrapa, plus par réflexe que parce qu'elle en rêvait.

— C'est toi, la prochaine, maman, dit sa fille en riant avant de filer avec Frank dans sa petite chambre d'enfant où ils avaient dormi, à proximité de leurs nièces.

— Ne compte pas trop là-dessus, répondit Kait, qui posa avec précaution le bouquet sur la table.

Elle le conserverait pour Stephanie. Quand les jeunes mariés réapparurent, ils avaient retrouvé leur allure habituelle. Frank portait une vieille veste militaire doublée de polaire, un jean troué, ses chaussures de randonnée préférées et un pull qui avait connu des jours meilleurs. Stephanie arborait une parka violette qu'elle n'avait pas mise depuis l'université, un jean et des chaussures de randonnée assorties à celles de son époux. Elle avait l'air heureuse. Kait sourit à la vue des alliances en or qui scintillaient à leurs doigts.

Leur vol pour San Francisco décollant à vingt heures, ils restèrent avec eux jusqu'à dix-huit heures. Au moment du départ, Stephanie remercia sa mère pour ce mariage parfait, correspondant exactement à ce qu'ils avaient souhaité. Elle était touchée que Kait ait respecté ses désirs et ait aussi ajouté quelques détails de son cru, comme le bouquet et la fleur à la boutonnière du marié. Sur le seuil, la famille salua de la main le jeune couple qui entrait dans l'ascenseur. Ça y est. Ils étaient partis.

— C'était parfait, lâcha Kait en se laissant tomber sur une chaise, où elle ne resta toutefois pas longtemps.

Maribeth changea ses filles pour leur vol de retour, et Kait prépara des sandwichs en guise de dîner. La petite famille partit pour l'aéroport à vingt et une heures. Le Grand Jour était passé. Quand la porte se referma sur eux, Kait enfila un pyjama et fit quelque chose qu'elle rêvait de faire depuis des semaines : elle lança un épisode des *Femmes Wilder* qu'elle avait enregistré, comme elle l'avait fait pendant des années avec *Downtown Abbey*. Désormais, elle regarderait sa propre série, dont elle adorait la moindre minute. C'était encore plus amusant à revoir. Elle visionna trois épisodes avant que sonne minuit, puis reçut un texto de Nick.

Elle le rappela pour lui raconter de vive voix comment la journée s'était passée. Elle ne cacha pas sa fatigue, tout en avouant avoir hâte de le retrouver pour le week-end.

— Tu veux toujours aller dans le Connecticut ou tu préfères rester ici ? lui demanda-t-il.

Ce fut le temps qui décida pour eux. Le lendemain, il pleuvait des cordes. Ils passèrent la journée dans l'appartement de Kait, à grignoter du pop-corn devant des films. Dont deux dans lesquels il avait joué, mais qu'elle n'avait jamais vus. Il s'en serait bien passé, mais il n'eut pas le choix... L'obscurité tombait quand il se tourna vers elle et lui sourit.

— Je ne m'ennuie jamais avec toi, Kait. Même quand tu m'obliges à regarder mes films... C'est toi que j'aime regarder.

Il se pencha et l'embrassa tandis qu'elle l'attirait à elle en s'allongeant sur le canapé. Au bout d'un moment, elle lui prit la main et l'emmena dans sa chambre, ce dont il avait rêvé toute la journée.

Ils se déshabillèrent mutuellement dans une lumière crépusculaire et se glissèrent entre les draps alors que la passion s'emparait d'eux. Emportés par leurs sens, ils perdirent toute notion du temps et de l'espace avant de s'assoupir enfin dans les bras l'un de l'autre. Quand ils s'éveillèrent, plusieurs heures plus tard, la pièce était plongée dans le noir. Nick alluma la lampe de chevet pour contempler Kait.

— Sais-tu seulement à quel point je t'aime ? lui dit-il.

Elle sourit à ces mots.

— Hum... La moitié de ce que moi, je t'aime ?

— Pas l'ombre d'une chance.

Et ils refirent l'amour. Puis, poussés par la faim, ils se levèrent pour se préparer à manger. Dans la cuisine, Nick souriait d'une oreille à l'autre.

— Je ne crois pas qu'aucun de mes vieux films ait eu cet effet sur les autres. On devrait en regarder davantage, plaisanta-t-il.

— Quand vous voulez, monsieur Brooke, répondit-elle en l'embrassant.

Ils retournèrent se coucher et discutèrent et chuchotèrent dans le noir jusqu'à ce que le sommeil les gagne. Nick pressé contre son flanc, Kait comprit qu'il occupait une place essentielle dans cette nouvelle aventure. Sa vie avait entièrement changé, et elle adorait ça.

18

Décembre fut un mois de folie pour Kait et Becca, qui créaient et peaufinaient les scripts de la saison deux. Vingt-deux épisodes, qui seraient tournés comme ceux de la première saison à partir du premier juillet. Elles avaient donc un semestre pour tout faire, ce qui était peu, sachant qu'elles voulaient obtenir un résultat digne de la première saison, dont les scores s'étaient envolés. La série et les acteurs avaient maintenant leurs fans sur les réseaux sociaux.

Depuis une semaine, Kait n'écrivait plus sa rubrique. C'était un grand soulagement. Fini, devant elle, l'écran vide qu'elle devait remplir de mots.

Les cadeaux pour sa famille étaient achetés. Elle en avait aussi trouvé pour les membres de la distribution dont elle était proche. À tous les autres de l'équipe et du plateau, elle offrait à chacun une montre de Noël en plastique rouge et un père Noël en chocolat. Il ne lui restait plus qu'à préparer la maison pour le vingt-quatre décembre.

Elle se fit livrer le sapin, sortit les mêmes décorations qu'un an plus tôt, orna de branches le manteau de la cheminée et accrocha la couronne à la porte. Le vingt-trois, elle entreprit d'emballer les cadeaux. Ses enfants arriveraient comme d'habitude le lendemain et resteraient vingt-quatre heures. Tommy, Maribeth et les filles rejoindraient ensuite Hank dans les Caraïbes, et Frank et Steph s'envoleraient pour la Floride, où ils passeraient une lune de miel en décalé chez des cousins de Frank. Quant à Kait, elle avait invité pour le vingt-cinq au soir les principaux membres du tournage. Maeve venait avec Agnes, Zack était de passage à New York, Charlotte avait accepté l'invitation bien qu'elle se sente sur le point d'éclater, Abaya avait demandé à venir accompagnée, et Lally, enfin, arriverait avec son amie et leur bébé, que Georgina – ou « Georgie », c'était selon –, allaitait. Le petit fêterait ses trois mois pile ! Enfin, Nick venait pour elle et, cette fois, il n'avait pas réservé d'hôtel.

Ses amis du casting formaient dorénavant la seconde famille de Kait, et, au lieu de l'habituel sentiment d'abandon ressenti au départ de ses enfants, elle allait vivre avec eux un second Noël avant de partir dans le Wyoming avec Nick. Tous deux avaient prévu d'aller skier à Aspen quelques semaines plus tard, et il l'avait invitée en Europe au printemps.

Tout en manipulant le papier cadeau, Kait ne put s'empêcher de penser à Candace. Dire qu'elle ne serait pas là… Cette idée continuait de la révolter, mais il faudrait bien qu'elle l'accepte. Pour ne pas céder à la nostalgie, elle arrêta la musique de Noël.

Le lendemain, la famille était au grand complet, ravie de se retrouver dans cette ambiance festive que Kait avait soignée dans ses moindres détails. Pendant le dîner, la conversation porta sur la série et la vague de louanges qui continuaient de pleuvoir. Les gens étaient accros. Maribeth dit que tous ses amis de Dallas adoraient.

— La saison deux sera encore meilleure, lâcha Kait avec fierté. Et, en plus, Nick joue dedans.

— Quelles sont les nouvelles de ce côté-là ? s'enquit Tommy avec un regard appuyé.

Cela faisait si longtemps que sa mère n'était pas sortie avec quelqu'un, et il ne fallait pas être grand clerc pour voir que ces deux-là s'aimaient sincèrement.

— On passe de bons moments, répondit-elle d'un ton laconique.

— Pourquoi ne l'as-tu pas invité ?

Tom l'aimait beaucoup…

— Parce que cette soirée est réservée à la famille, dit-elle avec une pensée pour Candace. J'organise une fête demain pour les amis du tournage. Il sera là.

— Tu l'as laissé seul un soir de Noël ? la taquina Stephanie.

Le mariage lui allait bien, elle rayonnait. Ils

avaient acheté leur maison et emménageraient à leur retour de Floride.

— Nick passe Noël chez des amis. On ira ensuite dans le Wyoming, puis à Aspen. Au fait, il vous attend toujours dans son ranch, cet été.

— En ce qui me concerne, j'en suis ! lança Tommy avec enthousiasme.

Maribeth, Stephanie et Frank étaient eux aussi plus que partants.

» Mais c'est vraiment sérieux entre vous, maman ? reprit son fils.

— Que répondre à cette question ? Disons que nous passons du temps ensemble. Que nous travaillerons bientôt ensemble. On verra bien. C'est une vedette de cinéma qui aime sa vie de célibataire. Pour ma part, je suis prête, d'une certaine manière. La suite reste à écrire. Votre génération a sa propre définition des relations amoureuses. Nous aussi. Rien n'est comme avant, et tout est possible !

Il suffisait de songer à la diversité des façons de voir de ses propres enfants pour s'en convaincre. Aujourd'hui, on vivait la relation qu'on voulait.

— C'est bon de te savoir heureuse, maman, dit simplement Tom.

Un peu plus tard, une fois respecté le rituel des biscuits et du lait pour le père Noël, des carottes et du sel pour les rennes, tous allèrent se coucher. À minuit, alors que Kait était dans sa chambre, Nick appela pour l'embrasser et lui souhaiter bonne nuit.

— Je t'aime, lui dit-il.

— Joyeux Noël, répondit-elle d'une voix douce.

Elle aurait bien aimé qu'il soit avec eux ce soir-là, mais avait jugé que ce ne serait pas approprié si vite après la mort de Candace. Si l'on faisait bien volontiers signe aux amis pour Thanksgiving, Noël restait réservé à la famille. Peut-être l'année prochaine.

— Joyeux Noël, on se voit demain, dit-il, tout à la joie anticipée de la revoir.

Il n'en revenait toujours pas de l'avoir rencontrée.

La matinée de Noël fut consacrée à l'ouverture des cadeaux. Ils enchaînèrent ensuite, toujours en pyjama, avec le traditionnel déjeuner des restes de la veille, puis se préparèrent au départ. Après moult embrassades et adieux, ils s'égaillèrent vers leurs aéroports respectifs. Au lieu de se sentir perdue comme avant, Kait courut d'un bout à l'autre de l'appartement pour y mettre de l'ordre, faire disparaître les papiers cadeaux, rallumer le sapin, et enfin sauter dans la douche. Nick arriva avec sa valise et passa la fin de l'après-midi avec elle. Ils firent l'amour et échangèrent leurs cadeaux au lit, dans le plus simple appareil. Elle lui offrait une solide montre Rolex qu'il pourrait porter tous les jours. Nick avait choisi pour elle un bracelet en or et des bottes de cow-boy noires en alligator. Elles lui allaient à merveille. Ils prirent une douche ensemble et s'habillèrent avant qu'arrivent les invités, à sept heures et demie. Kait était très chic en noir, dans son ensemble de velours et ses mules en fourrure. Nick portait un jean, un blazer et ses bottes en alligator usées.

Charlotte fut la première à se présenter, enceinte jusqu'aux dents. Précédée de son ventre proéminent, elle alla s'asseoir avec difficulté sur le canapé, rappelant à Kait l'actrice Agnes Gooch dans *Ma tante*.

— Nous avons fait un test ADN et ça n'est pas son enfant. Du coup, je ne vois vraiment pas qui peut bien être le père, dit Charlotte, sans gêne aucune.

C'était la maternité moderne...

Maeve et Agnes arrivèrent ensemble, sans les filles de Maeve qui skiaient dans le New Hampshire. Manquait aussi Becca, partie au Mexique. Quand Zack se présenta, il serra bien fort Kait dans ses bras avant d'engager la conversation avec Nick, lequel bavardait jusque-là avec Maeve.

— Tu sais, dit Zack à Nick, j'ai été très jaloux pendant quoi, cinq minutes, quand j'ai appris votre relation à tous les deux, avec Kait. Parce que c'est moi qui aurais pu être à ta place ; après tout, c'est moi qui l'ai rencontrée le premier, lors du réveillon de l'année dernière. Mais Kait a écrit le synopsis et nous avons commencé à travailler ensemble. Bref, on a raté le coche. L'amitié a pris le dessus.

Cette réflexion intrigua Kait, car elle aussi

avait ressenti au début comme un courant souterrain entre eux. Celui-ci s'était toutefois tari d'autant plus vite que Zack était tout le temps à L.A. Aujourd'hui, il était comme un frère pour elle, et un merveilleux collègue.

— Je retiens ton expression « rater le coche », répondit Nick avec un regard un peu possessif vers Kait. Franchement, ça m'aurait pas mal contrarié, ton histoire.

Kait éclata de rire quand il lui entoura les épaules de son bras pour bien marquer son territoire, au cas où Zack aurait eu besoin d'un petit rappel.

Lally et Georgie débarquèrent avec une montagne d'affaires et leur bébé installé dans son siège auto. C'était le portrait craché de Lally, si bien qu'aucun doute ne pouvait subsister quant aux ovocytes vainqueurs – toutes les deux avaient donné en vue d'une fécondation in vitro. Abaya stupéfia tout le monde en arrivant au bras de Dan Delaney. Toute contrite, elle expliqua qu'il s'était amendé, venant la voir jusque dans le Vermont pour la supplier de lui donner une seconde chance. Elle avait fini par céder.

— Mais un pas de côté et il dégage, dit-elle en lui lançant un regard sévère.

Tout le monde éclata de rire.

— Allons, c'est Noël ! Tout le monde a droit à une seconde chance. Mais pas plus, lança Agnes.

Il était clair pour eux que Dan ne parviendrait jamais à se tenir à carreau. Toutefois, ça ne coûtait rien de le souhaiter, pour le bien d'Abaya. De toute façon, le jeune acteur n'était plus dans la série puisque son personnage, Bill, était mort. Il postulait pour des rôles dans d'autres séries.

À cet instant, le bébé se réveilla et Georgie s'isola dans la chambre de Kait pour le nourrir pendant que Lally bataillait pour ouvrir le parc pliable qui accueillerait l'enfant après la tétée.

Nick aida Kait à servir le vin chaud et s'occupa des boissons. Elle avait fait appel au même traiteur que la veille, lequel avait dressé un buffet dans la salle à manger. Tout le monde papotait et riait. Kait mit des chants de Noël et Nick lui sourit. Quand ils se croisèrent dans la cuisine, il l'embrassa.

— Belle fête, splendide hôtesse, commenta-t-il, admiratif.

— Supercasting, incroyable comédien star. Essaie juste de ne pas tomber amoureux de Maeve pendant votre scène d'amour. Je suis déjà un peu jalouse, reconnut-elle.

— Parfait. Parce que moi, je n'ai aucune confiance en Zack. Tu ferais mieux de l'éviter, dit-il en riant.

— Tu n'as aucune raison de t'inquiéter.

— Toi non plus.

Et il l'embrassa à nouveau, pressé de lui refaire l'amour. Vivement que les autres s'en aillent ! Même s'il passait un très bon moment avec eux et les appréciait tous. C'était des gens bien avec qui il se sentait à l'aise.

Passé minuit, les invités commencèrent à faire mine de partir.

— Vous avez remarqué qu'il y a dans cette pièce plus de talents réunis qu'aux Oscars ? lança quelqu'un.

— Pourvu que ça nous assure un Golden Globe ou un Emmy, dit Kait.

Zack espérait la même chose.

Dan et Abaya donnèrent le signal du départ, pour des raisons évidentes. Collés l'un à l'autre toute la soirée, ils n'avaient cessé de rechercher le contact. Maeve raccompagnait Agnes chez elle. Zack les quitta pour une autre fête où il retrouvait sa petite amie du moment. Quant à Lally et Georgie, elles préparaient le bébé, plus que repu vu le temps passé à téter. C'est alors que Charlotte jaillit de la salle de bains, enveloppée dans une serviette. Elle avait l'air à la fois stupéfaite et paniquée.

— J'ai perdu les eaux. Il y en a partout, Kait. Désolée. Qu'est-ce que je fais maintenant ? demanda-t-elle, au bord des larmes.

Lally la fixa avec étonnement.

— Quoi, tu n'as pas suivi les cours de préparation à l'accouchement ?

— Pas eu le temps. Comme Becca m'avait envoyé les nouveaux scripts, j'ai appris mon texte. Je n'ai plus envie qu'on me crie dessus parce que j'ai des trous de mémoire. Alors, cette fois-ci, j'ai décidé de m'y mettre plus tôt.

— Mais tu attends un bébé, c'est important ça aussi. Tu as des contractions ?

— Tu parles de ces espèces de crampes qui font un mal de chien ? J'en ai depuis ce matin. Mais je croyais que c'était un truc que je ne digérais pas.

— Seigneur, le travail a déjà commencé ! Appelle ton docteur. Tu as son numéro sur toi ?

— Dans mon téléphone.

Comme Charlotte ne le trouvait pas, Nick et Kait retournèrent tous les coussins du canapé pour finalement le trouver sous une chaise. L'actrice donnait vraiment l'impression d'avoir quatorze ans plutôt que vingt-trois, et Kait se demanda comment s'était déroulé son accouchement huit ans plus tôt pour qu'elle en sache si peu aujourd'hui. Il est vrai qu'elle n'était qu'une enfant à l'époque.

Pendant ce temps, après l'avoir vêtu de sa combinaison, puis déposé dans son siège auto, Georgie était en train de boucler les harnais du bébé.

— On peut t'emmener à la maternité si tu veux, dit Lally. Mais on ne pourra pas y entrer avec le bébé. Où es-tu censée accoucher, tu le sais, au moins ?

— À l'hôpital universitaire, répondit Charlotte qui tenait son ventre à deux mains.

On aurait dit qu'elle cachait un ballon de plage sous sa robe.

— Alors on t'y dépose, c'est sur notre route.

La future maman saisit son manteau mais ne parvint pas à l'enfiler et dut même s'asseoir.

— Charlotte, je viens avec toi », intervint Kait – il était hors de question que la jeune femme affronte cette épreuve toute seule. « Donne-moi ton téléphone, j'appelle ton médecin.

Elle tomba sur la messagerie et laissa le numéro de Charlotte.

— Je prends un manteau, dit-elle.

Au passage, elle avertit le traiteur qu'ils conduisaient une invitée à l'hôpital.

— C'est le dîner ? Une allergie ? s'inquiéta-t-il.

— Rien à voir, dit Kait qui lui désigna Charlotte, grimaçante, le ventre en avant.

L'homme eut l'air choqué.

— Elle va accoucher ?

— On dirait bien. Fermez simplement la porte derrière vous, s'il vous plaît. Nous ne serons pas longs. Tout était parfait, merci.

Comme elle l'avait déjà réglé, il n'avait plus qu'à partir quand il aurait fini de tout ranger. Elle se retourna pour chercher Nick, déjà prêt à sortir, qui lui tendait son manteau.

— C'est notre premier enfant, dit Nick avec sérieux. Je ne te laisse pas affronter ça toute seule.

Elle éclata de rire et tous deux soutinrent Charlotte jusqu'à l'ascenseur, puisque Lally et Georgie s'étaient éclipsées sitôt la situation prise en main par Kait. Le portier leur trouva un taxi et Kait se mit à compter les contractions pendant le trajet. Elles étaient régulières, toutes les deux minutes. Nick haussa un sourcil interrogateur. Tout cela était nouveau pour lui.

— Il arrive, souffla Kait alors que Charlotte gémissait et lui serrait le bras à chaque douleur.

— Waouh, c'est horrible ! lâcha-t-elle entre ses dents serrées. C'était pas comme ça la dernière fois... Ça fait un mal de chien !

Inutile de lui dire que, vu la circonférence de son ventre, le bébé était probablement plus gros.

— Pourrait-on accélérer un peu ? dit Kait au chauffeur.

— Elle va accoucher dans mon taxi ?

— J'espère que non, répondit-elle, l'œil rivé sur Charlotte.

Les contractions n'étaient plus espacées que d'une minute et demie et il restait encore dix blocs avant d'arriver.

— On va devoir l'accoucher ? s'enquit Nick. Parce j'ai joué un docteur une fois. Je n'étais pas mauvais dans le rôle. Et puis, j'aide tout le temps aux poulinages...

À présent, Charlotte pleurait de douleur. Elle hurla à une nouvelle contraction, ce qui incita le chauffeur à brûler deux feux rouges. Trois minutes plus tard, le véhicule s'arrêtait net devant les urgences de l'hôpital universitaire.

— Une infirmière et un brancard, vite ! dit Kait à Nick, qui bondit hors de la voiture.

Par la vitre baissée, elle corrigea :

— Non, un docteur !

En moins d'une minute déboula un employé avec une chaise roulante. Charlotte s'y laissa tomber avec l'aide de Kait. Le petit groupe s'engouffra dans le bâtiment tandis que la jeune femme criait :

— Il arrive ! Il arrive !

En salle d'examen, ils venaient à peine de la dévêtir quand elle lâcha soudain un hurlement à crever les tympans, digne d'un film d'horreur. L'infirmière eut tout juste le temps d'attraper le bébé, qu'elle lui présenta, vagissant.

— Oh, mon Dieu, j'ai cru mourir.

— C'est une magnifique petite fille, dit l'infirmière, qui emmaillota le nourrisson dans une couverture avant de le redonner à sa maman.

Charlotte regarda sa fille d'un air étonné.

— Elle est splendide, murmura-t-elle. Comme moi.

Deux médecins et une infirmière firent alors irruption dans la pièce pour examiner la mère et l'enfant et couper le cordon ombilical. Kait, qui n'avait pas quitté Charlotte une seconde, l'embrassa sur le front et lui sourit.

— Beau travail.

— Merci d'être venue, dit l'actrice, superbe malgré ses larmes et son mascara dégoulinant.

Kait hocha la tête et sortit rejoindre Nick, qui attendait dans le hall.

— Mon Dieu, lança-t-il, ça a été terrible, non ?

Il semblait assez secoué, car Charlotte avait hurlé comme si on l'assassinait.

— En effet. Le bébé pèse pas loin de quatre kilos cinq. Pourtant, c'est une fille. Dieu sait qui est le père... Viens, on peut rentrer chez nous, dit Kait en l'enlaçant.

Le temps que la mère de Charlotte arrive du sud de la Californie, l'actrice était maintenant entre de bonnes mains, à la maternité.

Nick, cependant, était soufflé par ce que Kait avait accompli ce soir. En un clin d'œil, la parfaite maîtresse de maison s'était transformée en infirmière et presque en sage-femme. Il n'en revenait pas. Elle rit en lui rapportant les propos de la jeune maman face à sa fille.

— Charlotte trouve que la petite est son portrait craché et qu'elle est splendide.

— Dans ce milieu, la petite finira probablement actrice ou tueuse en série.

— Encore des complications en perspective... Quand je pense que mes enfants me manquaient, avant. Je n'ai plus le temps maintenant, j'en ai tout un casting !

Candace aurait cependant toujours une place à part dans son cœur.

— Tu es incroyable, tu sais. Patiente, visiblement faite pour être mère. Où étais-tu à l'époque où je voulais encore des enfants ?

— Occupée avec les miens, je suppose. Et ne me demande pas de m'y remettre. Je refuse, j'ai déjà toute la distribution.

— Les choses me vont très bien ainsi. Je n'ai

jamais couru après les bébés, répliqua-t-il en la prenant dans ses bras.

Kait s'éclipsa un instant pour aller dire au revoir à Charlotte et à sa fille, qui tétait déjà.

— Quand elle sera sevrée, je me ferai refaire les seins, lui rappela la jeune actrice.

De retour chez Kait, ils constatèrent que le traiteur avait impeccablement rangé l'appartement. Ils purent donc sans tarder se coucher, épuisés par les émotions de la nuit. Elle lui sourit.

— Kait, ça a été un Noël extraordinaire. Même si je n'en ai passé qu'un petit bout avec toi. Je t'aime, dit-il.

— Moi aussi, je t'aime, murmura-t-elle.

Il éteignit la lumière sur une soirée en effet incroyable. Pour eux, pour Charlotte, et pour la nouvelle venue, que sa mère avait prénommée Joy. Un prénom idéal.

19

Nick et Kait passèrent le Nouvel An chez Sam et Jessica, une tradition pour Kait. Dire qu'un an plus tôt, à la même date, elle rencontrait Zack ! Cette rencontre avait changé sa vie. Son arrivée au bras de Nick ne passa pas inaperçue. Tout le monde reconnut le grand acteur. Et personne ne pouvait se tromper sur la nature de leur relation. Ils dégageaient cette aura subtile d'intimité tranquille propre aux couples qui sont en symbiose.

Au dîner, quand Sam annonça à ses convives que Kait était l'auteur des *Femmes Wilder*, la réaction fut unanime : ils adoraient tous la série et n'en décrochaient pas depuis octobre.

— Nick est la star de notre saison deux, dit-elle avec fierté.

Puisque la nouvelle était déjà tombée officiellement, elle pouvait en parler.

Le repas se poursuivit très agréablement jusqu'à minuit. Après les embrassades traditionnelles, Nick et Kait se retirèrent pour rentrer chez elle et faire l'amour paisiblement. Ils partaient pour le Wyoming le lendemain, à la grande joie de Kait. Ils avaient six mois devant eux pour faire ce qu'ils voulaient, voyager, profiter du ranch, profiter l'un de l'autre. Commencer une vie à deux...

Ensuite, ce serait le retour sur le plateau. Kait espérait que la série continuerait à avoir du succès et que les scores crèveraient une nouvelle fois le plafond, surtout avec l'entrée de Nick au casting. Et chaque fois qu'ils le pourraient, ils retourneraient dans le Wyoming. C'était le plan, mais la réalité se jouait souvent des prévisions.

Le lendemain, ils se rendirent à l'aéroport du New Jersey, où l'avion de Nick était stationné. Confortablement assis dans leurs sièges, Nick très séduisant dans ses habits de cow-boy, ils attendirent le décollage. Kait avait toujours du mal à croire qu'elle faisait partie de sa vie désormais. Pourtant, il était impossible de se méprendre sur la nature du sentiment qui illuminait le regard qu'il posait sur elle.

Son monde avait changé. Tout avait changé autour d'elle. Le passé avait basculé au second plan, comme une toile de fond. Un nouveau chapitre s'ouvrait, une nouvelle vie. Elle avait de la chance ! Comment aurait-elle pu imaginer qu'il lui arriverait tant de choses en quelques mois ? C'était incroyable... Elle se demanda si sa grand-mère avait connu parfois un tel sentiment d'enthousiasme et de gratitude face aux événements. Ce faisant, elle sortit de son sac le paquet de « 4 Kids » qui ne la quittait jamais en voyage et en proposa un à Nick. Il lui jeta un regard complice. Constance Whittier avait transmis à sa petite-fille une règle simple : vivre, c'était saisir à bras-le-corps les défis et les chances de chaque jour. Inutile de chercher à se cacher. Kait ne le voulait d'ailleurs pas. Elle voulait tout expérimenter, en compagnie de Nick et aussi par elle-même. N'était-ce pas ce que faisaient les femmes courageuses ?

Kait donna à Nick un autre biscuit et fut remerciée d'un baiser. Leur vie ensemble promettait d'être une véritable aventure, et ils étaient prêts. L'avion décolla quelques minutes plus tard et gagna rapidement de l'altitude tout en amorçant une courbe. Direction plein ouest.

ŒUVRES DE DANIELLE STEEL
AUX PRESSES DE LA CITÉ (Suite)

Vous avez aimé ce livre ?
Vous souhaitez en savoir plus sur Danielle STEEL ?
Devenez, gratuitement et sans engagement, membre du
CLUB DES AMIS DE DANIELLE STEEL
et recevez une photo en couleurs.

Pour cela il suffit de vous inscrire sur le site
— www.danielle-steel.fr —

La liste de tous les romans de Danielle Steel publiés aux Presses de la Cité se trouve au début de cet ouvrage. Si un ou plusieurs titres vous manquent, commandez-les à votre libraire. Au cas où celui-ci ne pourrait obtenir le ou les livres que vous désirez, si vous résidez en France métropolitaine, écrivez-nous pour le ou les acquérir par l'intermédiaire du Club.

Composition et mise en pages
Nord Compo à Villeneuve-d'Ascq

MARQUIS

Québec, Canada